# 送你一匹马

*Echo Legend*

三毛

南海出版公司

青马(天津)文化有限公司
出 品

# 目录

| | |
|---|---|
| 爱马 | 1 |
| 回娘家 | 4 |
| 爱和信任 | 10 |
| 简单 | 15 |
| 什么都快乐 | 20 |
| 梦里不知身是客 | 23 |
| 野火烧不尽 | 33 |
| 不觉碧山暮　但闻万壑松 | 43 |
| 百福被 | 55 |
| 天下本无事 | 58 |
| 朝阳为谁升起 | 63 |
| 一生的战役 | 75 |
| 狼来了 | 85 |
| 爱马落水之夜 | 96 |

| | |
|---|---|
| 恋爱中的女人 | 102 |
| 一定去海边 | 111 |
| 我要回家 | 119 |
| 我在路边大叫——谏飙车 | 124 |
| 孤独的长跑者——为台北国际马拉松热身 | 130 |
| 你们为什么打我？ | 136 |
| 中孝西路 ＰＭ 5·15 1986 | 141 |
| 轨外的时间 | 148 |
| 你是我特别的天使 | 155 |
| 他 | 168 |
| 永恒的母亲 | 178 |
| 他没有交白卷——写我的大伯父二三事 | 184 |
| 我的弟弟星宏 | 191 |
| 一个无名的耕耘者 | 195 |

| | |
|---|---|
| 我的笔友张拓芜 | 200 |
| 往事如烟 | 204 |
| 我与文亚 | 209 |
| 徐訏先生与我——纪念干爸逝世一周年 | 213 |
| 逃亡 | 222 |
| 有这么一个人——记丁松青神父 | 225 |
| 清泉之旅 | 240 |
| 重建家园——将真诚的爱在清泉流传下去 | 250 |
| 工作手记之一 | 262 |
| 刹那时光 | 266 |
| 送你一匹马 | 275 |
| 孤独的长跑者——送高信疆 | 285 |
| 杨柳青青——诗人痖弦的故事 | 291 |
| 走不完的心路——蔡志忠加油 | 297 |

| | |
|---|---|
| 暗室之灯——送别顾祝同将军 | 305 |
| 又见笨鸟 | 312 |
| 戏外之戏——为《棋王》戏剧公演而作 | 317 |
| 我看《凌晨大陆行》 | 323 |
| 看这个人 | 332 |
| 我所知所爱的马奎斯 | 335 |
| 罪在哪里——导读《异乡人》 | 337 |
| 乡愁 | 343 |
| 不负我心 | 349 |
| 求婚 | 357 |
| 欢喜 | 368 |
| 我的快乐天堂 | 373 |
| 撒哈拉之心 | 382 |
| 旗帜鲜明地活着——读王新莲 | 385 |

# 爱马

常常，听到许多作家在接受访问的时候说："我最好的一本书是将要写的一本，过去出版的，并不能使自己满意。"

每见这样的答复，总觉得很好，那代表着一个文字工作者对未来的执著和信心，再没有另一种回答比这么说更进取了。

我也多次被问到同类的问题，曾经也想一样地回答，因为这句话很好。

可是，往往一急，就忘了有计谋的腹稿，说出完全不同的话来。

总是说："对于每一本自己的书，都是很爱的，不然又为什么去写它们呢？至于文字风格、表达功力和内涵的深浅，又是另一回事了。"

也会有人问我："三毛，你自以为的代表作是哪一本书呢？""是全部呀！河水一样的东西，慢慢流着，等于划船游过去，并不上岸，缺一本就不好看了，都是代表作。"

这种答复，很吓人，很笨拙，完全没有说什么客气话，实在不想说，也就不说了。

其实，才一共没出过几本书，又常常数不出书名来，因为并不时时在想它们。

对自己的工作,在心里,算的就只有一本总账——我的生命。

写作,是人生极小极小的一部分而已。

坚持看守个人文字上的简单和朴素,欣赏以一支笔,只做生活的见证者。绝对不敢诠释人生,让故事多留余地,请读者再去创造,而且,一向不用难字。

不用难字这一点,必须另有说明,因为不大会用,真的。

又要有一本新书了,在书名上,是自己非常爱悦的——叫它《送你一匹马》。

书怎么当做动物来送人呢?也不大说得出来。

一生爱马痴狂,对于我,马代表着许多深远的意义和境界,而它又是不易拥有的。

马的形体,交织着雄壮、神秘又同时清朗的生命之极美。而且,它的出现是有背景做衬的。

每想起任何一匹马,一匹飞跃的马,那份激越的狂喜,是没有另一种情怀可以取代的。

并不执著于拥有一匹摸得着的骏马,那样就也只有一匹了,这个不够。有了真马,落了实相,不自由,反而怅然若失。

其实,马也好,荒原也好,雨季的少年、梦里的落花、母亲的背影、万水千山的长路,都是好的,没有一样不合自然,没有一样不能接受,虚实之间,庄周蝴蝶。

常常,不想再握笔了,很多次,真正不想再写了。可是,生命跟人恶作剧,它骗着人化进故事里去活,它用种种的情节引诱着人热烈地投入,人,先被故事捉进去了,然后,那个守麦田的稻草人,就上当又上当地讲了又讲。

那个稻草人,不是唐·吉诃德,他却偏偏爱骑马。

这种打扮的梦幻骑士,看见他那副样子上路,谁都要笑死的。

很想大大方方地送给世界上每一个人一匹马,当然,是养在心里、梦里、幻想里的那种马。

我有许多匹好马,是一个高原牧场的主人。

至于自己,那匹只属于我的爱马,一生都在的。

常常,骑着它,在无人的海边奔驰,马的毛色,即使在无星无月的夜里,也能发出一种沉潜又凝炼的闪光,是一匹神驹。

我有一匹黑马,它的名字,叫做——源。

(本篇原为台湾皇冠出版社三毛全集《送你一匹马》自序。)

# 回娘家

每当我初识一个已婚的女友,总是自然而然地会问她:"娘家在哪里?"

要是对方告诉我娘家在某个大都市或就在当时住的地方时,我总有些替她惋惜,忍不住就会笑着叹口气,嗳一声拖得长长的。

别人听了总是反问我:"叹什么气呢?"

"那有什么好玩?夏天回娘家又是在一幢公寓里,那份心情就跟下乡不同啰!"我说。

当别人反问起我的娘家来时,还不等我答话,就会先说:"你的更是远了,嫁到我们西班牙来——"

有时我心情好,想发发疯,就会那么讲起来——"在台湾,我的爸爸妈妈住在靠海不远的乡下,四周不是花田就是水稻田,我的娘家是中国式的老房子,房子就在田中间,没有围墙,只有一丛丛竹子将我们隐在里面,虽然有自来水,可是后院那口井仍是活的,夏天西瓜都冰镇在井里浮着。

"每当我回娘家时,要先下计程车,再走细细长长的泥巴路回去,我妈妈就站在晒谷场上喊我的小名,她的背后是袅袅的炊烟,总是黄昏才能到家,因为路远——"

这种话题有时竟会说了一顿饭那么长，直到我什么也讲尽了，包括夏夜将娘家的竹子床搬到大榕树下去睡觉，清早去林中挖竹笋，午间到附近的小河去放水牛，还在手绢里包着萤火虫跟侄女们静听蛙鸣的夜声，白色的花香总在黑暗中淡淡地飘过来——

那些没有来过台湾的朋友被我骗痴了过去，我才笑喊起来："没有的事，是假的啦！中文书里看了拿来哄人的，你们真相信我会有那样真实的美梦——"

农业社会里的女儿看妈妈，就是我所说的那一幅美景。可惜我的娘家在台北，住在一幢灰色的公寓里，当然没有小河也没有什么大榕树了。

我所憧憬的乡下娘家，除了那份悠闲平和之外，自然也包括了对于生活全然释放的渴望和向往。妈妈在的乡下，女儿好似比较有安全感，家事即使完全不做，吃饭时照样自在得很，这便是娘家和婆家的不同了。

我最要好的女友巴洛玛已经结婚十二年了，她无论跟着先生居住在什么地方，夏天一定带了孩子回西班牙北部的乡下去会妈妈。那个地方，满是森林、果树及鲜花，邻居还养了牛和马。夏天也不热的，一家人总是在好大的一棵苹果树下吃午饭。

有一年我也跟了去度假，住在巴洛玛妈妈的大房子里，那幢屋顶用石片当瓦的老屋。那儿再好，也总是做客，没几天自己先跑回了马德里，只因那儿不是我真正的娘家。

又去过西班牙南部的舅舅家，舅舅是婚后才认的亲戚，却最是偏爱我。他们一家住在安塔露西亚盛产橄榄的夏恩县。舅舅的田，一望无际，都是橄榄树，农忙收成的时候，工人们在前面收果子，不当心落在地上未收的，就由表妹跟我弯着腰一颗一颗地捡。有时候不想那么腰酸背痛去辛苦，表妹就坐在树荫下绣花，我去数点收来的大麻袋已有多少包给运上了卡车。

田里疯累了一天回去，舅妈总有最好的菜、自酿的酒拿出来喂孩子，我们呢，电影画面似的抱一大把野花回家，粗粗心心地全给啪一下插在大水瓶里就不再管了。

凉凉的夜间，坐在院子里听舅舅讲故事，他最会吹牛，同样的往事，每回讲来都是不同。有时讲忘了，我们还在一旁提醒他。等两老睡下了，表妹才跟我讲讲女孩子的心事，两人低低细语，不到深夜不肯上楼去睡觉。

第二日清晨，舅舅一叫："起床呀！田里去啰！"表妹和我草帽一拿，又假装去田上管事去了。事实上那只是虚张声势，在那些老工人面前，我们是尊敬得紧呢！

回忆起来，要说在异国我也有过回娘家的快乐和自在，也只有那么两次在舅舅家的日子。

后来我变成一个人生活了，舅舅家中人口少，一再邀我去与他们长住，诚心要将我当做女儿一般看待，只是我怕相处久了难免增加别人的负担。再说，以我的个性，依靠他人生活亦是不能快乐平安的。舅舅家就再也不去了。

既然真正的父母住得那么远，西班牙离我居住的岛上又有两千八百哩的距离。每当我独自一个人飞去马德里时，公婆家小住几日自然是可以，万一停留的日子多了，我仍是心虚得想搬出去。

女友玛丽莎虽然没比我大两岁，只是她嫁的先生年纪大些了，环境又是极好的人家。我去了马德里，他们夫妇两个就来公婆家抢人，我呢，倒也真喜欢跟了玛丽莎回家，她的家大得可以捉迷藏，又有游泳池和菜园，在市郊住着。这个生死之交的女友，不但自己存心想对我尽情发挥母爱，便是那位丈夫，对待我也是百般疼爱，两个小孩并不喊我的名字，而是自自然然叫"阿姨"的，这种情形在没有亲属称呼的国外并不多见，我们是一个例外。

在玛丽莎的家里，最是自由，常常睡到中午也不起床，醒了还叫小孩子把衣服拿来给阿姨换，而那边，午饭的香味早已传来了。

这也是一种回娘家的心情，如果当年与玛丽莎没有共讨一大场坎坷，这份交情也不可能那么深厚了。

可是那仍不是我的娘家，住上一阵便是吵着要走，原因是什么自己也不明白。

在西班牙，每见我皮箱装上车便要泪湿的人，也只有玛丽莎。她不爱哭，可是每见我去，她必红眼睛，我走又是一趟伤感，这种地方倒是像我妈妈。

过去在西德南部我也有个家，三次下雪的耶诞节，就算人在西班牙，也一定赶去跟这家德国家庭过十天半月才回来。当然，那是许多年前做学生时的事情了。

那位住在德国南部的老太太也如我后来的婆婆一样叫马利亚，我当时也是喊她马利亚妈妈。有一年我在西柏林念书，讲好雪太大，不去德国南部度节了，电话那边十分失望，仍是盼着我去，这家人一共有四个孩子，两男两女，都是我的朋友。当时家中的小妹要结婚，一定等着我去做伴娘，其实最疼我的还是马利亚妈妈，我坚持机票难买，是不去的了。

结果街上耶诞歌声一唱，我在雪地里走也走不散那份失乡的怅然。二十三号决定开车经过东德境内，冒雪长途去西德南部。到的时候已是二十四日深夜，马利亚妈妈全家人还在等着我共进晚餐。更令我感动的是，一入西德境内，尚在汉诺瓦城的加油站打了长途电话去，喊着："过来了，人平安，雪太大，要慢慢开！"并没有算计抵达南部小镇的时间，车停下来，深夜里的街道上，马利亚妈妈的丈夫，竟然穿了厚大衣就在那儿淋着雪踱来踱去地等着我。

我车一停，跑着向他怀内扑去，叫了一声："累死了！车你去停！"便往那幢房子奔去。房间内，一墙的炉火暖和了我冻僵了的手脚，一张张笑脸迎我回家，一件件礼物心急地乱拆。那当然也是回娘家的感觉，可惜我没有顺着马利亚妈妈的心意做他们家庭的媳妇。没有几年，马利亚妈妈死了。当那个印着黑边的信封寄到了我的手中时，我已自组家庭两年了。

跟那一家德国家庭，一直到现在都仍是朋友，只是妈妈走了，温暖也散了，在德国，我自是没有了娘家可回。

飘流在外那么多年了，回台的路途遥远，在国外，总有那么一份缘，有人要我把他们的家当成自己的家，这当然是别人的爱心，而我，却是有选择的。

去年搬了一次房子，仍在我居住的岛上，搬过去了，才发觉紧邻是一对瑞典老夫妇，过去都是做医生的，现在退休到加纳利群岛来长住了。

搬家的那一阵，邻居看我一个人由清早忙到深夜，日日不停地工作，便对孤零零的我大发同情，他们每天站在窗口张望我，直到那位老医生跑来哀求："Echo，你要休息，这样日也做，夜也做，身体吃不消了，不能慢慢来吗？"

我摇摇头，也不肯理他的好意。后来便是那位太太来了，强拉我去一同吃饭，我因自己实在是又脏又忙又累，谢绝了他们。从那时候起，这一对老夫妇便是反复一句话："你当我们家是娘家，每天来一次，给你量血压。"

起初我尚忍着他们，后来他们认真来照顾我，更是不答应了。

最靠近的邻居，硬要我当做娘家，那累不累人？再说，我也是成年人，自己母亲都不肯去靠着长住，不太喜欢的邻居当然不能过分接近。也只有这一次，可能是没有缘分吧，我不回什么近在咫尺的假娘家。

写着这篇文字的时候，我正在台北，突然回来的、久不回来的娘家。

妈妈在桃园机场等着我时，看见我推着行李车出来，她冲出人群，便在大厅里喊起我的小名来，我向她奔去，她不说一句话，只是趴在我的手臂上眼泪狂流。我本是早已不哭的人了，一声"姆妈！"喊出来，全家人都在一旁跟着擦泪。这时候比我还高的妈妈，在我的手臂中显得很小很弱。妈妈老了，我也变了，怎么突然母女都已生白发。

十四年的岁月恍如一梦，十四年来，只回过三次娘家的我，对于国外的种种假想的娘家，都能说出一些经过来。

而我的心，仍是柔软，回到真正的娘家来，是什么滋味，还是不要细细分析和品味吧！这仍是我心深处不能碰触的一环，碰了我会痛，即使在幸福中，我仍有哀愁。在妈妈的荫庇下，我没有了年龄，也丧失了保护自己的能力，毕竟这份情，这份母爱，这份家的安全，解除了我一切对外及对己的防卫。

有时候，人生不要那么多情反倒没有牵绊，没有苦痛，可是对着我的亲人，我却是情不自禁啊！

本是飘零人，偶回娘家，滋味是那么复杂。掷笔叹息，不再说什么心里的感觉了。

# 爱和信任

每次回国,下机场时心中往往已经如临大敌,知道要面临的是一场体力与心力极大的考验与忍耐。

其实,外在的压力事实上并不太会干扰到内心真正的那份自在和空白,是可以二分的。

最怕的人,是母亲。

在我爱的人面前,"应付"这个字,便使不出来。爱使一切变得好比"最初的人",是不可能在这个字的定义下去讲理论和手段的。

多年前,当我第一次回国,单独上街去的时候,母亲追了出来,一再地叮咛着:"绿灯才可以过街,红灯要停步,不要忘了,这很危险的呀!"

当时,我真被她烦死了,跑着逃掉,口里还在悄悄地顶嘴,怪她不肯信任我。可是当我真的停在一盏红灯的街道对面时,眼泪却夺眶而出。"妈妈,我不是不会,我爱你,你看,我不是停步了?"

最近,又回国了,母亲要我签名送书给亲戚们,我顺从地开始写,她又在旁边讲:"余玉云姐姐的玉字,是贾宝玉的玉,你要称她姐姐,因为我们太爱这位正直、敬业的朋友。不要写错了,《红楼梦》中宝玉、黛玉的玉,斜玉边字加一个点,不要错了——"那时,我忍下了,因为她永远不相信我会写这个玉字,我心里十分不耐,可是不再顶嘴。

我回国是住在父母家中的,吃鱼,母亲怕我被刺卡住。穿衣,她在一旁指点。万一心情好,多吃了一些,她强迫我在接电话的那挤忙不堪的时候内,要我同时答话,同时扳开口腔,将呛死人的胃药粉、人参粉和维他命,加上一杯开水,在不可能的情况下灌溉下去。结果人呛得半死,她心安理得地走开。电话的对方,以为我得了气喘。

回想起来,每一度的决心再离开父母,是因为对父母爱的忍耐,已到了极限。而我不反抗,在这份爱的泛滥之下,母亲化解了我已独自担当的对生计和环境全然的责任和坚强——她不相信我对人生的体验。在某些方面,其实做孩子的已是比她的心境更老而更苍凉。无论如何说,固执的母爱,已使我放弃了挑战生活的信心和考验,在爱的伟大前提之下,母亲胜了,也因对她的爱无可割舍,令人丧失了一个自由心灵的信心和坚持。

我想了又想,这件家庭的悲喜剧,只有开诚布公地与父母公开谈论,请他们信任我,在人生的旅途上,不要太过于以他们的方式来保护我。这件事,双方说得坦诚,也同意万一我回国定居,可能搬出去住,保持距离,各自按照正确的方向,彼此做适度的退让和调整。这一点,父母一口答应了。而我,为了保护自己的生活方式,做了一个在别的家庭中,可能引起极大的伤心,甚而加上不孝罪名的叛逆者,幸而父母开明,彼此总算了解。

讲通了,乐意回国定居,可是母亲突然又说:"那么你搬出去我隔几天一定要送菜去给你吃，不吃我不安心。"

又说："莫名其妙的男朋友，不许透露地址，他们纠缠你，我们如何来救，你会应付吗？"

十七年离家，自爱自重，也懂得保护自己，分别善恶和虚伪，可是，在父母的眼中，我永远是一个天真的小孩子，他们绝对不相信我有足够的能力应付人世的复杂。虽然品格和教养是已慢慢在建立，可是他们只怕我上当。

父亲其实才是小孩子，他的金钱，借出去了，大半有去无还，还不敢开口向人讨回，这使他的律师公费，常常是年节时送来一些水果，便解决了他日夜伏案的辛劳。

有一次，一场费力的诉讼结果，对方送了一个大西瓜来，公费便不提了，当事人走时，父亲居然道谢又道谢，然后开西瓜叫我们吃。我当时便骂他太没有勇气去讨公费，他居然一笑置之，说这是意外的收入，如果当事人一毛不拔，过河拆桥，反脸不认，又将他如何。

这种行径，我不去向他反复噜苏，因为没有权力，因为我信任他，不会让我们冻饿。可是，当我舍不得买下一件千元以上的衣服时，他又反过来拼命讲道理我听，说我太节省，衣着太陈旧，有失运用金钱的能力，太刻苦，所谓刻薄自己也。

其实，名、利、衣、食和行，在我都不看重。只有在住的环境上，稍稍奢侈。渴望一片蓝天，一个可以种花草的阳台，没有电话的设备，新鲜的空气，便是安宁的余生，可是，这样的条件，在台湾，又岂容易？

父母期望的是——"喂猪"。当我看见父母家的窗外一片灰色的公寓时，我的心，常常因为视线的无法辽阔和舒畅，而觉自由心灵的丧失和无奈——毕竟,不是大隐。吃不吃,都不能解决问题,可是母亲不理这些,绝对不理。

母亲看我吃,她便快乐无比。我便笑称,吃到成了千台斤的大肥猪而死时,她必定在咽气之前,还要灌一碗参汤下去,好使她的爱,因为那碗汤,使我黄泉之路走得更有体力。

爱和信任,爱与尊重,爱过多时,便是负担和干扰。这种话,对父母说了千万次,因为他们的固执,失败的总是我——因为不忍。毕竟,这一切,都是出于彼此刻骨的爱。

每当我一回国,家中必叫说"革命分子"又来了。平静的生活,因我的不肯将眼睛也吃到堵住,必然有一番伤到母亲心灵深处的悲哀。可是,我不能将自己离家十七年的生活习惯,在孝道的前提之下,丧失了自我,改变成一个只是顺命吃饭的人,而完全放弃了自我建立的生活形态。

在父母的面前,再年长的儿女,都是小孩子,可是中国的孩子,在伦理的包袱下,往往担得太认真和顺服,没有改革家庭的勇气和明智。这样,在孝道上,其实也是"愚孝"。我们忘了,父母在我们小时候教导我们,等我们长大了,也有教育父母的责任,当然,在方式和语气上,一定本着爱的回报和坚持,双方做一个适度的调整。不然,这个社会,如何有进步和新的气象呢。

一个国家社会的基本,还是来源于家庭的基本结构和建立,如果年轻的一代只是"顺"而不"孝",默默地忍受了上一代的生活方式和观念,一旦我们做了父母的时候,又用同样的生活习惯和思想,自自然然地叫自己的孩子再走上祖父母的那种生活方式,这在理性上来说,便是"不孝"了。

父母的经历和爱心,是不可否认的事实。在好的一方面,我们接受、学习、回报，在不合时代的另一方面，一定不可强求，闹出家庭悲剧。慢慢感化，沟通，如果这一些都试尽了，而没有成果，那么只有忍耐爱的负担和枷锁，享受天伦之乐中一些累人的无奈和欣慰。但是，不能忘了，我们也是"个体"，内心稍稍追求你那一份神秘的自在吧！

因为我的父母开明，才有这份勇气，在夜深人静的时候，母亲不再来替我——一个中年的女儿盖被的偶尔自由中，写出了一个子女对父母的心声。

父亲、母亲，爱你们胜于一切，甚而向老天爷求命，但愿先去的是你们。而我，最没有勇气活下去的一个人，为了父母，要撑到最后。这件事情，在我实在是艰难，可是答应回国定居，答应中国式接触的复杂和压力，答应吃饭，答应一切你们对我——心肝宝贝的关爱。那么，也请你们适度地给我自由，在我的双肩上，因为有一口嘘息的机会，将这份爱的重负，化为责任的欣然承担。

# 简 单

许多时候，我们早已不去回想，当每一个人来到地球上时，只是一个赤裸的婴儿，除了躯体和灵魂，上苍没有让人类带来什么身外之物。

等到有一天，人去了，去的仍是来的样子，空空如也。这只是样子而已。事实上，死去的人，在世上总也留下了一些东西，有形的，无形的，充斥着这本来已是拥挤的空间。

曾几何时，我们不再是婴儿，那份记忆也遥远得如同前生。回首看一看，我们普普通通地活了半生，周围已引出了多少牵绊，伸手所及，又有多少带不去的东西成了生活的一部分，缺了它们，日子便不完整。

一个生命，不止是有了太阳、空气、水便能安然地生存，那只是最基本的。求生的欲望其实单纯，可是我们是人类，是一种贪得无厌的生物，在解决了饥饿之后，我们要求进步，有了进步之后，要求更进步，有了物质的享受之后，又要求精神的提升，我们追求幸福、快乐、和谐、富有、健康，甚而永生。

最初的人类如同地球上漫游野地的其他动物，在大自然的环境里辛苦挣扎，只求存活。而后因为自然现象的发展，使他们组成了部落，成立了家庭。多少万年之后，国与国之间划清了界限，民与民之间，忘了彼此都只不过是人类。

邻居和自己之间，筑起了高墙，我们居住在他人看不见的屋顶和墙内，才感到安全自在。

人又耐不住寂寞，不可能离群索居，于是我们需要社会，需要其他的人和物来建立自己的生命。我们不肯节制，不懂收敛，泛滥情感，复杂生活起居。到头来，"成功"只是"拥有"的代名词。我们变得沉重，因为担负得太多，不敢放下。

当婴儿离开母体时，象征着一个躯体的成熟。可是婴儿不知道，他因着脱离了温暖潮湿的子宫觉得惧怕，接着大哭。人与人的分离，是自然现象，可是我们不愿。

我们由人而来，便喜欢再回到人群里去。明知生是个体，死是个体，但是我们不肯探索自己本身的价值，我们过分看重他人在自己生命里的参与。于是，孤独不再美好，失去了他人，我们惶惑不安。

其实，这也是自然。

于是，人类顺其自然地受捆绑，衣食住行永无宁日的复杂，人际关系日复一日的纠缠，头脑越变越大，四肢越来越退化，健康丧失，心灵蒙尘。快乐，只是国王的新衣，只有聪明的人才看得见。

童话里，不是每个人都看见了那件新衣，只除了一个说真话的小孩子。

我们不再怀念稻米单纯的丰美，也不认识蔬菜的清香。我们不知四肢是用来活动的，也不明白，穿衣服只是使我们免于受冻。

灵魂，在这一切的拘束下，不再明净。感官，退化到只有五种。如果有一个人，能够感应到其他的人已经麻木的自然现象，其他的人不但不信，而且好笑。

每一个人都说，在这个时代里，我们不再自然。每一个人又说，我们要求的只是那一点心灵的舒服，对于生命，要求的并不高。

这是，我们同时想摘星。我们不肯舍下那么重的负担，那么多柔软又坚韧的网，却抱怨人生的劳苦愁烦。不知自己便是住在一颗星球上，为何看不见它的光芒呢？

许多人说，身体形式都不重要，境由心造，一念之间可以一花一世界，一沙一天堂。

这是不错的，可是在我们那么复杂拥挤的环境里，你的心灵看见过花吗？只一朵，你看见过吗？我问你的，只是一朵简单的非洲菊，你看见过吗？我甚而不问你玫瑰。

不了，我们不再谈沙和花朵，简单的东西是最不易看见的，那么我们只看看复杂的吧！

唉，连这个，我也不想提笔写了。

在这样的时代里，人们崇拜神童，没有童年的儿童，才进得了那窄门。

人类往往少年老成，青年迷茫，中年喜欢将别人的成就与自己相比较，因而觉得受挫，好不容易活到老年仍是一个没有成长的笨孩子，我们一直粗糙地活着，而人的一生，便也这样过去了。

我们一生复杂，一生追求，总觉得幸福的遥不可企及。不知那朵花啊，那粒小小的沙子，便在你的窗台上。你那么无事忙，当然看不见了。

对于复杂的生活，人们怨天怨地，却不肯简化。心为形役也是自然，哪一种形又使人的心被役得更自由呢？

我们不肯放弃，我们忙了自己，还去忙别人。过分的关心，便是多管闲事，当别人拒绝我们的时候，我们受了伤害，却不知这份没趣，实在是自找的。

对于这样的生活，我们往往找到一个美丽的代名词，叫做"深刻"。

简单的人，社会也有一个形容词，说他们是笨的。一切单纯的东西，都成了不好的。

恰好我又远离了家国，到大西洋的海岛上来过一个笨人的日子，就如过去许多年的日子一样。

在这儿，没有大鱼大肉，没有争名夺利，没有过分的情，没有载不动的愁，没有口舌是非，更没有解不开的结。

也许有其他的笨人，比我笨得复杂的，会说：你是幸运的，不是每个人都有一片大西洋的岛屿。唉，你要来吗？你忘了自己窗台上的那朵花了。怎么老是看不见呢？

你不带花来，这儿仍是什么也没有的。你又何必来？你的花不在这里，你的窗，在你心里，不在大西洋啊！

这里，对于一个简单的笨人，是合适的。对不简单的笨人，就不好了。

我只是返璞归真，感到的，也只是早晨醒来时没有那么深的计算和迷茫。


我不吃油腻的东西，我不过饱，这使我的身体清洁。我不做不可及的梦，这使我的睡眠安恬。我不穿高跟鞋折磨我的脚，这使我的步子更加悠闲安稳。我不跟潮流走，这使我的衣服永远长新，我不耻于活动四肢，这使我健康敏捷。

我避开无事时过分热络的友谊，这使我少些负担和承诺。我不多说无谓的闲言，这使我觉得清畅。我尽可能不去缅怀往事，因为来时的路不可能回头。我当心地去爱别人，因为比较不会泛滥。我爱哭的时候便哭，想笑的时候便笑，只要这一切出于自然。

我不求深刻，只求简单。

# 什么都快乐

清晨起床，喝冷茶一杯，慢打太极拳数分钟，打到一半，忘记如何续下去，从头再打，依然打不下去，干脆停止，深呼吸数十下，然后对自己说："打好了！"再喝茶一杯，晨课结束，不亦乐乎！

静室写毛笔字，磨墨太专心，黑成一缸，而字未写一个，已腰酸背痛。凝视字帖十分钟，对自己说："已经写过了！"绕室散步数圈，擦笔收纸，不亦乐乎！

枯坐会议室中，满堂学者高人，神情俨然。偷看手表指针几乎凝固不动，耳旁演讲欲听无心，度日如年。突见案上会议程式数张，悄悄移来折纸船，船好，轻放桌上推来推去玩耍，再看腕表，分针又移两格，不亦乐乎！

山居数日，不读报，不听收音机，不拆信，不收信，下山一看，世界没有什么变化，依然如我，不亦乐乎！

数日前与朋友约定会面，数日后完全忘却，惊觉时日已过，急打电话道歉，发觉对方亦已忘怀，两不相欠，亦不再约，不亦乐乎！

雨夜开车，见公路上一男子淋雨狂奔，刹车请问路人："上不上来,可以送你?"那人见状狂奔更急,如夜行遇鬼。车远再回头,雨地里那人依旧神情惶然,见车停,那人步子又停并做戒备状,不亦乐乎!

四日不见父母手足,回家小聚,时光飞逝,再上山来,惊见孤灯独对,一室寂然,山风摇窗,野狗哭夜,而又不肯再下山去,不亦乐乎!

逛街一整日,购衣不到半件,空手而回。回家看见旧衣,倍觉件件得来不易,而小偷竟连一件也未偷去,心中欢喜。不亦乐乎!

夜深人静叩窗声不停,初醒以为灵魂来访,再醒确定是不识灵魂,心中惶然,起床轻轻呼唤,说:"别来了!不认得你。"窗上立即寂然,蒙头再睡,醒来阳光普照,不亦乐乎!

匆忙出门,用力绑鞋带,鞋带断了,丢在墙角。回家来,发觉鞋带可以系辫子,于是再将另一只拉断,得新头绳一副,不亦乐乎!

厌友打电话来,喋喋不休,突闻一声铃响,知道此友居然打公用电话,断话之前,对方急说:"我再打来,你接!"电话断,赶紧将话筒搁在桌上,离开很久,不再理会。二十分钟后,放回电话,凝视数秒,厌友已走,不再打来,不亦乐乎!

上课两小时,学生不提问题,一请二请三请,满室肃然。偷看腕表,只一分钟便将下课,于是笑对学生说:"在大学里,学生对于枯燥的课,常常会逃。现在反过来了,老师对于不发问的学生,也想逃逃课,现在老师逃了,再见!"收拾书籍,大步迈出教室,正好下课铃响,不亦乐乎!

黄昏散步山区,见老式红砖房一幢孤立林间,再闻摩托车声自背后羊肠小径而来。主人下车,见陌生人凝视炊烟,不知如何以对,便说:"来呷蓬!"客笑摇头,主人再说:"免客气,来坐,来呷蓬!"陌生客居然一点头,说:"好,麻烦你!"举步做入室状。主人大惊,客始微笑而去,不亦乐乎!

每日借邻居白狗一同散步,散完将狗送回,不必喂食,不亦乐乎!

交稿死期已过,深夜犹看《红楼梦》。想到"今日事今日毕"格言,看看案头闹钟已指清晨三时半,发觉原来今日刚刚开始,交稿事来日方长,心头舒坦,不亦乐乎!

晨起闻钟声,见校方同学行色匆匆赶赴教室,惊觉自己已不再是学生,安然浇花弄草梳头打扫,不亦乐乎!

每周山居日子断食数日,神志清明。下山回家母亲看不出来,不亦乐乎!

求婚者越洋电话深夜打到父母家,恰好接听,答以:"谢谢,不,不能嫁,不要等!"挂完电话蒙头再睡,电话又来,又答,答完心中快乐,静等第三回,再答。又等数小时,而电话不再来,不亦乐乎!

有录音带而无录音机,静观音带小匣子,音乐由脑中自然流出来,不必机器,不亦乐乎!

回家翻储藏室,见童年时玻璃动物玩具满满一群安然无恙,省视自己已过中年,而手脚俱全,不亦乐乎!

归国定居,得宿舍一间,不置冰箱,不备电视,不装音响,不申请电话。早晨起床,打开水龙头,发觉清水涌流,深夜回室,又见灯火满室,欣喜感激,但觉富甲天下,日日如此,不亦乐乎!

# 梦里不知身是客

提笔的此刻是一九八三年的开始，零时二十七分。

我坐在自己的书桌前，想一个愿望。

并不是新年才有新希望，那是小学生过新年时，作文老师必给的题目。过年不写一年的计划，那样总觉得好似该说的话没有说。一年一次的功课，反复地写，成了惯性，人便这么长大了，倒也是好容易的事情。

作文簿上的人生，甲乙丙丁都不要太认真，如果今年立的志向微小而真诚，老师批个丙，明年的本子上还有机会立志做医生或科学家，那个甲，总也还是会来的。

许多年的作文簿上，立的志向大半为了讨好老师。这当然是欺人，却没有法子自欺。

其实，一生的兴趣极多极广，真正细算起来，总也还是读书又读书。

当年逃学也不是为了别的，逃学为了是去读书。

下雨天，躲在坟地里啃食课外书，受冻、说谎的难堪和煎熬记忆犹新，那份痴迷，至今却没有法子回头。

我的《红楼梦》《水浒传》《十二楼》《会真记》《孽海花》《大

戏考》《儒林外史》《今古奇观》《儿女英雄传》《青洪帮演义》《阅微草堂笔记》……都是那时候刻下的相思。

求了一个印章，叫做"不悔"。

红红的印泥盖下去，提起手来，就有那么两个"不——悔"。好字触目，却不惊心。

我喜欢，将读书当做永远的追求，甘心情愿将余生的岁月，交给书本。如果因为看书隐居，而丧失了一般酬答的朋友，同时显得不通人情，失却了礼貌，那也无可奈何，而且不悔。

愿意因此失去世间其他的娱乐和他人眼中的繁华，只因能力有限，时间不能再分给别的经营，只为了架上的书越来越多。

我的所得，衣食住行上可以清淡，书本里不能谈节俭。我的分分秒秒吝于分给他人，却乐于花费在阅读。这是我的自私和浪费，而且没有解释，不但没有解释，甚且心安理得。

我不刻意去读书，在这件事上其实也不可经营。书本里，我也不过是在游玩。书里去处多，一个大观园，到现在没有游尽，更何况还有那么多地方要去。

孔夫子所说的游于艺那个游字，自小便懂了，但是老师却偏偏要说：工作时工作，游戏时游戏。这两件事情分开来对付，在我来说，就一样也不有趣。不能游的工作，做起来吃力，不能游的书本，也就不去了。

常常念书念白字，也不肯放下书来去查查《辞海》，《辞海》并不是不翻，翻了却是看着好玩，并不是为了只查一个发音。

那个不会念的字，意思如果真明白了，好书看在兴头上，搁下了书去翻字典，气势便断，两者舍其一，当然放弃字典，好在平凡人读书是个人的享受,也是个人的体验,并不因为念了白字祸国殃民。

念书不为任何人,包括食谱在内。念书只为自己高兴。

可是我也不是刻意去念书的,刻意的东西,就连风景都得寻寻切切,寻找的东西,往往一定找不到,却很累人。

有时候,深夜入书,蓦然回首——咦,那人不是正在灯火阑珊处吗?并没有找什么人或什么东西,怎么已然躲在人的背后,好叫人一场惊喜。

迷藏捉到这个地步,也不知捉的是谁,躲的又是谁,境由心生,境却不由书灭,黄粱一梦,窗外东方又大白,世上一日,书中千年,但觉天人合一,物我两忘,落花流水,天上人间。

贾政要求《红楼梦》中的宝玉念"正经书",这使宝玉这位自然人深以为苦。好在我的父亲不是贾政,自小以来书架上陈列的书籍,包括科学神怪社会伦理宗教爱情武侠侦探推理散文手工家事魔术化学天文地理新诗古词园艺美术汉乐笑话哲学童谣剧本杂文……真个精骛八极,心游万仞。

在我看来,好书就是好书,形式不是问题。自然有人会说这太杂了。这一说,使我联想到一个故事:两道学先生议论不合,各自诧真道学,而互诋为假,久之不决,乃共请正于孔子。孔子下阶,鞠躬致敬而言曰:"吾道甚大,何必相同,二位先生真正道学,丘素所钦仰,岂有伪哉?"两人大喜而退。弟子曰:"夫子何谀之甚也?"孔子曰:"此辈人哄得他去够了,惹他甚么?"

读尽天下才子书,是人生极大的赏心乐事,在我而言,才子的定义,不能只框在"纯文学"这二个字里面。图书馆当然也是去的,昂贵的书、绝版的书,往往也已经采开架式,随人取阅,只是不能借出。去的图书馆是文化大学校内的，每当站在冷门书籍架前翻书观书，身边悄然又来一个不识同好，彼此相视一笑，心照不宣，亦是生活中淡淡的欣喜。

去馆内非到不得已不先翻资料卡，缓缓走过城墙也似的书架，但觉风过群山，花飞满天，内心安宁明净却又饱满。

要的书，不一定找得到，北宋仁宗时代一本《玉历宝钞》就不知藏在哪一个架子上，叫人好找。找来找去，这一本不来，偏遇另一本，东隅桑榆之间，又是一乐也。

馆里设了阅览室，放了桌子椅子，是请人正襟危坐的，想来读书人当有的姿势该如是——规规矩矩。这种样子看书，人和书就有了姿势上的规定，规定是我们一生都离不开的两个字，并不吓人。可惜斜靠着看书、趴在地上看书、躺在床上看书、坐在树下看书、边吃东西边看书的乐趣在图书馆内都不能达到了。我爱音乐，却不爱去听音乐会大半也是这个理由。

图书馆其实已经够好了，不能要求再多。只因我自己的个性最怕生硬、严肃和日光灯，更喜深夜看书，如果静坐书馆，自备小台灯，自带茶具，博览群书过一生，也算是个好收场了。

心里那个敲个不停的人情、使命、时间和责任并没有释放我，人的一生为这个人活，又为那个人活，什么时候可以为自己的兴趣活一次？什么时候？难道要等死了才行吗？如果答案是肯定的，我就——

不太向人借书回家。借的书是来宾，唯恐招待不周，看来看去就是一本纸，小心翼翼翻完它，仍是见山是山，见水是水，不能入化境。

也不喜欢人向我借书。每得好书，一次购买十本，有求借者，赠书一本，宾主欢喜。

我的书和牙刷都不出借，实在强求，给人牙刷。

人说行万里路读万卷书，偏要二分。其实行路时更可兼读书，候机室里看一本阿嘉莎·克利丝蒂，时光飞逝。

再回来说图书馆。

知道俞大纲先生藏书，是在文化大学戏剧系国剧组的书馆里。初次去，发觉《红楼梦》类书籍旁边放的居然是俞先生骨灰一盒，泫然心惊，默立良久，这才开柜取书。

那一次再看脂砚斋批的红楼，首页发现适之先生赠书大纲先生时写的话，墨迹尚极清楚，而两人都已离世。这种心情之下遇到书，又有书本之外的凄凄在心底丝丝地升上来。大纲先生逝后赠书不能外借，戏剧系守得紧，要是我的，也是那个守法。大纲先生的骨灰最先守书，好。

看书有时只进入里面的世界去游玩一百一千场也是不够的。古人那么说，自己不一定完全没有意见，万一真正绝妙好文，又哪里忍得住不去赞叹。这种时候，偏偏手痒，定要给书上批注批注。如果是在图书馆里，自然不能在书上乱写，看毕出来，散步透气去时，每每心有余恨。

属于自己的书，便可以与作者自由说话。书本上，可圈、可点、可删，又可在页上写出自己看法。有时说得痴迷，一本书成了三本书，有作者，有金圣叹，还有我的啰苏。这种划破时空的神交，人，只有请来灵魂交谈时可以相比。

绝版书不一定只有古书，今人方莘的诗集《膜拜》，大学时代有一本，翻破了，念脱了页，每天夹来夹去挤上学的公车，结果终于掉了。掉了事实上也没有关系，身外之物，来去也看因缘，心里没有掉已是大幸。一九八〇年回国，又得方莘再赠一本，他写了四个字——劫后之书。

这一回，将它影印了另一本，失而复得的喜悦，还是可贵，这一劫，十六年已经无声无息地过去。

又有一本手做的，彩色纸做出来专给我的书，书还在，赠书的人听说也活着，却不知在哪里了。也自己动手做一本彩色的空白书，封面上写着"我的童年"，童年已经过去了，将逝去的年年月月一页一页在纸上用心去填满，十分安然而欣慰。

还说不借书给人的，出国几年回来，藏书大半零落。我猜偷书的人就是家中已婚手足，他们喊冤枉，叫我逐家去搜，我去了，没有搜出什么属于自己的旧友，倒是顺手拎了几本不属于自己的书回来。这些手足监视不严，实在是很大的优点。

入书神游，批书独白，却也又是感到不足。诗词的东西本身便有音乐性，每读《人间词话》《词人之舟》，反复品赏之余，默记在心之外，又喜唐诗宋词新诗都拿出来诵读，以自己的声音，将这份文字音节的美，再活出它一次重新的生命。

母亲只要我回家居住时，午夜梦回，总要起身来女儿卧室探视熄灯。这是她的慈心，是好奇心，也是习惯使然。脚步如猫，轻轻突然探头进来，常常吓得专心看书的人出声尖叫，每有怨言，怪她不先咳一声也好。

那夜正在诵读一首长诗，并不朗声；母亲照例突袭，听见说话声，竟然自作聪明，以为女儿夜半私语是后花园偷定终身，吓得回身便逃，不敢入室。这一回轮到我，无意中吓退母亲，不亦快哉！

其实，读书并不急着生吞活剥，看任何东西，总得消化了才再给自己补给。以前看金庸先生，只看情是何物直教生死相许。后来倪匡先生训人，说武侠也得细看过招。他的话有道理，应该虚心接受。一日看见书中主角一招"白鹤掠翅"打翻对方，心里大喜，放下书本，慢打太极，演化到这一个动作，凝神一再练习，念书强身又娱乐，是意想不到的收益，金庸小说，便能这般奇门幻术，谢谢。

说到书本所起的化学作用，亦得看时看地看境遇，自小倒背如流的《长恨歌》，直到三年前偶尔想到里面后段的句子，这才顿然领悟，催下千行泪。

读书多了，容颜自然改变，许多时候，自己可能以为许多看过的书籍都成过眼烟云，不复记忆，其实它们仍是潜在的。在气质里、在谈吐上、在胸襟的无涯，当然也可能显露在生活和文字中。常听人随口说，拓芜的白话写得顺口，天文天心丁亚民只是才情，却没有人平心静气地想一想，这一群群文字工作者，私底下念了多少多少本书。天下万事的成就，都不是偶然，当然，读书之外，那份生来的敏锐和直觉却是天生的，强求不得，苦读亦不得。

念书人，在某种场合看上去木讷，那是无可奈何，如果满座衣冠谈的尽是声色犬马升官发财，叫那个人如何酒逢知己千杯少？其实一般通俗小说里，说的也不过是酒色财气，并不需要超尘。但是通俗之艳美，通俗之极深刻；饭局上能够品尝出味道来的恐怕只是黏潺潺的鱼翅。

看书，更说书，座谈会上没有人要听书，不可说。

座谈会不能细讲警幻仙子和迷津，更不能提《水浒传》中红颜祸水，万一说说咕汝宁波车（义为上师宝）、西藏黑洲佛灯之传播，听的人大概连叫人签名的书都砸上来打人去死。不可说，不可说，沉默是金，沉默看花一笑吧。

书到无穷处，坐看云起时，好一轮红太阳破空而出，光芒四射，前途一片光明，彼岸便是此身。

涅槃何处在，牧童遥指杏花村。

还是要说书。家中手足的孩子们，便将我当作童话里的吹笛童子，任何游乐场诱之不肯去，但愿追随小姑听故事。我们不讲公主王子去结婚，我们也不小妇人也不苦儿寻母，每一个周末，小小的书房里开讲犹太民族的流浪、以色列复国、巴勒斯坦游击队、油漆匠希特勒。也有东北王张作霖、狗肉将军张宗昌、慈禧和光绪、唐明皇与杨贵妃、西安事变同赵四小姐、宝玉黛玉薛宝钗沈三白芸娘武松潘金莲……

不怕孩子们去葬花，只怕他们连花是什么都不晓得。

自然明白看书不能急躁，细细品味最是道理。问题是生而有涯，以百年之身，面对中国的五千年，急不急人？更何况中国之外还有那么一个地球和宇宙。

有一日，堂上跟莘莘学子们开讲《红楼梦》，才在游园呢，下课钟却已惊梦。休息时间，突然对第一二排的同学们冲出一句话来：要是三毛死了——当然是会死的——《红楼梦》请千万烧一本来，不要弄错了去烧纸钱。

谈到身后事，交代的居然是这份不舍，真正不是明白人。

宝玉失玉后，变得迷迷糊糊，和尚送玉回来，走了，过几日偏偏又来吵闹。宝玉听说和尚在外面吵，便要把玉还给和尚，说："我已有了心，还要这块玉做什么？"

失了欲，来了心，大梦初醒，那人却是归彼大荒去也——

那个玉字，在上一行里写成了欲，错了没有还是不要去翻字典，看看胡菊人先生书中怎么讲《红楼梦》里的这个字，比较有趣。

我为何还将这一方一方块的玉守得那么紧呢？书本又怎么叫它是玉呢？玉字怎么写的，到底是玉还是欲？不如叫它砖头好了，红砖也是好看的建材。

书，其实也是危险的东西，世上呆子大半跟书有点关系。在我们家的家谱里，就记着一个祖先，因为一生酷爱读书，不善经营，将好好的家道弄得七零八落，死了好多年了，谱里还在怪他。那么重的砖头压在脑袋里，做人还能灵活吗？应该还是灵活的，砖头可以压死人，也可以盖摩天大楼，看人怎么去用了。

过年了，本想寄一些书给朋友们，算作想念的表示。父亲说你千万不要那么好意，打麻将的人新年收到书不恨死你才怪。

这个世界的色彩与可观，也在于每一个人对价值的看法和野心都大异其趣。有人爱书，有人怕输，一场人生，输赢之间便成了竞兽场。

竞争不适合我的体质，那份五彩喧哗叫人神经衰弱而且要得胃溃疡。书不和人争，安安静静的，虽然书里也有争得死去活来的真生命，可是不是跟看书人争。

也有这么一个朋友，世间唯一的一个，不常见面，甚而一年不见一次，不巧见了面，问候三两句，立即煮茶，巴山夜雨，开讲彼此别后读书心得。讲到唇焦舌烂，废餐忘饮，筋疲力尽，竟无半句私人生活。时间宝贵，只将语言交给书籍幻境。分手亦不敢再约相期，此种燃烧，一年一次，已是生命极限的透支。分手各自闭门读书，每有意会，巧得奇书，一封限时信倾心相报。

神交至此，人生无憾，所谓笑傲江湖也。

走笔到现在，已是清晨六时，而十时尚有尘事磨人。眼看案上十数本待读新书，恨不能掷笔就书，一个字也不再写下去。

但愿废耕入梦——梦里不知身是客，一晌贪欢啊！

自然，定会有某种层次的读者看了这篇文字，会说：三毛，以前你的一篇《云在青山月在天》狠狠放笔奔驰了一场，忽东忽西捉摸不定，好一场胡闹。现在怎么又来了？

宝玉在《红楼梦》中最后一句话不是说："好了，好了，不再胡闹了，完事了——"仰面大笑而去。许多人不给我仰面大笑，也不舍我走，那么总得给人见见性情，明心不够，下面两个字才是更看重的。

我还是一定要走。

书乡路稳宜频到，此外不堪行。

读者朋友们封封来信都是讨故事——南美洲亚马逊热带雨林的旅程老是藏着不肯写，不要你一下《红楼梦》，一下又出来了个和尚，一下又要走了，到底在说什么嘛？

我要说，人到了这个地步，哀不哀乐已经了然，可是"自由的能力"却是一日壮大一日。偶尔放纵自己，安静痴恋读书，兴之所至，随波逐浪，这份兴趣并不至于危害社会。就算新年立个旧志向，也不会有人来给你打个甲乙丙丁戊，更没有人借关心的理由来劝告你人情圆通前程慎重功名最要紧那样的废话，这一点，真是太好了。

但愿一九八三八四八五和往后的年年岁岁，风调雨顺，国泰民安，世界祥和，出版兴旺，各人在适合自己的生活方式和岗位上，活出最最灿烂丰富的生命来，这便是世纪的欢喜了。

# 野火烧不尽

上完了学期最后一堂课，站在最喜爱的一班学生的面前，向他们致谢。道谢他们在这四个月里的鼓励、支持、了解、用功和这份永不跷课的纪录。

然后，我站在讲台上，向全体学生微微地弯下身去，说："谢谢你们所给我的一切。"

学生们一个一个经过我，有的对我笑一笑，有的，上来说："老师，谢谢你。"

已是傍晚了，我捧着大沓的作业，慢慢走回宿舍。山上的冬日总也是风雨，每一场课后筋疲力尽近乎虚脱的累，是繁华落尽之后的欣慰、喜悦、踏实和平安。

于是，我去买一个便当，顺路带回家，灯下的夜和生命，交付给批改到深更的散文和报告。

答案，已经来了。追求和执著，在课室那一堂又一堂全力付出的燃烧里，得到了肯定。

四个月，为学生念了多少本书，想了多少吸引他们、启发他们的读书写作的花样？在一张张人孩子的脸上，我，已清楚看见自己耕耘出来的青禾。

在那每一堂安静专注得连掉一根针也听得出来的课室里，只有我的声音，在讲述一场繁华鲜活的人世和美丽。

有的孩子，当我提醒重点，讲两遍三遍时，抄下了笔记，再闭上眼睛——他们不是在睡觉，他们正在刻下书本里所给我们的智慧、真理、人生的面相、艺术文学的美和那份既朦胧又清楚的了解与认知。

面对着这一群知识的探索者，一点也不敢轻心，不能大意，不可错用一个语句和观念。我的肩上，担着从来没有的责任和使命。而且，这是当仁不让的。

下课之后，常常想到自己哲学系时的一位老师李杜先生，因为这位老师当年认真的哲学概论和重得喘不过气来的逻辑课，打下了我这个学生今日仍然应用在生活、思想里的基础和准则。

老师，我永远不能忘记您的赐予。

一堂精彩的课，不可能是枯燥的，如果老师付出了这份认真，堂上便有等着滋润的幼苗和沃土。洒下去自己的心血吧，一个好农夫，当田就在你面前的时候，你不能再去做梦。

我今天的孩子们，念了全世界最有趣的学系——中国文学系，文艺创作组。这自然是十分主观的看法，每一种学问里，都有它本身的迷藏和神秘，只是看人喜欢哪一种游戏，便参加了哪一场追求。我仍是说，退一步说，文艺创作组的学生除了勤读小说诗歌戏剧评论之外，该用功的，目前便是在纸上创造另一次生命，这种生涯，说来又是多好。

旁听的同学多，共同科目选课的同学也满。外系的孩子，并不是没有文学的欣赏能力和这一份狂爱。那么有教无类吧，孩子，你的脸上，已经溅到了书本的花瓣，老师，再给你一朵花。

最不喜欢偶尔翘了别的课，喘着气爬上大成馆五楼的学生，这份心，是真、是热，可是听课也得明白一气呵成的道理。师生之间，除了书本之外，尚有时日加深的沟通与了解；这份一贯，不能是标点句号，这是一道接连着奔涌而来的江河，偶尔地来听课，是不得已撞堂，取舍两难，结果呢？两个都失去了，没有得到一个完全的。

师生之间心灵的契合，一霎相处只是激越出来的火花，不能长久。课堂上，我要求的是激越狂喜之后沉淀下来的结晶。这个实验，需要慢火、时间和双方的努力，战国之后，才有春秋；好一场智慧的长跑，标杆却是永恒。

知道学海无涯，我们发心做做笨人，孩子，跟老师一起慢慢跑，好不好？一面跑一面看风景吃东西玩游戏说笑话，让我们去追求那永不肯醒的痴迷和真心。它是值得的，里面没有如果。

有一天，当我们跑累了，坐下来，休息一会儿，回头看一看，那些绿水青山里，全是我们的足迹。那时候，你必然有汗，可是你不会汗颜。

我们没有跟什么人竞赛，我们只是在做一场自自然然的游戏，甘心情愿又不刻意，是不是？如果真是我的孩子们，这个是不是，都已是多余的了。


只有那么一堂课，我的讲台上少了一杯茶，忍耐了两小时的渴累，我笑着向学生说："谢谢你们听课，下星期再见！"

回到宿舍里，我自责得很厉害，几乎不能改作业。不是好老师，失败的老师，不配做老师——我埋在自己的手臂里，难过得很，忘了去买便当。

自从搬到宿舍来之后,房间永远整整齐齐,地上一片细细的纸屑都赶快拾起来,不肯它破坏了这份整洁安适的美和美中的规矩,这个,在我,就是自然。

潜意识里,期望在生活上,也做一个师长的榜样,孩子下课来的时候,给他们一杯热茶,一个舒适又可以吐露心事的环境和一盏夜间的明灯。

然而,这些默默的礼貌和教化,却换不来那份书本与生活的交融。一个不懂得看见老师讲台上没有茶的学生,或是明明看见了却事不关己的学生,并没有受到真正的教育,书,在生活行事为人上不用出来,便是白读。

这份生活的白卷,是不是我——一个做老师的失职?

我的答案,是肯定的。

永远不肯在课堂上讲一句重话,孩子们因为不能肯定自己,已经自卑而敏感了。责骂治标不治本,如何同时治标治本,但看自己的智慧和学生的自爱了。

下一堂课,仍然没有那一杯象征许多东西的茶。老师轻轻讲了一个笑话,全班大半的人笑了,一个学生笑了不算,站起来,左转,走出去,那杯茶立即来了。在以后的学期里,不止是茶与同情,以后的课里,又有了许多书本之外师生之间出自内心的礼貌和教养。

彼此的改进,使我觉得心情又是一次学生,而我的老师们,却坐在我面前笑眯眯地听讲。春风化雨,谁又是春风?谁又是雨?

孩子,你们在老师的心底,做了一场化学的魔术,怎么自己还不晓得呢?

改作业,又是一个个孤寂的深夜和长跑。低等的孩子,拉他一把，给他一只手臂，一定成为中等。中等的孩子，激励他鼓励他，可能更进一步，成为优等。优等的孩子，最优等的，老师批改你们的心语时，有几次，掷笔叹息，但觉狂喜如海潮在心里上升——

这份不必止住的狂喜，不只在于青出于蓝的快慰，也在每一份进步的作业里。学期初，交来的作文那么空洞和松散，学期末，显然的进步就是无言的呐喊，在叫，在为老师叫："陈老师加油！加油！加油！"

孩子，你们逼死老师了，如果老师不读书、不冥想、不体验、不下决心过一个完全挡掉应酬的生活，如何有良知再面对你们给我的成绩？

谢谢这一切的激励，我的学生们，老师再一次低低地弯下了腰，在向你们道谢。

学问，是一张渔网，一个结一个结，结出了捕鱼的工具。孩子，不要怪老师在文学课讲美术的画派，不要怪老师在散文课念诗，不要怪老师明明国外住了十六年，却一直强迫你们先看中国古典小说，也不要怪老师黑板写满又不能擦的时候，站在椅子上去写最上层黑板的空边，不要怪老师上课带录音机放音乐，不要怪老师把披风张开来说十分钟如何做一件经济又御寒的外衣，不要怪老师也穿白袜子平底鞋和牛仔裤，不要怪老师在你的作业上全是红字，硬软兼施；不要不要请不要——

这一切，有一日，你长大了，全有答案。

老师，你还是走吧！在这儿，真懂得你的又有几个？与其在台湾教化出几批陶陶然不知有他的工匠，莫如好好地在

37

外域落地生根，寻着幸福，化生一树林中国枝干的新品种。

自然不能恨你的走，不是——

这一封没有具名的信，字迹眼熟，必是我孩子中的一个塞到宿舍的门缝中来的。

这封信，没有要我留下，只因痛惜。

看完信，第一个想的是称呼；这一代的孩子不太会用您，而常常用你，该不该讲一讲您字里的距离之美和含意？一字之差，差了下面那个心字，便不相同了，虽是小节，下学期仍是提一提比较周全。

爱我的孩子，你以为老师这份付出得不回当得的代价？要我走却又不恨我走，又有多少无言的情意、怅然和了解。

写信给我的孩子，虽然你低估了老师，也低估了同学，这全是出于一片爱师之心才写的肺腑之言，老师感谢你。孩子，看重你的老师——你是看重了，谢谢——老师不是飞蛾扑火的浪漫烈士，老师骨子里是个有良知的生意人，讲课，自然会问：自己给了学生些什么？学生又给了老师什么？如果只是给，而没有收，老师便退；如果只是收而没有给，老师更当退。但是急流勇退之前的持、守、进、执的坚持仍然有待时间的考验和自我价值的判断与选择。

春蚕到死，蜡炬成灰的境界并不算最高，但老师的功力目前正走在这一步上，再提升，只在等待自然的造化，目前不能强求，便顺其自然地执著下去吧。

这封信里提到工匠两字，我个人，却恰恰十分欣赏工匠的本分和不知有他的陶陶然。如果同学里，真能造出几个做人本本分分的工匠来，也算是授业部分的成绩了。

再不然——庐山烟雨浙江潮，不到千般恨不消，及至到来无一物，还可以——起脚再寻浙江潮啊。（注：原诗末句"庐山烟雨"四字，被沈君山先生改为"起脚再寻"。）

教学，是一件有耕耘有收获又有大快乐的事情。一心要做的农夫，终于找到了自己的一百亩田，手里拿着不同的一把又一把种子，心里放出了血，口里传出了藏在生命中丰盛、艳美和神秘的信息，种子怎么舍得不发芽生根再茁壮？

答应我的恩师张其昀先生，只回国执教一年，也看见我们的主任高辉阳先生交付在老师手中那份自由与尊重。这都不够留住我自私的心，这不够，如果那块分给我的田，不肯回报我生的欢喜、颜色和果实，我仍然没有留下来的理由和爱。

田在发芽了，守田的人，你能不能走？

我听到了青禾在生长的声音，那么快速地拼命长向天空，那生长的响声，如火，燃烧了午夜梦回时无法取代的寒冷和孤寂。

我的孩子们，再谢你们一次。当一个人，三次向你道谢的时候，他，已是你的了。

孩子，你们是我的心肝宝贝，我的双手和双肩暂时挑着各位，挑到你们长成了树苗，被移植到另一个环境去生长的时候，我大概才能够明白一个母亲看见儿女远走高飞时的眼泪和快乐。

要老师一年还是永远？请回答我，我的学生们，请回答我。做母亲的爱，当婴儿诞生的那一霎却已是一生一世，地老天荒。

# 有话要说

爱我的朋友，你们知不知心，真正知心吗？知道我，也有一颗心，而不只是浮名三毛吗？

你们如果知心，当知道我回国来是为了谁？又是为了什么责任和那一份付出？你以为我回来，是为了锦上添花还加织花边吗？

人生一世，也不过是一个又一个二十四小时的叠积，在这样宝贵的光阴里，我必须明白自己的选择，是为和朋友相聚的累与欢喜，还是为自己的学生？我不戴表，可是我知道已是什么时刻。

爱我的朋友，你们不知心，你们的电话铃吵得我母亲几乎精神崩溃，吵得我永远不敢回家，吵得我以为自己失去了礼貌和不通人情。事实上，是你们——我的朋友，不懂得君子之交淡如水的道理，更没有在我的付出和使命里给我过尊严、看重和支持。你们只是来抢时间，将我本当交给教育的热忱、精力和本分，在一次又一次没有意义的相聚里，耗失。失礼的是你们，不是我。

这个社会，请求你，给我一份自己选择的权力，请求你，不要为着自己的一点蝇头小利而处处麻烦人，不要轻视教育工作者必需的安静和努力，不要常常座谈，但求自己进修。不要因为你们视作当然的生活方式和来往，摧毁了一个真正愿意为中国青少年付出心血的灵魂。请求自己，不要在一年满了的时候，被太多方式不合适于我的关心再度迫出国门，自我放逐。

请求你，不要我为了人情包袱的巨大压力，常常潇潇夜雨，而不敢取舍。不要我变成泥菩萨，自身难保。请支持我，为中国教育，再燃烧一次，请求你，改变对待我的方式，写信来鼓励的时候,不要强迫我回信,不要转托人情来请我吃饭,不要单个地来数说你个人的伤感要求支持,更不能要求我替你去布置房间。你丢你捡,不是你丢叫我去捡;你管你自己,如同我管理我自己吧!

谁爱国家,是你还是我?

当我,为中国燃烧的时候,你——为什么来扰乱?你真爱我吗?你真爱中国的希望吗?问问自己!

母亲不许我发表这篇稿子。母亲是个经历过人世风霜的周全人,她因此有惧怕,本能地要保护她的女儿。

可是,女儿是不悔的人,这份不悔之前,有她的三思而后行,有她一向不为人知的执著、冷静与看守自己。人,看到的只是三毛的眼泪和笑容,在这份泪笑之间,还有更巨大的东西在心里酝酿,成熟,壮大。反过来说,万事都是有益,在这一场又一场永无宁日的应酬和勉强里,我被迫出了心里的话,被迫出了不屈服的决心,也更看清楚了,自己的付出,在哪一个方向才是真有意义。

回过来说我的教学和孩子,我知道要说什么。孩子,我们还年轻,老师和你们永远一起年轻而谦卑,在这份没有代沟的共同追求里,做一个勇士,一个自自然然的勇士。如果你,我的学生,有朝一日,屈服于社会,同流合污,而没有担起你个人的责任和认知,那么,我没有教好你,而你,也不必再称我任何一个名字。

三毛,你又胡闹了,你还不去中南美洲,你还在中国又中国,你走不走?

不要急,故事慢慢地总会讲,我去了一趟回来都还没讲完,你没去的怎么急成那个样子。

我们先一起在中国工作工作,再去游玩中南美洲好不好?

你不是自相矛盾,你上一段文章里不是工作时游戏、游戏时工作吗？自己讲的话，怎么又反悔了？三毛——

我没有矛盾，这是你个人体验的层次问题。

道可道，非常道，名可名，非常名。这句话，你懂了吗？我不晓得。我懂了吗？我确定懂了。

这个社会的可恨与可悯，就在于如我母亲那样怕事的人太多，而怕事后面一次又一次的教训，却是使得一个人不敢开口的原因。

但是，当一个发愿做清道夫的人，难道怕衣服脏吗？

当，沉默的大众，不再是大多数，而是全部的时候，我们这一群平凡的人，到哪里去听真理的回音？

不，你又弄错了，我的朋友，我仍然记挂你，爱你，没有因为教书而看轻了任何人世的情怀、温柔和社会人际关系的重要。我只是在请求一份了解、认同和生活方式、时间控制的改变；也更在于自我的突破和智慧，这都又还不够，我只能要求自己，在一份行动的表现里，付出决心、毅力和不断地反省与进步。

不然，什么都是白说了。

## 不觉碧山暮　但闻万壑松

我的长辈、朋友，在我有着大苦难时曾经为我付出过眼泪的读者和知己：

我知道。当《野火烧不尽》那篇文章发表的一刹那，已经伤透了你们真挚爱我的那颗诚心。

爱我的朋友，我没忘掉你们与我共过的每一场生死。我还在，请给我补救的机会，不在为你们锦上添花的时刻，而在雪中送炭时才能见到的那只手臂和真心。

原谅我吧！在我的心里，有一个人，已经离世三年了，我一样爱他，更何况活着的你们？了解我，永远是真诚的那颗心——对你。

不要怪我在山上不肯见你们，不要怪我不再与你们欢聚。不要看轻我，更不要看轻你自己在我心里的分量。我只是已经看穿了看与不看之间的没有分野。我只是太累了。

请不要忘了：一个离开了这片土地已经十六年的人，她的再度回归，需要时间来慢慢适应这儿的一切又一切。这儿的太阳、空气、水、气候、交通、父母、家庭、社会和我已经支持不住的胃与算计……都要再度琢磨。慢慢地来好吗？请不要当我是一条游龙，我只是一个有血有肉，身体又不算太强的平凡人，我实在是太累了。

痴爱目前的工作，痴爱自己的学生，沉醉在又一次念书的大快乐里。你们爱我，我确实地知道了，我的感谢、你的爱护，让我们回报给我们共同痴爱的中国，而不是在饭局上，好吗？你了解我，便是鼓励了我们真正的友情和共同的追求。

不要怪我再也看不见了。当你，急迫需要我的时候，我不可能远离你。

琢磨，是痛的，我是一块棱棱角角的方砚台，一块好砚，在于它石质的坚美和它润磨出来的墨香，而不是被磨成一个圆球，任人把玩。

不能随方就圆，也许是我的执著，这样被磨着的时候就更痛了。滚石不生苔，造出了一个心神活泼的三毛，那是可贵的。可是，请在我有生之年，有一次安静的驻留，长出一片翠绿宁静的青苔来吧！

不，不是隐居在山上做神仙，我只是做了一个种树的农夫，两百颗幼苗交在我的田里，我不敢离开它们。

世上的事情，只要肯用心去学，没有一件是太晚的。我正在修葺自己，在学做一个好农夫。请你支持我这片梦想太久的一百亩田，让我给你一个不肯见面的交代和报告，来求得你的谅解吧！

这是我的一份工作报告，几百份中最普通的一份。漫漫的冬夜，就是这样度过的。我又是多么的甘心、安静又快乐。

文艺组的同学，在写作程度上自然更好些。不拿学分而来旁听的，也交报告。怕老师不肯批改，给的时候，那份向学之志，已说明在一双认真的眼神里。我请你——我的朋友，看看一份如此的报告，看见一个做老师的珍惜和苦心，再作为不肯见你的理由吧。

只要有志用功文字的同学，不分什么系，都不忍拒绝，一样照改，并且向他们道谢交在我手中的那份信任和爱。

师生之间的深夜长谈，学生讲，老师也讲改出来了彼此的进步和了解。

"改"事实上不是一个很精确的字。

除了"标点"和"错字"之外，文章只有好与不大好，思想也只有异和同，何"改"有之？

于是，常常纸上师生"对话"，彼此切磋，慢慢再作琢磨，教学相长，真是人生极乐的境界。

也因为孩子太多，师生相处时间有限，彼此的了解不够深入。这唯一补救的方法，在我看来，就是在学期报告里。细看学生向老师讲什么话，多少可能知道一个学生的性情和志向。

这儿是一份极为普通的学期报告。没有任何刁难的题目，只要求很平常的几个问题。请求同学自由发挥。在没有了解一个学生之前，指引的方向便不能大意。自认没有透彻地认识每一个学生，也只有在"对话录"上，尽可能与他们沟通了。

宋平，是文化大学戏剧系二年级的一位学生，她的文章和报告，都不能算是最精彩的，就如同她的名字一样，平平常常的一个好女孩子。

因为做老师的和这位同学有着共同的名字，都是平平凡凡的人，便将这份不拿学分的报告公开。看看学生如何说，老师又如何讲，变成了一份有趣的新报告。我的朋友，请你看一看吧！

这份报告，没有分数，只有彼此亦师亦友的谈话。教学相长的目的，也就达到了。

# 学期作业报告

指导老师　陈平

国剧二　宋平

一、我最喜爱的一本书，为什么？

《人子》。因为有一阵子我看老庄的书（看哲学书便如打坐，没有上师在旁指途，是很危险的事，切记。）看得入迷了，就很想像老庄一样，抛弃一切世俗的道德规范，遁入山林，做个自由自在的人。（庄子老子仍然作书，可见没有抛弃"一切"。请再思老庄哲学真正的中心所在，抛与不抛之间仍有它的道理。请慢读老子《道德经》三次。细嚼"万物作焉而不辞"这句话。再说，"自由自在"四字的意思并不只在山林，所谓"大隐隐于市，小隐隐于野"的说法，其实便是"境由心造"，不在于环境。请再体会。）可是，又觉得老是一个人，也不太受得了。（悟道之途尚远又近。回头是岸，聪明孩子也！）

第一次看《人子》，把它列为老庄一派的书，再看《人子》，觉得它是一本反老庄的书。（那个"再看"两字好。）因为里面的每一个故事的最后，都是在告诉我：活而为人，就只有在人群中找寻自己理想的答案。（请不要忘了去看看孔老夫子，很久没去拜望他了，是不是？）尤其是《鹞鹰》一篇，主人把鹰训练成一只完美的鹰，而最后将它放回天空。鹰的完美要在天空下的生活中才能显现得更充满生命力，我想人也一样。（你"想"，尚没有肯定吗？也好，再去想想。）书中人的主角几乎都是在老了之后，才发觉自己追求的目标就在自己身边。（还好没有死了才晓得，只是老了才晓得，仍然来得及朝闻道，夕死可也。）我想我用不着把自己的一生去做书本中这个试验，所以我回来了。（来去都在冥想中，并不付诸行动，当然来去自如了，倒也简单方便。）然后，我发现要实现自己的理想真的是要在人群中，因为我感到当我做的时候，不但是为自己，也是为别人（亿万苍生皆我身之理也）。（《人子》的作者，老师固然知道是鹿桥先生，可是报告中写出作者来，比较更周全。你喜欢这本书的内容和由书中得来的人生体验，都是可贵的，但分析本书的话可以再多写二十字，就更好了。）

二、我最喜欢的一个中国朝代

所有接受外族并与外族融合的朝代，我都喜欢。（胸襟宽阔，气量也不小，好！）从夏、汉、唐、元，而至清，我发觉中国人只有在外族的血液刺激下，才能显示出无比的生命力。（看事清楚，又潜见自己个性。好！）夏、汉离现在太远了，没有什么感觉。（再去感感看。）唐代是个丰富的时代，但也是个残忍的时代。（为何在你眼中残忍？并无一语说明，主观偏见处也。）不喜残忍，所以不喜唐代。（太主观，不过也只有随你自由写，主观总比无观来得好。）元朝太短了，不然我会优先喜欢它的。（看事只看长短，一霎永恒的境界便难达到。想来你比较喜欢福寿全归的老人胜于黄花岗七十二烈士。）

我喜欢清朝到了快疯了的地步。（好不容易才转入正题，怎么一下笔便快疯了？不要急，慢慢疯比较好。）从皇太极入关到溥仪，我觉得这是个人统治下的朝代，也许是资料的完全，（不可尽信"完全"两字。）也许是离现在近。（两句"也许"，尚不肯定，也好。暂时不求善解也是好的。)我所接触的清朝到了末年也是有生命的。(活孩子,要求看见生命,好!)慈禧太后、光绪、溥仪。(老师也喜这个朝代,还有魏晋,都活蹦乱跳鲜明的人,知音也!)我喜欢清朝。(知道了。)

三、中外历史上我喜欢的人物

清代光绪皇帝载湉。(老师亦喜他,知音也!)

开始喜欢他的时候,不知为什么,然后(这两字好。)看了好多有关他的清朝正史、野史、外史等等,越来越喜欢他,还是不知为什么。(一厢情愿,又见写者性情,好。)后来看了《红楼梦》,也喜欢贾宝玉。(将宝玉当历史人物,又好。)就是宝玉出家那一段,我很不赞成。(去问高鹗。)我是一向不赞成出家这种事情的。(赞不赞成,由不得你。遗恨!!是不是?)有一天,我突然想到一件事情,宝玉和载湉(虚人实人不分,可贵也。谁又是虚谁又是实?请再思。)同样生活在极富贵的地方,载湉的日子还不如宝玉,可是他没有出家。(做皇帝不是他要的,出家也由不得他。)珍妃死了,隆裕皇后又是那么丑得可怕的人,他都活了四十一年。(写来简直像在说白话,好文笔。可是,请再看四书中《大学》那一书《传十章》第九篇那句话"宜其家人,而后可以教国人"。再思三次。)有一次,我看到一本书(完全说白,好。)好像是清德龄郡主写的。(太多"也许""也许","不知道"又"还是不知道",现在又出来了个"好像"。你"大概"十分安然于不确知的事情,是不是?)她写慈禧光绪一般人("一般人"三字用得好。)坐火车到什么地方去。("什么地方"又不知,老师再笑。)那是在戊戌政变之后的事。德龄和光绪在火车上见了一面,"淡淡地一笑，她看到的载湉是：神情泰然，丝毫没有自怨自艾的样子。"（人生的面相太多，德龄如此看光绪，你便也如此看他吗？看一眼，便订终生的时代已经过去了。将来火车上看男朋友最好多看几眼。）大概就是这个样子，哎，我难过死了。（此处"大概"两字果然也出来了。可爱的孩子，可以难过，不要死，比较仍能更爱载湉，不死好不好？）想想看，一个皇帝落得如此下场，何况他又不是没有才干的人。（才干这两个字，是不是只是理想主义的代名词？请再思。理想之外的识人，识己，机警，沉着，天时，地利，都是一个政治改革者背后必需的条件。光绪败在何处你当也明白了。理想主义者的可悲也在于如光绪那样的人太多。戊戌变法并没有留下任何的实绩。其失败的原因，应从现实与变革理想中看出成败距离的差异，才能求得真相。光绪虽是专制君王，却无专制的实权。由此引申，请看《魏武帝集·求贤令》一篇中，曹操又如何用政。不过老师也仍是偏爱载湉的。）

四、我最喜欢的职业

跟电影、舞台有关的，我差不多都喜欢。（"差不多"也出来了，你这位"也许""大概""不知道为什么"的孩子，很好。总有一天这些字都不再出现了。目前才二十岁，可以原谅。）电视就不太喜欢了，因为一次投入的时间太长，（谁长？是你还是电视工作者？请说明。）会很快地厌烦。

我不喜欢死板又没有变化的工作，（银行对你是个好地方。那儿的数字一天变到晚，一张退票的背后，又有多少人生的面相，对不对？）如果做这种工作，我会很快地就死掉了。（一下要疯，一下要死，人生的韧性不够。爱一个朝代会爱疯，做死板的工作很快就要死掉，个性十分激烈而极端。如果遇事顺心或不遂心，便有如此强烈的反应，将来要受的苦难便比性情中和的人要大得多。以你目前年纪来说，活得鲜明仍是极可贵可取的执著。当你四十岁，而老师又尚没有死时，还有话要跟你说，目前不必了。请暇时去看《中庸》第一章，最后那几句话。至要。谢谢。你们的年纪不爱孔子是不是？）当然，从事舞台、电影这份工作需要很多不同的知识，最重要的还是在于实际工作方面。（有认知，好。）舞台方面我做过，不过那不是职业剧团那样来，是克难的业余做法。（克难两字又好。）我更喜欢弄实验电影，我和我的朋友本来计划要弄实验电影，后来双方家长反对，才暂时搁浅。（"暂时"两字用来，可见仍不屈服，执著也。父母之言，经验之谈，用在婚姻上最重要，切切当听一听，再与之沟通了解。"暂时搁浅"对大事来说是"三思"，非常好。）

电影和舞台的工作能随性而做。（随谁的性？你的？制片的人？导演的？编剧的？群众的？再想一想是不是如此简单？）当然，我喜欢能自由发挥的。（谁不喜欢？可是人世的艰难，就在于不能自由发挥也不能随性。我们当有这份认知，那么将来便更懂得如何珍惜自由两字的意义了。）

五、我最喜欢的戏剧种类

我喜欢电影，因为电影最能把导演的风格完全地呈现，不会在演出时受到人为因素的影响，而破坏导演在剧中所要表现的中心思想。（导演之外尚要哪些人的合作才能将电影拍得完美，请再思。）

我喜欢有内容的电影。（谁又不喜欢呢？）至于题材便没有什么选择了。（好！）但纯娱乐片我也爱看。（纯娱乐片其实也有内容。)其实,只要在一部片中,有一个镜头可看,对我,就有价值了。(有悟性,好。)

对于国外的电影、导演、制片公司,由于老是记不清他们的那一串名字,所以没有什么印象。(好电影不在名字,深印象当在内容和表达的手法上,是不是?)所以,对于国外片,我便简单些说了。

《第一滴血》是部好片,尤其好在结尾。男主角是越战退伍的游击队员,在回到美国本土之后,处处受到压抑,终于被逼上山,从事破坏行动。最后他独自一人造成小镇上的大乱。闯入警署中,他向他以前的长官哭诉发泄,讲他心里的感受。然后,天亮了,他很平静地戴上手铐,走出警署,脸上是不屑的表情。

比起《熄灯号》来,《第一滴血》是太成功了。但是《熄灯号》的前段处理比较紧凑、有力。我不是把《熄灯号》当成军校保卫战看的,我是把它当成成年人的世界和青年人理想之间的冲突来讨论的。一般来讲,理想和现实冲突时,尤其这种对立关系存在于成人与青年人之间时,多半是年轻人妥协,因为社会的枢纽终究是操纵在成年人手里。(后生可畏,不要自轻。)年轻人要争取,也是有为的,好比爱情、学业、前途……不会有人"为争取而争取",因为这种人是搞不清楚争取到了什么的人。就好像,战争之起也不是为了"打仗为了要打仗"一样的道理。《熄灯号》的最后,让人觉得碉堡山军事学校多日的理想坚持,已变成了一种无聊的行动。(说得真好,老师不敢插嘴,再说下去。)

中国的武侠电影(和小说)是在世界上最独树一格的题材。如果我们不能把它发展成像美国西部片一样的声势,那实在是很丢脸的一件事。(再说! 再说! )

据说在我还没出世以前有一部拍得不坏的武侠片，（什么片名？）可惜我没赶上。不然拿它来和《名剑》和《决战》比一比，不知会不会把这两部比下去。（"不知"两字用得留心又客观，在此是一好字。再说！）

《名剑》的重点是两场：一场救人，一场生死决斗。这两场战好在节奏明快，没有多余的对话和动作，以及剪接奇佳，所有我看过的电影中，《名剑》这两场的剪接，绝对是第一。（"绝对"两字终于出来了，你自己看见了吗？终于肯定了自己的眼光和看法，好。）除了这两场，《名剑》别无看头。

我认为《决战》和《名剑》是目前武侠片的代表。武术指导两片同一个人，但《决战》有戏可看，也比《名剑》清新，《决战》的剪接比《名剑》略逊一筹，但拍摄的技巧不输《名剑》。（语气越来越能肯定自己的看法，在这件事上极有自信，好，再说下去。）

还有许多相同题材，国外拍得严肃，国内处理得轻松。这是可以比较得出来的。（越说越有信心，再说！）

《心跳一百》和《会客时间》同样讲一个心理变态的男性，为了某种特定的刺激而杀害女性。（用词好。）但是《会客时间》是恐怖片，《心跳一百》是恐怖喜剧。《小姐撞到鬼》和《密使超生》同样是鬼附身而有杀害行为的片子，《密使超生》就是鬼片，《小姐撞到鬼》就是黑色喜剧。（好文好见解，再说！）

很奇怪的是，中国人拍鬼片，一定是风声鹤唳鬼影幢幢的拍来就不好，反而将之为喜剧来拍，倒是拍得好了。（请再去看《聊斋志异》一书。）

现在很流行的社会写实片，不知怎么搞的，有一部非常不错的，就硬三天下片，叫《无业游民》。导演非常冷静地处理这部片子，而且处理得好。常有人说：例如三毛陈平老师，她不爱看国片。其实一些真正的好片子，她根本没有看到。(多谢指教。下次改过、注意。)

台港两地的导演也可以讨论一下他们的风格：

张彻是拍武侠片的，捧出了六代的武侠明星。(怎么六代？！愿闻其详。)不过，他的片子在我看来，都是差不多的——非常平稳，但人物个性不够明显，早期片子又比现在好。(请看《张彻杂文》一书，再了解他一次，由不同的角度。)

胡金铨的片子，画面美，节奏够，但又不够好。(做影评人真舒服，左也不够，右也不够。)有时候咚咚咚的让我心烦。(你烦他不烦。)他的影片进行(节奏)速度快过一般同辈导演。(拍片速度超慢，嘻！)

我喜欢他的《山中传奇》，白天的鬼，(四个好字。)很特殊的表现手法。

李翰祥也是有固定形式的导演，但是《武松》一片他是做了很大的自我突破。(这末四字又好。)

(以上三位导演，念书都极多，才被你注意讨论了，请不要忘了他们成功背后的原因。)

张佩成的《乡野人》是部好片。

在年轻的新锐导演中，我最欣赏程小东。其他像许鞍华、谭家明、徐克、吴宇森、黄泰来也好。王童的片子，剧本弱，但他拍得好，像一件艺术品。

大致说来，新锐导演敢于横冲乱撞地拍，但老导演的功力深厚，也是有可看性的。反正，有好片看就成了，我也不太苛求制片、编剧和导演的。

（孩子，老师耐心等你讲，等你整理自己的思绪和志向。一篇报告，理出了自己当走的方向。你用父母的血汗钱去看电影，看出如此成绩，已经不算浪费和只是娱乐。可是还是要乖，暑假再去工读才是。只说不做，在目前来说，可以。毕业前的功课，照你目前来说，是多看电影，多分析，多观察，多研究，多接受间接的人生经验。而后的路，其实现在已慢慢地开始在打基础。听说你旁听许多别系的课，在本系内成绩也第一名，又看了那么多场电影，可见在时间的安排和知识的追求上都有能力突破，是好现象。更可贵的是，看事不迂腐，不教条，更不人云亦云，有自己的语体，自己的见解。风格，慢慢可以由此树立。老师认为，你可走的方向，就在戏剧系。再记住：认理修真心莫退，道德处处皆可为。谢谢你的认真，更谢你这清新的松涛。

再介绍一本好书：《晚清政治思想研究》。小野川秀美著 林明德、黄福庆译 时报出版公司出。）

# 百福被

快下课了，休息之后仍是另一堂"散文习作"。每周只两堂的，很舍不得那么短的相聚。

同学们就算下课也不散去，总也赖在教室，赖在我身边。

那天眼看又是下课了还不散，就拿出一百多块花花绿绿的方块布和几十根针来。同学们看了都围上来，带着八九分好奇——"是给我们缝的？"我笑着说是。女生很快去拿布配颜色，有人在后面喊："老师给不给男生缝？"那当然啦！

缝着缝着又上课了，学生不放针线，老师开始诵读一篇散文。全班的手指就管着手上两块布。同学们一面听讲一面做手工，偶尔有人突然轻叫或从牙缝里吸一口气，我猜是被针扎了手指。

华冈的高楼上开着四面八方的大窗，云雾从这个窗里飘进来，沾湿了我们的头发，迷一阵我们的眼睛，才从另一个窗口跑出去。我看着白茫茫大气里的好孩子，希望时间就在这一霎间停住。

下课的时候，收回来的是六十多块成了长形的布。

又去了另一个班，六十块成了三十块大大的布。那时，师生已经快要分手了，只是学生们并不晓得。

再过一周跟同学们见面时，拉出来展现在班上的是一大块彩色缤纷的拼花被：老师加工过的一幅布画。

大家都叫了起来，很有成就的一种叫法："这两小块是我缝的，不信上面还有血渍，老师找找看——"

男生女生的手法跟做作文又不一样，女生绣花似的密，男生把针脚上成竹篱笆。

下课时，大家扯了被的反面，使劲拿原子笔去涂呀——涂上了两百多句送给老师的话语和名字。做老师的觉着幸福要满溢出来，也不敢有什么表示，只说："不要涂上大道理，盖了会沉重——"

当晚真的拿花被子盖着睡觉。失眠的夜里趴在床上细读一句又一句赠言，上面果然没有大道理。一个美术系的选修生好用心地涂着："老师不要太贪玩。"

后来朋友们看见这块拼布，就说："一百多个青年人给你又缝又写的，这种被子盖了身体都会好起来的。"

的确是一种百福，可是离开了学生以后，身体和心情一直往下坠落，至今没有起色。

也跟同学说：要是死了，别忘记告诉我家里人，那条满布学生手泽的花被一定给包着下葬，千万不要好意给我穿旗袍……听得同学一直笑，不知谁说："马革裹尸。"

其实也就是这个意思。学生实在是懂的，懂得有多么看重他们。这条百福被一直带来带去，国内国外的跟进跟出，以防万一。

当年的学生，两班都毕业了。

有一天黄昏回父母家去，迎面上来一个穿窄裙高跟鞋的女郎冲着我猛喊老师老师。我呆立在街上，怎么样也想不起这女孩是哪一班的。

"老师，我上班了，在一家杂志社，你看我写的访问稿好不好？"接过杂志来翻了一下，说：笑着递回去，"学用句点，逗点不要一大段落全用下去呀！整体来说很好的。"那个大孩子在说再见时有礼地递上来一张名片，笑落一串话："老师八成不记得我了，叫张蔼玲，忘了吧？"

会是那个蔼玲吗？百福被上明黄的一块底布，原子笔涂得深深的那句话："老师，下辈子当你的妈妈，看着你长大是我的心愿。学生张蔼玲。"

而今摸着这块百福被，觉着那一针一线缝进去的某种东西已经消失。它的逝去，是那么地快速。是一群蝴蝶偶尔飘过一朵花，留下了响亮的喊声："我爱你。"微风吹过，蝶不见，花也落了。

仍然宝爱这一床美丽的被，只是这份心情里面，有着面对一些纪念品时的无可奈何跟悲伤。总而言之，这床百福被已成了一场好时光的象征，再好，也不能回头了。

（载于一九八五年九月《皇冠》三七九期）

# 天下本无事

很久以前看过一则漫画。画中的小男孩查理布朗突然想要逃学一天,于是早晨该起床的时候,推说头痛,死赖着不肯穿衣服。

"如果逃学一天,对整个的人生会有什么影响呢?"查理想了又想。

他的答案是:"没有什么影响。"

那天查理果然没有去学校,留在家里装病。

第二天,查理有些心虚地上学去了,脸色怪羞愧的。

那一天,太阳同样地升起,老师没有消失,课桌仍然在同样的地方,学校小朋友的姓名也没有改变,甚而没有人注意到,原来查理赖了一天的学。

查理看见这个景象,心中大乐。

这个漫画,看了之后印象很深,多年来一直不能忘怀。

从今年的旧历年开始,流行性感冒便跟上了自己,日日夜夜咳得如同一支机关枪也似的。

放寒假开始咳的,咳到开学,咳到三八妇女节,想来五一劳动节也是要这么度过了,没有好转的任何迹象。雨季不再来,雨季又来了。

许多外县市的座谈会,往往是去年就给订下的,学校的课,一请假就得耽误两百个莘莘学子,皇冠的稿件每个月要交,还有多少场必须应付的事情和那一大堆一大堆来信要拆要回。就算是没事躺着吧,电话是接还是不接?接了这一个下一个是不是就能饶了人?

除非是半死了,不肯请假的,撑着讲课总比不去的好。讲完课回到台北父母家里,几乎只有扑倒在床上的气力。身体要求的东西,如同喊救命似的在向自己的意志力哀求:"请给我休息,请给我休息,休息,休息……"

座谈会,事实上谈不出任何一种人生,可是好似台湾的人都极爱举办座谈会。台下面的人,请坐,台上的人,开讲。我总是被分到台上的那一个,不很公平。

"可是我不能来了,因为在生病……"
"可是你不是前天才去了台中?"
"现在真的病了,是真的,对不起……"
"你不是也在教课吗?"
"就是因为在教课,才分不出气力来讲演了,对不起,对不起,实在是撑不住了……"
"三毛,你要重承诺,你不来,我们不能向听众交代。"
"我妈妈来代讲行不行?她愿意代我来。"
"这个……三毛,我们很为难,这事是你去年就答应的,现在……怎么换了陈伯母呢?还是答应来,好不好?你自己来,求求你!"

"昨天晚上还在医院打点滴……"

"现在你没有在医院,你出来了吧?你在家里跟我们讲电话呀!明天坐长途车来,撑一撑,我们陪你撑,给你鼓励,来,打起精神来,讲完就回台北休息了,好不好!"

"好,明天见,谢谢您的爱护——是,准时来,再见了,对,明天见,谢谢!"

讲完电话,眼前一群金苍蝇飞来飞去,摸摸房门的框,知道睡房在了,扑到床上去一阵狂咳,然后闭上眼睛。

承诺的事还是去的好,不然主办讲演的单位要急得住院。

能睡的时候快快睡,这星期除了三班的课,另外四场讲演、三个访问、两百封来信、两次吃饭,都不能推,因为都是以前的承诺。

梦里面,五马分尸,累得叫不出来,肢体零散了还听见自己的咳声。

"你要不要命?你去!你去!拿命去拼承诺,值不值得?"

"到时候,撑起来,可以忍到一声也不咳,讲完了也不咳,回来才倒下的,别人看不到这个样子的——"

"已经第七十四场了,送命要送在第几场?"

"不要讲啦——烦不烦的,你——"

"我问你要不要命?"这是爸爸的吼声,吼得变调,成了哽咽。

"不要,不要,不要——什么都要,就是命不要——"做女儿的赖在床上大哭起来,哭成了狂喘,一气拿枕头将自己压住,不要看爸爸的脸。

那边,电话又响了,台湾怎么会有那么多不忘记人的学校?妈妈又在那边向人对不起,好似我们的日子,就是在对不起人里一日一日度过。

因为妇女节可以自动放假一日,陈老师的课,停了。不是因为妇女不妇女,是为了虚脱似的那个累。

女老师不上课,男学生怎么办?想起来心里内疚得很。觉得,如果要硬撑,还是能够讲课的,坏在那日没有撑。

开车再上山时,已是妇女节后了。

山仔后的樱花,云也似的开满了上山的路,那一片闹哄哄的花,看上去为什么有说不出的寂寞?

看见樱花,总是恨它那片红,血也似的,叫人拿它不知怎么办才好。又禁不起风雨,雨一打,它们就狂落,邋邋遢遢的,不像个样子。

春天,就是那么来了。

春天不是读书天,堂上的几个大孩子,咳得流出了眼泪,还不肯请假,看了真是心疼。

"请病假好不好,不要来了,身体要紧?"做老师的,轻声问一个女同学,那个孩子蒙住嘴闷咳,头摇得拨浪鼓似的。

"你知道,老师有时候也写坏稿子,也讲过有气无力的课,这算不了什么。人生的面相很多,计较和得失不在这几日的硬撑上。做学生的,如果请三五天假,也不会留级也不会跳级的,好不好?"

不肯的,做老师的责任心重,做学生的更不肯请假,这么一来,一堂又一堂课也就过下来了。

就在这一天,今天,做老师的下课时,回掉了五个外校邀请的讲演,斩钉截铁地说不再公开说话,忍心看见那一张张失望的脸在华冈的风雨里消失。老师没有反悔了去追人家,脸上吴吴的,笑着笑着,突然又咳了一声。她不去追什么人,虽然心里有那么一丝东西，轻轻地抽痛了一下，可是是割舍了。

讲到整整一百场，大概是六月底了，可以永远停了，只要不再去看那一张张脸。

对于剧病还来上课的学生们，老师讲了查理布朗的那个漫画给他们听。当然，也是讲给自己听的。

"如果逃学一天，对整个的人生会有怎么样的影响呢？"

"没有什么影响。太阳明天一样会升起，老师没有消失，课桌仍然在同样的地方，学校小朋友的姓名也没有改变，甚而，没有人会注意到，原来你赖了一天的学。"

那么偶尔写了一两篇坏稿子，对整个的人生又会有什么影响呢？

"是聪明人，就不写啦，养好精神卷土重来嘛！真笨！"是哪个读者在大喊？

写不写可由不得我，请你去问皇冠的刘淑华。

淑华被冤了一个枉，急得眼泪也要滴下来了，哇哇大叫："你去问平先生，我可没有迫坏稿！"

平先生，一口赖掉，说："我还是去年耶诞节见的三毛呢，关我什么事？"

问来问去，找上了阿宝。陈朝宝更是一头雾水："奇怪，三毛难道不知道，查理布朗不是我画的，去问何瑞元不好？"

老何说："真是莫——名——其——妙，三毛见的山不是这个山，我跟那个画查理的家伙又扯得上什么关系，不晓事的——"

好，只有去找查理布朗了，他慢吞吞地说："对呀！是我说的：偶尔逃学一天，对整个的人生，不会有任何影响。我可没说一个字三毛的稿子呀！"

# 朝阳为谁升起

那只小猪又胖了起来。

猪小，肚子里塞不下太多东西，它也简单，从不要求更多，喂那么两件衬衫、一条长裙、一把梳子和一支牙刷，就满足地饱了。

我拍拍它，说："小猪！我们走吧！"

窗外，又飘着细雨，天空，是灰暗的。

拿起一件披风，盖在小猪的身上，扛起了它，踏出公寓的家。走的时候，母亲在沙发边打电话，我轻轻地说："姆妈，我走了！"

"你吃饭，火车上买便当吃！"母亲按住话筒喊了一声。

"知道了，后天回来，走啦！"我笑了一笑。

一个长长的雨季，也没有想到要买一把伞。美浓的那一把，怕掉，又不舍得真用它。

小猪，是一只咖啡色真皮做成的行李袋，那一年，印尼峇里岛上三十块美金买下的。行李袋在这三年里跟了二十多个国家，一直叫它小猪。用过的行李都叫猪：大猪、旧猪、秘鲁猪、花斑猪。一个没有盖的草编大藤篮，叫它猪栏。

其中，小猪是最常用又最心爱的一只。人，可以淋雨，猪，舍不得。

出门时,母亲没有追出来强递她的花伞,这使我有一丝出轨的快感,赶快跑下公寓的三楼,等到站在巷子里时,自自然然地等了一秒钟,母亲没有在窗口叫伞,我举步走了。右肩背的小猪用左手横过去托着,因为这一次没有争执淋雨的事,又有些不习惯,将小猪抱得紧了些。

只要行李在肩上,那一丝丝离家的悲凉,总又轻轻地拨了一下心弦,虽然,这只是去一次外县。每一个周末必然坐车去外县讲演的节目,只是目的地不同而已。

可是,今天母亲在接电话,她没有站在窗口望我。

车子开过环亚百货公司,开过芝麻百货公司,开过远东百货公司,也慢慢地经过一家又一家路边挂满衣服的女装店。雨丝隔着的街景里,一直在想:如果周末能够逛逛时装店,想来会是一种女人的幸福吧!哪怕不买,看看试试也是很快乐的,那么遥远的回忆了,想起来觉得很奢侈。

小猪里的衣服,都旧了,没有太多的时间去买新的。在台北,一切都很流行,跟不上流行,旧衣服也就依着我,相依为命。这一份生命的妥帖和安然,也是好的,很舒服。

候车室里买了一份《传记文学》和《天下杂志》,看见中文的《汉声》,虽然家中已经有了,再见那些米饭,又忍不住买了一本。这本杂志和我有着共同的英文名字,总又对它多了一份爱悦。

"你的头发短了两吋。"卖杂志的小姐对我说。

我笑了笑,很惊心,头发都不能剪,还能做什么?卖杂志的小姐,没有见过。

剪票的先生顺口说:"又走啦!"

我点点头，大步走向月台，回头去看，剪票的人还在看我的背影，我又向他笑了笑。

那一班午后的莒光号由台北开出时很空，邻位没有人来坐，我将手提包和杂志放在旁边，小猪请它搁在行李架上。

前座位子的一小块枕头布翻到后面来，上面印着卖电钻工具的广告，位子前，一块踩脚板。大玻璃窗的外面，几个送别的人微笑着向已经坐定了的旅客挥手，不很生离死别。

月台上一个女孩子，很年轻的，拎着伞和皮包定定地望着车内，走道另一边一个大男孩子，穿灰蓝夹克的，连人带包包扑到我的玻璃上来，喊着："回去啦！回去嘛！"

女孩也不知是听到了没有，不回去也不摇头，她没有特别的动作，只是抿着嘴苦苦地笑了一下。"写信！我说，写信！"这边的人还做了一个夸张的挥笔的样子。这时候火车慢慢地开了，女孩的身影渐渐变淡，鲜明的，是那一把滴着雨珠的花伞。

车厢内稀稀落落的乘客，一个女学生模样的孩子坐得极端正，双手没有搁在扶手上，低着头，短发一半盖在脸上，紧并着膝盖，两脚整整齐齐地平放在踏板上，手里的书，用来读，也用来盖住脸——那本书成了她的脸，上面写着《音乐之旅》。身边又靠了一本，是《观人术》。

她的两本新书，我都有，这个景象使我又有些高兴，顺便又观察了她一眼。这个孩子是一枝含羞草，将自己拘得很紧张，显然的孤单，身体语言里说了个明明白白。火车，对她来说，是陌生的。

告别那个月台女孩的男孩，放斜了位子，手里一直把玩着一个卡式小录音机，开开关关的，心思却不在那上面，茫茫然地注视着窗上的雨帘。

出发，总是好的，它象征着一种出离，更是必须面对的另一个开始。火车缓慢地带动，窗外流着过去的风景，在生命的情调上来说是极浪漫的。火车绝对不同于飞机，只因它的风景仍在人间。

车到了桃园，上来了另一批挤挤嚷嚷的人，一个近六十岁的男子挤到我的空位上来，还没来得及将皮包和杂志移开，他就坐了下去，很紧张的人，不知道坐在别人的东西上。那把湿淋淋的黑伞，就靠在我的裙子边。

我没有动，等那个邻位的人自己处理这个情况。他一直往车厢的走道伸着颈子张望，远远来了一个衣着朴素而乡气的中年女人，这边就用闽南话大喊了起来："阿环哪！我在这里——这里——"那个女人显然被他喊红了脸，快步走过来，低声说："叫那么大声，又不是没看见你！"说着说着向我客气地欠了欠身，马上把那把湿伞移开，口里说着："失礼失礼！"那个做丈夫的，站了起来，把位子让给太太，这才发觉位子上被他压着的杂志。

上车才补票的，急着抢空位子，只为了给他的妻。

我转开头去看窗外，心里什么东西被震动了一下。那边，做丈夫的弯腰给妻子将椅子放斜，叫她躺下，再脱下了西装上衣，盖在她的膝盖上，做太太的，不肯放心地靠，眼光一直在搜索，自言自语："没位给你坐，要累的，没位了呀！"

我也在找空位，如果前后有空的，打算换过去，叫这对夫妇可以坐在一起，这样，他们安然。

没有空位了，实在没有，中年的丈夫斜靠着坐在妻子座位的扶手上,说:"你睡,没要紧,你睡,嗯!"

我摸摸湿了一块的红裙,将它铺铺好,用手抚过棉布的料子,旧旧软软的感觉,十分熟悉的平安和舒适。那个相依为命——就是它。

又是一趟旅行,又是一次火车,窗外,是自己故乡的风景,那一片水稻田和红砖房,看成了母亲的脸。

扩音机里请没有吃饭的旅客用便当,许多人买了。前面过道边的妇人,打开便当,第一口就是去喂她脸向后座望着的孩子,做母亲的一件单衣,孩子被包得密密的,孩子不肯吃饭,母亲打了他一下,开始强喂。

那个《音乐之旅》的女孩子姿势没有变,书翻掉了四分之一,看也不看卖便当的随车工作先生。她,和我一样,大概不惯于一个人吃饭,更不能在公共场所吃便当,那要羞死的。

我猜,我的母亲一定在打长途电话,告诉举办讲演的单位,说:"三毛一个人不会吃饭,请在她抵达的时候叫她要吃东西。"

这是一个周末的游戏,母亲跟每一个人说:"那个来讲话的女儿不会吃饭。"忍不住那份牵挂,却吓得主办人以为请来的是个呆子。

随车小姐推来了饮料和零食,知道自己热量不够,买了一盒橘子水。邻座的那个好丈夫摇摇晃晃地捧来两杯热茶,急着说:"紧呷!免冷去!"做太太的却双手先捧给了我,轻轻对先生说:"再去拿一杯,伊没有茶……"

我道谢了,接过来,手上一阵温暖传到心里,开始用闽南话跟这位妇人话起她和丈夫去日本的旅行来。也试着用日语。妇人更近了,开始讲起她的一个一个孩子的归宿和前程来。

然后，她打开皮包，很小心地拿出一沓用塑胶小口袋装着的彩色照片，将她生命里的人，一个一个指出来请我欣赏。

当我年轻的时候，最不耐烦飞机上的老太婆噜噜苏苏地将一长条照相皮夹拿出来对我东指西指，恨死这些一天到晚儿女孙子的老人。现在，那么津津有味地听着一个妇人讲她的亲人和怀念，讲的时候，妇人的脸上发光，美丽非凡。她自己并不晓得，在讲的、指的，是生命里的根，也许她还以为，这些远走高飞的儿女，已经只是照片上和书信上的事了。

"你有没有照片？你亲人的？"

"没有随身带，他们在我心肝里，没法度给您看，真失礼！"我笑着说。

"有就好啦！有就好啦！"

说完，那沓照片又被仔细地放回了皮包，很温柔的动作。然后，将皮包关上，放在双手的下面，靠了下去，对我笑一笑，拉拉丈夫的袖口，说："我困一下，你也休息。"

那个拉丈夫袖口的小动作，十分爱娇又自然。突然觉得，她——那个妇人，仍是一个小女孩。在信任的人身边，她沉沉睡去了。

"今天去哪里？"随车的一位小姐靠过来笑问我。

"彰化市。"我说。

"晚车回台北？"

我摇摇头，笑说："明天在员林，我的故乡。"

"你是员林人呀？"她叫了起来。

"总得有一片土地吧！在台北，我们住公寓，踩不到泥土，所以去做员林人。"

"真会骗人，又为什么特别是员林呢？"

"又为什么不是呢？水果鲜花和蜜饯，当然，还有工业。"

"去讲演？"

"我不会做别的。"

我们笑看了一眼，随车小姐去忙了。

为什么又去了彰化？第三次了。只为了郭惠二教授一句话："我在彰化生命线接大夜班，晚上找我，打那两个号码。"

生命线，我从来不是那个值班的工作人员。可是，这一生，两次在深夜里找过生命线，两次，分隔了十年的两个深夜。

"活不下去了……"同样的一句话，对着那个没有生命的话筒，那条接不上的线，那个闷热黑暗的深渊，爬不出来啊的深渊。

"救我救我救我救我啊——"

对方的劝语那么的弱，弱到被自己心里的呐喊淹没；没有人能救我，一切都是黑的，黑的黑的黑的……那条生命线，接不上源头，我挂断了电话，因为在那里没有需要的东西。

就为了这个回忆，向郭教授讲了，他想了几分钟，慢慢地说了一句："可不可以来彰化讲讲话？"

那一天，只有两小时的空当和来台北的郭教授碰一个面，吃一顿晚饭。记事簿上，是快满到六月底的工作。

"要讲演？"我艰难地问。

"是，请求你。"

我看着这位基督徒，这位将青春奉献给非洲的朋友，不知如何回绝这个要求，心里不愿意，又为着不愿意而羞惭。

生命线存在一天，黑夜就没有过去，值大夜班的人，就坐在自己面前。我禁不住问自己,这一生,除了两个向人求命的电话之外,对他人的生命做过什么,又值过几秒钟的班?

"好,请您安排,三月还有两天空。"

"谢谢你!"郭教授居然说出这样的字,我心里很受感动,笑了笑,说不出什么话来。

回家的路上,经过重庆南路,一面走一面抢时间买书,提了两口袋,很重,可是比不得心情的重。

公开说话,每一次要祈祷上苍和良知,怕影响了听的人,怕讲不好,怕听的人误会其中见仁见智的观念,可是,不怕自己的诚实。

我欠过生命线。

那么,还吧!

本来,生日是母亲父亲和自己的日子,是一个人,来到世间的开始。那一天,有权力不做任何事。吃一碗面,好好地安心大睡一天。

既然欠的是生命线,既然左手腕上那缝了十几针的疤已经结好,那么在生日的前一日将欠过的还给这个单位;因为再生的人,不再是行尸走肉。第二日,去员林,悄悄地一个人去过吧!

员林,清晨还有演讲,不能睡,是乡亲,应该的。

然后,青年会和生命线安排了一切。

你要讲什么题目?长途电话里问着。

要讲什么题目?讲那些原上一枯一荣的草,讲那野火也烧不尽的一枝又一枝小草,讲那没有人注意却蔓向天涯的生命,讲草上的露水和朝阳。

就讲它,讲它,讲它,讲那一枝枝看上去没有花朵的青草吧!

火车里，每一张脸，都有它隐藏的故事，这群一如我一般普通的人，是不是也有隐藏的悲喜？是不是一生里，曾经也有过几次，在深夜里有过活不下去的念头？

当然，表面上，那看不出来，他们没有什么表情，他们甚而专心地在吃一个并不十分可口的便当。这，使我更爱他们。

下火车的时候，经过同车的人，眼光对上的，就笑一笑。他们常常有一点吃惊，不知道我是不是认错了人，不太敢也回报一个笑容。

站在月台上，向那对同坐的夫妇挥着手，看火车远去，然后拎起小猪，又拿披风将它盖盖好，大步往出口走去。收票口的那位先生，我又向他笑，对他说："谢谢！"

花开一季，草存一世，自从做了一枝草之后，好似心里非常宁静，总是忍不住向一切微笑和道谢。

"你的妈妈在电话里说，你整天还没有吃一口东西，来，还有一小时，我们带你去吃饭。"

果然，妈妈讲了长途电话，猜得不会错。

接我的青年会和生命线，给我饭吃。

"很忙？"雅惠问我。我点点头："你们不是更忙，服务人群。""大家都在做，我们也尽一份心力。"高信义大夫说。

我们，这两个字我真爱。我们里面，是没有疆域的人类和一切有生命的东西，我们这里面，也有一个小小的人，顶着我尘世的名字。这个，不太愿意，却是事实。

"还有十分钟。"雅惠说，她是青年会的人。

"只要五分钟换衣服，来得及。"

侧门跑进礼堂，小猪里的东西拔出来，全是棉布的，不会太皱，快速地换上衣服，深呼吸一口，向司仪的同工笑着点一下头，好了，可以开始了。

你要将真诚和慈爱挂在颈项上，刻在心版上，就能够得到智慧。

箴言第四章的句子，我刻了，刻在心上很多年，越刻越深，那拿不去、刮不掉的刻痕，是今日不再打生命线那支电话的人。

既然躲不掉这个担在身上的角色，那么只有微笑着大步走出去，不能再在这一刻还有挣扎。走出去，给自己看，给别人看；站在聚光灯下的一枝小草，也有它的一滴露水。告诉曾经痛哭长夜的自己：站出来的，不是一个被忧伤压倒的灵魂。

讲演的舞台，是光芒四射的，那里没有深渊，那里没有接不上的线，那里没有呼救的呐喊。在这样的地方，黑暗退去，正如海潮的来，也必然的走，再也没有了长夜。

没有了雨季，没有了长夜，也没有了我，没有了你，没有了他。我的名字，什么时候已经叫我们？

我们，是火车上那群人；我们，是会场的全体；我们，是全中国、全地球、全宇宙的生命。

"你要送我什么东西？"那时，已经讲完了。

我蹲在讲台边，第一排的那个女孩，一拐一拐地向我走来，她的左手弯着，不能动，右手伸向我，递上来一个小皮套子。

"一颗印章。"她笑着说。

"刻什么字？"我喊过去，双手伸向她。

"春风吹又生。我自己刻的——给你。"

我紧紧地握住这个印，紧紧地，将它放在胸口，看那个行动不便、只能动一只手的女孩慢慢走回位子。全场、全场两三千人，给这个美丽的女孩响彻云霄的鼓掌。

在那一刹那，我将这颗章，忍不住放在唇上轻轻快速地亲了一下，就如常常亲吻的小十字架一样。这个小印章，一只手的女孩子一刀一刀刻出来的；还刻了那么多字，居然送给了我。这里面，又有多少不必再诉的共勉和情意。

我告诉自己，要当得起，要受得下，要这一句话，也刻进我们的心版上去，永不消失。

那是站着的第七十五场讲话——又一场汗透全身、筋疲力尽的两小时又十五分钟。是平均一天睡眠四小时之后的另一份工作，是因为极度的劳累而常常哭着抗拒的人生角色——但愿不要做一个笔名下的牺牲者。

可是，我欠过生命线，给我还一次吧！

那是第一次，在人生的戏台上，一个没有华丽声光色的舞台，一个只是扮演着一枝小草的演员，得到了全场起立鼓掌的回报。

曲终人不散，每一个人都站了起来，每一个人，包括行动困难的、包括扶拐杖的、包括男的女的老的少的，我们站着站着，站成了一片无边无涯的青青草原，站出了必来的又一个春天。

晴空万里的芳草地啊！你是如此的美丽，我怎能不爱你？

也是那一个时刻，又一度看见了再升起的朝阳，在夜间的彰化，那么温暖宁静又安详的和曦，在瞳中的露水里，再度光照了我。

尘归了尘，土归于土，我，归于了我们。

悲喜交织的里面，是印章上刻给我的话。好孩子，我不问你的名字——你的名字就是我。

　　感谢同胞,感谢这片土地,感谢父母上苍。

　　感谢慈爱和真诚。

# 一生的战役

妹妹：

　　这是近年来，你写出的最好的一篇文章，写出了生命的真正意义，不说教，但不知不觉中说了一个大教。谦卑中显出了无比的意义。我读后深为感动，深为有这样一枝小草而骄傲。不是为我自己，而是为整个宇宙的生命，感觉有了曙光和朝阳。草，虽烧不尽，但仍应呵护，不要践踏。

父留　八三、四、八

爸爸：

今天是一九八三年四月八日，星期五。

是早晨十一点才起床的。不是星期天，你不在家，对于晚起这件事情，我也比较放心，起码你看不见，我就安心。

凌晨由阳明山回来的时候，妈妈和你已经睡了。

虽然住在台湾，虽然也是父女，可是我不是住在宿舍里，就是深夜才回家。你也晓得，我不只是住坑，是又在坑又在工作。白天杂务和上课，深夜批改作文写稿和看书。我起床时，你往往已去办公室,你回家来,我又不见了。

今天早晨,看见你的留条和《联合报》整整齐齐地夹在一起,放在我睡房的门口。

我拿起来,自己的文章《朝阳为谁升起》在报上刊出来了。

你的信,是看完了这篇文字留给我的。

同住一幢公寓,父女之间的谈话,却要靠留条子来转达,心里自然难过。

翻了一下记事簿,上面必须去做的事情排得满满的。今天,又不能在你下班的时候,替你开门,喊一声爸爸,然后接过你的公事包,替你拿出拖鞋,再泡一杯龙井茶给你。

所能为一个父亲做的事情,好似只有这一些,而我,都没能做到。

你留的信,很快地读了一遍,再慢读了一遍,眼泪夺眶而出。

爸爸,那一刹那,心里只有一个马上就死掉的念头,只因为,在这封信里,是你,你对我说——爸爸深以为有这样一枝小草而骄傲。

这一生,你写了无数的信给我,一如慈爱的妈妈,可是这一封今天的……

等你这一句话,等了一生一世,只等你——我的父亲,亲口说出来,肯定了我在这个家庭里一辈子消除不掉的自卑和心虚。

不能在情绪上有什么惊天动地的反应,只怕妈妈进来看见,我将整个的脸浸在冷水里,浸到湿眼睛和自来水分不清了,才开始刷牙。

妈妈,她是伟大的,这个二十岁就成婚的妇人,为了我们,付出了自己的青春和生命,成为丈夫儿女的俘虏。她不要求任何事情，包括我的缺点、任性、失败和光荣，她都接受。在她的心愿里，只要儿女健康、快乐、早睡、多吃、婚姻美满，就是一个母亲的满足了。

爸爸，你不同，除了上面的要求之外，你本身个性的极端正直、敏感、多愁、脆弱、不懂圆滑、不喜应酬，甚至不算健康的体质，都遗传了给我——当然也包括你语言和思想组织的禀赋。

我们父女之间是如此的相像，复杂的个性，造成了一生相近又不能相处的矛盾，而这种血亲关系，却是不能分割的。

这一生，自从小时候休学以来，我一直很怕你，怕你下班时看我一眼之后，那口必然的叹气。也因为当年是那么地怕，怕得听到你回家来的声音，我便老鼠也似的窜到睡房去，再也不敢出来。那些年，吃饭是妈妈托盘搬进来给我单独吃的，因为我不敢面对你。

强迫我站在你面前背《古文观止》、唐诗宋词和英文小说是逃不掉的，也被你强迫弹钢琴，你再累，也坐在一旁打拍子，我怕你，一面弹《哈诺》一面滴滴地掉眼泪，最后又是一声叹气，父女不欢而散。

爸爸，你一生没有打过我，一次也没有，可是小时候，你的忍耐，就像一层洗也洗不掉的阴影，浸在我的皮肤里，天天告诉我——你这个教父亲伤心透顶的孩子，你是有罪的。

不听你的话，是我反抗人生最直接而又最容易的方式——它，就代表了你，只因你是我的源头，那个生命的源。

我知道，爸爸，你最爱我，也最恨我，我们之间一生的冲突，一次又一次深深地伤害到彼此，不懂得保护，更不肯各自有所退让。

你一向很注意我，从小到大，我逃不过你的那声叹气，逃不掉你不说而我知道的失望，更永远逃不开你对我用念力的那种遥控，天涯海角，也逃不出。

小时候的我，看似刚烈，其实脆弱而且没有弹性，在你的天罗地网里，曾经拿毁灭自己，来争取孝而不肯顺的唯一解脱，只因我当时和你一样，凡事不肯开口，什么事都闷在心里。

也因为那次的事件，看见妈妈和你，在我的面前崩溃得不成人形。这才惊觉，原来父母，在对儿女的情债泪债里，是永远不能翻身的。

妈妈，她是最堪怜的人，因为她夹在中间。

伤害你，你马上跌倒，因为伤你的，不是别人，是你的骨血，是那个丢也丢不掉、打也不舍得打的女儿。爸爸，你拿我无可奈何，我又何曾有好日子过？

我的读书、交友、留学，行事为人，在你的眼里看来，好似经过了半生，都没有真正合过你的心意和理想。

我当然不敢反问你，那么对于你自己的人生，你满意了吗？是不是，你的那份潜意识里自我的不能完成，要女儿来做替代，使你觉得无憾？

这也不只是对我，当初小弟毕业之后在你的事务所做事，同是学法律的父子，爸爸，以你数十年的法学经验来看弟弟，他，当然是不够的。

同样的情况，同样的儿女，几年之后的弟弟，不但没有跟你摩擦，反而被你训练成第一流的商标注册专才，做事一丝不苟，井井有条，责任心极重。他，是你意志力下一个和谐的成果，这也是你的严格造成的。

爸爸，这是冤枉了你。你是天下最慈爱而开明的父亲，你不但在经济上照顾了全家，在关注上也付尽了心血。而我，没有几次肯聆听你的建议，更不肯照你的意思去做。

我不只是你的女儿，我要做我自己。只因我始终是家庭里的一匹黑羊，混不进你们的白色中去。而你，你要求儿女的，其实不过是在社会上做一个正直的真人。

爸爸，妈妈和你，对我的期望并没有过分，你们期望的，只是要我平稳，以一个父亲主观意识中的那种方式，请求我实行，好教你们内心安然。

我却无法使你平安，爸爸，这使我觉得不孝，而且无能为力地难过，因为我们的价值观不很相同。

分别了长长的十六年，回来定居了，一样不容易见面。我忙自己的事、打自己的仗，甚而连家，也不常回了。

明知无法插手我的生活，使你和妈妈手足无措，更难堪的是，你们会觉得，这一生的付出，已经被遗忘了。我知道父母的心情，我晓得的，虽然再没有人对我说什么。

我也知道，爸爸，你仍旧不欣赏我，那一生里要求的认同，除了爱之外的赞赏，在你的眼光里，没有捕捉到过，我也算了。

写文章，写得稍稍深一点，你说看不懂，写浅了，你比较高兴，我却并不高兴，因为我不是为了迎合任何人而写作——包括父亲在内。

只肯写心里诚实的情感，写在自己心里受到震动的生活和人物，那就是我。爸爸，你不能要求我永远是沙漠里那个光芒万丈的女人，因为生命的情势变了，那种特质也随着转变为另一种结晶，我实在写不出假的心情来。

毕竟，你的女儿不会创造故事，是故事和生活在创造她的笔。你又为什么急呢？

难得大弟过生日，全家人吃一次饭，已婚的手足拖儿带女地全聚在一起了。你，下班回来，看上去满脸的疲倦和累。拿起筷子才要吃呢，竟然又讲了我——全家那么多漂亮人，为什么你还是又注意了一条牛仔裤的我？

口气那么严重地又提当日报上我的一篇文章，你说："根本看不懂！"我气了，答你："也算了！"

全家人，都僵住了，看我们针锋相对。

那篇东西写的是金庸小说人物心得，爸爸，你不看金庸，又如何能懂？

那日的你，是很累了，你不能控制自己，你跟我算什么账？你说我任性，我头一低，什么也不再说，只是拼命喝葡萄酒。

一生苦守那盏孤灯的二女儿，一生不花时间在装扮上的那个女儿，是真的任性过吗？

爸爸，你，注意过我习惯重握原子笔写字的那个中手指吗？它是凹下去的——苦写出来的欠缺。

如果，你将这也叫做任性，那么我是同意的。

那天，吃完了饭，大家都没有散，我也不帮忙洗碗，也不照习惯偶尔在家时，必然地陪你坐到你上床去睡，穿上厚外套，丢下一句话："去散步！"不理任何人，走了。这很不对。

那天，我住台北，可是我要整你，教你为自己在众人面前无故责备我而后悔。晃到三更半夜走得筋疲力竭回家，你房里的灯仍然亮着，我不照习惯进去喊你一声，跟你和妈妈说我回来了。

爸爸，我的无礼，你以为里面没有痛？

妈妈到房里来看我，对着她，我流下了眼泪，说你发了神经病，给我日子难挨，我又要走了，再也不写作。

这是父女之间一生的折磨，苦难的又何止是妈妈。

其实，我常常认为，你们并不太喜欢承认我已经长大了，而且也成熟了的事实。更不肯记得，有十六年的光阴，女儿说的甚而不是中文。人格的塑造，已经大半定型了，父母的建议，只有使我在良知和道德上进退两难。

事实上，爸爸，我是欣赏你的，很欣赏你的一切，除了你有时要以不一样的思想和处事的方式来对我做意志侵犯之外。对于你，就算不谈感情，我也是心悦诚服的。

今年的文章，《梦里不知身是客》那篇，我自己爱得很，你不说什么，却说跟以前不同了。

对，是不同了，不想讲故事的时候，就不讲故事；不讲不勉强，自己做人高高兴兴，却勉强不了你也高兴的事实。

另一篇《你是我特别的天使》，在剪裁上，我也喜欢，你又说不大好。《野火烧不尽》，你怕我讲话太真太直，说我不通人情，公开说了讨厌应酬和电话，总有一天没有一个朋友。

你讲归讲，每一封我的家书、我的文章、我东丢西塞的照片，都是你——爸爸，一件一件为我收集、整理、归档，细心保存。

十六年来，离家寄回的书信，被你一本一本的厚夹子积了起来，那一条心路历程，不只是我一个人在走，还有你，你心甘情愿地陪伴。

要是有一个人，说我的文字不好，说我文体太简单，我听了只是笑笑，然后去忙别的更重要的事。而你和妈妈，总要比我难过很多。这真是有趣，其实，你不也在家中一样讲我？

这半年来，因为回国，父女之间又有了细细碎碎的摩擦，只是我们的冲突不像早年那么激烈了。我想，大家都有一点认命，也很累了。

我的文章，你欣赏的不是没有，只是不多，你挑剔我胜于编辑先生，你比我自己更患得患失，怕我写得不好。爸爸，我难道不怕自己写糟？让我悄悄地告诉你——我不怕，你怕。

这一生，丈夫欣赏我，朋友欣赏我，手足欣赏我，都解不开我心里那个死结，因为我的父亲，你，你只是无边无涯地爱我；固执，盲目而且无可奈何。而不知，除了是你的女儿，值得你理所当然的爱之外，我也还有一点点不属于这个身份也可以有的一点点美丽，值得你欣赏。爸爸，你对我，没有信心。

我的要求也很多——对你，而且同样固执。

对我来说，一生的悲哀，并不是要赚得全世界，而是要请你欣赏我。

你的一句话，就定了我文章生死。世界上，在我的心目里，你是最严格的批评家，其实你并不存心，是我自己给自己打的死结，只因我太看重你。

这三四个月来，越睡越少，彻夜工作，撑到早晨七点多才睡一会儿，中午必然要出门做别的事。妈妈当然心痛极了，她甚而勇敢地说，她要代我去座谈会给我睡觉。

你呢？爸爸，你又来了，责我拿自己的生命在拼。这一回，我同意你，爸爸，你没有讲错，我对不起你和妈妈，因为熬夜。

写了一辈子，小学作文写到现在，三四百万字撕掉，发表的不过九十万字，而且不成气候。这都不管，我已尽力了，女儿没有任性，的确钉在桌子面前很多很多时间，将青春的颜色，交给了一块又一块白格子。我没有花衣服，都是格子，纸的。

爸爸，这份劳力，是要得着一份在家庭里一生得不着的光荣，是心理的不平衡和自卑，是因为要对背了一生的——令父母失望、罪人、不孝、叛逆……这些自我羞辱心态所做的报复和反抗。

当年没有去混太妹，做落翅仔，进少年监狱，只因为胆子小，只会一个人深夜里拼命爬格子——那道永远没有尽头的天梯，想象中，睡梦里，上面站着全家人，冷眼看着我爬，而你们彼此在说说笑笑。

这封信，爸爸，你今天早晨留给我文章的评语，使我突然一下失去了生的兴趣。

跟你打了一生一世的仗不肯妥协，不肯认输，艰苦地打了又打，却在完全没有一点防备的心理下，战役消失了，不见了。一切烟消云散——和平了。那个战场上，留下的是一些微微生锈的刀枪，我的假想敌呢？他成了朋友，悄悄上班去了。

爸爸，你认同了女儿，我却百感交织，不知活下去还有什么意思，很想大哭一场。

这种想死的念头，是父女境界的一种完成，很成功，而成功的滋味，是死也瞑目的悲喜。爸爸，你终于说了，说：女儿也可以成为你的骄傲。

当然，我也不会真的去死，可是我想跟你说：爸爸，这只不过是一篇，一篇合了你心意的文章而已。以后再写，合不合你的意，你还是可以回转；我不会迎合你，只为了你我的和平，

83

再去写同样的文章。这就是我,你早已明白了,正如你明白自己一色一样。

>  女儿给你留的条子

注:本当称"你"为"您",因为"天地君亲师",尊称是该有的,可是一向唤爸爸是"你",就这样写了。

# 狼来了

对于我在台北市开车的事情，在我们家中，不太赞成的有八个人，热切盼望的只有一个。我们一共是九个成人的家庭。

当然，如果我自己不发心买车，那九个人就想法一致了。

这几年来，海外的日子虽然过下来了，房子总觉得大到没有人气。一到夜间，阳光退去，黑暗里总有奇异的声音在每一个角落里轻轻地响。

有时候天气不好，海浪就如巨兽般地绕住房子怒吼。这种夜晚，我必是不能再睡，悄悄开了车房的门，将汽车倒出来，跑到高速公路上去慢慢地驶到天亮。再回家的时候，心中便很舒坦了。

所以说，相依为命的东西，一直是那匹马。我的白马。

回到台湾来之后，发觉我突然属于许多人。这当然增加了说话的对象，也缩减了长长的光阴，可是我的情况仍是相同的，没有一个人或物是完全属于我的。这一回，难道唯一的马也没有了吗？

坚持要一匹马，而且它必须是白色的。

白马是一辆喜美，报纸上找到它的，要它的人相当的多。它先前的主人是一个美丽的中国女孩子。我恳求这一位老主人——

85

这匹马和我一见钟情,请让我来驯养它吧。那个女孩子依依不舍地将它过给了我。

马来我家的时候,是下午五点,我跟着它跑进了台北最混乱的交通时刻里去,一直跑到深夜十二点半才回家。

台北是这么美丽的城市,尤其在落着微雨的深夜。以前不认识它,因为马和我没有在这里共同生活过。

于是,我属于了一匹马,彼此驯养着。

那时候,我还没有搬到阳明山的学校宿舍中去住,我常常借着种种的理由,将我的父母手足和下一代的孩子们装进白马里,一同出去跑路。这件事情就有如请亲人来我自己的家中坐坐一样,他们进车来,我便开车招待他们,心中十分欣慰。

开车的时候,不太镇静的弟弟总是忍不住大叫,这件事情使我有些抱歉。他们很怕。

事实上我自己也是心虚的,每次在街上一看见警察,就会刹车,口里也会轻轻地喊出来。

"一个警察!"

"警察总是有的,叫什么嘛!"坐在旁边的人总是奇怪。

"怕他捉我,不如先慢下来,表示我没有逃走的意念。"

"为什么要抓你?"

"就是不知道呀!不知道做了什么就更怕了,想想看,随时随地会被抓。"

"可是你没有犯规——"

"就是不知道有没有犯规,才那么紧张的。"

这么一说,将同座的人也弄成怕警察了,坐一趟车大家都很费力。

当我住在西班牙那个海岛上的时候，小城的交通也到了饱和点，停车当然是极大的难题。只因为警察们心肠软，我常常派他们看守我随便停着的车，自己跑去快速地办事，办好出来，不但没有被罚，反而有人吹哨子将交通挡住，让我上路。在那边，警察是一群卡通片里的熊，碰到他们，总是喜剧——华德狄斯奈的那种。

台北是不是卡通片？我猜不是。

那天夜里，我的弟弟和他们的小女儿回到父母家中来探望之后，要回家去了。

我当然热心地要送他们。彼此客气了一会儿之后，我们上车了。
"你就穿这个样子跑出去啦？"弟弟问我。

我的百慕达式牛仔裤是旧的长裤剪成一半的，没有缝边，上身一件软得如同豆腐皮一般的恤衫，并没有穿袜子，踏着一双带子断了的白球鞋。乱发分叉盘在头顶，一丛芦花也似的。

当然，这个样子是不好看，可是只是坐在车内开一趟，十多分钟便又回来，谁会看得见呢？更何况天也是黑黑的，还下着雨。

送完了弟弟全家，彼此有礼貌地挥手晚安了一大场，我快快乐乐地往仁爱路财神酒店的方向开，要绕过圆环到敦化南路去。

那时候路上已经没有什么车辆和行人了，雨地的反光将都市衬得更加凉快而空寂。

进入圆环之前，看到一盏红灯，接着看见不远处又是一盏红灯。我想了一下，好，开到远的红灯停下来就对了，那一盏对左转的人是要的。

四周看不到一辆车，我慢慢地过去了，收音机里正在放《环游世界八十天》的曲子。

正在漫游呢，一辆车子飞也似的由黑暗中向我直冲而来，鬼魅也似的突然出现在我左前方，我吓住了，一个紧急刹车——那辆车里，居然全是警察。

"小姐，你闯红灯了！"

"真的？"我伸出头去大喊了一句，不信似的。

"是闯了嘛！"

对嘛，原来是闯了嘛！对啦！我的心扑扑地狂跳起来，脸一下全热了。四周突然好安静，什么也听不见了。

"我们开到边上去说话好不好？"我赶紧说。

我不敢快开，怕警察误会我想逃。我慢慢地开，开出了圆环停在一排高楼大厦冷冷黑黑的边上。

没有什么办法了，这批警察不说西班牙话，我不知怎么对付他们。

我只有穿着那条有流苏的牛仔裤，慢吞吞地挨下了车。服装先就代表了身份，这种样子警察不喜欢的。

"驾照借看一下。"一个警察上来了，口气平淡。

我太紧张了，拿错了，出来的是一张保险卡。

"我——才开没有几天，不太明白台湾的交通规则。而且，也没有开过圆环的街道，我以为前面这盏红灯才是给我的——"我交缠着手，将十指扭来扭去，不自在极了。

"不懂交通规则怎么开车呢？"警察将我给他的保险卡翻来覆去地看，我发觉拿错了，赶紧又递上去一张，结果却是行车执照。我的驾照呢？

"是真的，不是说谎，实在不太懂台北的灯，请你了解，我是遵守交通规则的人，虽然做错了，绝对不是故意的——"

警察先生看了我一眼，这时候我的头发不知什么时候散了一撮，一半就被风吹到脸上来，更不讨人喜欢了。

你说不说西班牙文？求求你。

警察瘦瘦的，一口白牙在夜里闪烁。他不是熊，是一种狼——台北市之夜狼。

好啰！要说的话已经说过了，我还站着，狼坐在车子里，狼也在我面前，等吧！没有希望逃了。

"请您原谅我，给我改过的机会，这是第一次，以后绝对不再错了——"我的声音怎么好像生病了。

警察又看了我一眼。谁叫你随随便便就出门了，什么怪样子来给警察看到，我恨死自己了。

"请你不要罚我——"

"不是要罚你，这是你自己的安全，要当心的呀！"

"那你罚不罚？"

他也不说到底要将我怎么样，微微一笑，将我的什么证都还给了我，还了以后并没有再掏出笔来写字。他的笔掉了？没有罚单好写了？

"以后要当心哦！"警察说。

大概是可以走了，在全车的狼没有后悔之前赶快走。

这一场吓之后，我不认识方向了，不知道要怎么走。

四周没有什么行人，我只有再跑上去问警察："现在我要去南京东路四段，要怎么走？"

警察指了一条大路要我走，我腿软软地跑去开车，头也不太敢回。

那一次之后，我得到了一个证明：狼的牙齿虽然很白，而且来去如风，可是它们不一定撕咬人。黄卡其布做的那种除了颜色吓人之外，其实是不错的。

"小姐你讲这种话实在很不公平，我们受警察的气不是一天了，凭你一次的接触，怎么说他们是讲理的？交通警察只有我们计程车最明白——"

"你不犯规他会抓你？"

"抓是没有错，抓的时候就没有商量了。"

"你自己被抓的时候是不是也死样怪气的呢？"

"倒楣啦！给他罚还会好脸色给他看？"

其实，跟计程车司机先生们说话是十二分有趣的，他们在某方面识人多，见到的社会现象也广，长长的路程一路说话，往往下车时都成了朋友，我喜欢跟他们接触。

当我的白马进医院去住院看内科的时候，我偶尔也会坐计程车。这一回因为讲到警察，彼此不大谈得拢，最后的结论是警察只有一个讲理的，就是那天晚上被我碰到的那一个。司机说他相信我没有说不老实的话。

可是，如果那天晚上他罚了我，难道便是不讲理的吗？

"你不要太大意哦！我那天开车，有一个斑马线上的人要过不过的，我给他搞得烦了，开过去也没压死他，警察竟然跑上来罚我钱，还抓我去上课，班都不能上了。"

女友阿珠长得比我美，汽车比我大，居然也被交通警察收去了，没有放她。活该，人又不是饺子皮，怎么能去压的？太大胆了。应该多上几堂课再放出来。

"什么活该？你怎么跟警察那么好？"

我嘻嘻地笑，觉得台北市的人相当有趣。阿珠的先生是交通记者，自己太太被罚，居然救不出来，真好。

说来说去，不觉开车已经快一个月了。

一般来说，我的行车路线是固定的，由家中上阳明山，由阳明山回父母家，平日有事在学校，周末回来省视父母请安，便是此次回台对生活的安排，并不乱跑。

当然，我一向也只会走民权东路、圆山、士林那几条路，别的就不大会。

听说外双溪自强隧道内有时候会有奇幻的影像出现。例如说明明看见一个小孩躺在隧道地上，开车的人停车探看，就不见了。又说有一个漂亮的小姐招手要上车，上了车过完隧道也消失了。当然，这都是计程车司机先生们说出来娱乐我的事情。

自从知道这些故事之后，我便想改道了，有次下山回家特意开过隧道，经过大直，转松江路过去。

隧道里没有小孩和女人，什么都没有。还好。

松江路上车水马龙，很多地方不许左转，等到有一条大街可以左转时，红灯又亮了，红灯亮了我正好从窗口买一串玉兰花。

红灯灭了，绿灯亮得好清爽，我便一打方向盘，转了过去。奇怪，台北市怎么居然有的地方一排同时挂着五个红绿灯的，不嫌多吗？眼花缭乱的有什么好。

转过去了，警哨划破长空，我本能地刹了车，眼前居然是一个警察在挥手。我连忙回头去看，身后没有车跟上来，心里有些孤单。不好了，难道是我吗？

买了路边的玉兰花有什么错？又不是警察家的。

"请问是吹我吗？有什么事？"我打开车窗来问。

警察叫我靠边停，许多路人开始看我。路边不远就是一个洗车站，我假装并没有什么脸红，假装自己是心血来潮要去洗车，慢慢地停下来了。

那个警察咬住哨子的牙齿又是雪亮的，不过不太尖。

"没有看左转灯，抢先转道。驾照借看一下。"

他说这句话，正好应了钟晓阳的小说名字——《停车暂借问》，以前总要念错的书名，这一回脑子里一顺就出来了。警察来了，居然有闲联想到晓阳身上去，自己竟是笑出来了，一面笑一面下车，这回是罚定了。

"你要罚我啰，对不对？"

"驾照呢？"

我双手递上去，那串花啪一下落到地上去了。

我蹲下去捡花，站起来的时候风刮过来了，脸上的红潮也就吹掉了。

"警察先生，你的红灯很特别，怎么有五个的？我挑了一个绿的看，不知道绿灯也不可以转过来，难道红灯才能转吗？请你教教我。"

"你来——"警察往前走，走到路中间，众目睽睽之下我也只好跟过去了。

"交通流量每一个地区都不同，这边车子多，没有左转绿灯就不能走，明白了吗？"

"别的路车子也很多，怎么只有三个灯呢？这一回应该不算，给我学习改过的机会，请你原谅我，好不好？"

"你不会看灯怎么开车，奇怪呀？"

"我是乡下人,这种五灯的东西乡下没有,我刚刚才住到城里来的,请你相信我,不是故意的。"

我没有说谎,在国外我是住在市郊。

"那你要去学呀——"

"请你不要捉我去上课——"我叫了起来。

警察看见我那个样子,抿着嘴笑了笑,居然反过来安慰我:"没有抓你去上课,现在不是已经讲解给你听了吗?明白了吗?"

"明白了,可不可以走了?"我没命地点头。

"不要罚了哦?"我一面小跑一面不放心地回头问。

"下次不要再犯了——"

"谢谢你,一定不会了。"

上车的时候,心中非常感激那位警察先生,看见手里只有一串香花,很想跑上去送给他,可是又怕路人说我行贿。什么也不敢做,只是坐进车里,斜着头笑了一笑,就走了。

两次绝处逢生,对于制服底下的那些人也不再害怕了,交通警察总是站在空气最坏的地方服务,这个职业付出的多,收进去的废气又不健康,看见的脸色大半是坏的,他们实在也有自己的辛酸,毕竟也是血肉之躯的人啊!

"你知道他们住在哪里?北平路一带,我去过,环境不好,宿舍大统舱,外面吃灰淋雨,回到宿舍也不能安静,你以为警察好做吗?不跟你吼就好啰!"

柱国弟弟听说警察两次放了我,十分感慨地对我说。我愣了一阵,没有说什么话。在台湾,我知道的事不够深入,没有什么见识。

好，没过几天，我去了北平路，不是故意的，是在巴黎的时候答应了骞骞给他买裱好金边的宣纸，要去中山北路北平路交错的"学校美术社"买了寄出去。

天桥底下停满了车，转来转去找不出一个停车的位置，急得不得了。因为时间很紧，我要赶回阳明山去换衣服上课，眼看车子不能丢，路上都是黄线，四周全是警察地盘，急得不知如何是好。

这一次是明知故犯，如果警察来抓，只有认了。

一咬牙，我就挡在警车前面停住了车。当然不能理直气壮，总是回头看了一下。

就在我车后，一辆红色的警察吊车因为我挡住了一个漆好车号在地上的空位，进不来了。

"我是故意的——"我一摔车门就向车后跑去，那儿一个警察也下车了。

"你这么停，我怎么办？"他说。

我现在知道警察的牙齿为什么全是白的了，他们风吹雨打，皮肤都黑，当然了。

我也说不出任何理由来，只是站在他面前，嘻地一笑。

"如果你要罚，我就干脆先去买纸头，两分钟，好不好？请你看住车，不要叫别的吊车来拖走了，拜托——"

"两分钟就出来，我等你——"吊车就是他嘛！

我笑笑，点点头，赶快跑过街去。

两分钟不到，买好了一盒纸，付了钱，抱着盒子飞快地穿过街，再跑去站在警察的面前。

"咦，你不是三毛吗？我是你的读者呀！"他哗一下叫了起来，表情真纯，很教人感动。好家伙，你笑的时候像我弟弟。

"谢谢你护车，对不起，我马上要走了。"我不敢多跟他讲话。跟警察扯自己的书也是不好的，他是我的读者，更不敢提醒他罚不罚了，还是赶快走，趁他没有要抓我之前就走掉，这样他的心里便不会有矛盾了。

我规规矩矩地把车开出去，回头笑了一笑。

经过忠孝东路两排高楼大厦的深谷，交通挤成麦芽糖似的扭成一团。看看那些争先恐后抢道争先的车队，我笑了起来，将玻璃窗摇上，免得吸进太多废气。收音机里播音员说要放一条歌，李珮菁唱的《到底爱我不爱》。然后，歌声飘了出来——

躲开一部压上来的大巴士，闪掉一辆硬挤过来的计程车，我在汹涌的车潮里不能脱身。快线道上什么时候来了一辆卖馒头的脚踏车，那个路人为什么在跨越安全岛？这一群乱七八糟的人啊，都和我长着一样的脸孔。

台北，台北，如果你问我，到底爱不爱你，我怎么回答？

想到这儿，酸楚和幸福的感觉同时涌了上来，滋味很复杂。十字路口到了，那儿站着的，明显的两个卡其制服的黄警察。

# 爱马落水之夜

在我还是一个十多岁的女孩子时，已经会开车了。当时的交通工具仍然是以三轮车为主的那最后两年的台北，私家车并不多见。我的家中自然也没有汽车。

回忆起开车的学习过程实在很简单。在当时，如果一年中碰到一个朋友恰好手上有辆车，那我必定抓住机会，低声下气地请求车主让我摸摸驾驶盘，哪怕是假的坐在车里不发动车子，也是好的。

偶尔有几个大胆的好心人肯让我发动了车子开，我必不会辜负人家，把车当当心心地开在台北市空空荡荡的马路上，又会开回来。

开了两三次，就会了。那时候用的大半是天母一位美国朋友的车——当然也不属于他的，车属于他做将军的爸爸。爸爸睡觉去，儿子就偷出来慷慨地做好国民外交。

我是开了好久的车子，才去进驾驶学校的。那个往事被写成一个智斗警察的短篇，叫做《天梯》，已经收到书本里去了。

好的，从此做了一个养马的人。

我叫我的车子马儿，对待每一匹生命中的马都很疼爱，常常跟车讲话。跑长途时拍拍车子,说:"好马,我们又要跑啰!"那车子就听得懂,忠心地水里去,火里来,不闹脾气。

说到"水里去"并不只是形容词,开车时发生最大的事件并不在于一次国外的车祸,而在台北。

我的经验是,每次车子出事,绝对不在于马儿不乖。决定性的出事原因,必然在于主人不乖。

那是一个狂风大雨的寒夜,我姐就选了这种天气去开"学生钢琴发表会",地点在植物园畔的"艺术馆"。天不好,姐很伤心。

这是家中大事,当然全体出动参加捧场。

大雨中我去停车,停在"艺术馆"和以前"中央图书馆"之间的一块空地上。对于那个地方,我不熟,而且,那天太累了,眼睛是花的,累的人还开车,叫不乖。

当我要停车时,看见一个牌子,白底红字中文,靠在一棵树边,写着——"停车场"。没错,就停在牌子下面。可是其他的车辆都驶得离我远远的,停在二十几步路边的地方。"好笨的人,这里那么空旷,怎么不来停呢?"我想。

等到钢琴表演结束,家长和小朋友们捧了一些花篮出来,各自上车走了。我的车内派到爸爸和妈妈同坐。看见那倾盆大雨,舍不得父母淋湿,就说:"别动,我去开车来,你们站在廊下等。"又因为天气酷寒,我怕父母久等会冻着,于是心里就急了一点,发足往雨夜中冲去。

停着的车子必须来个大转弯才能回头,我看了一下左边的宽度,估计得倒一次车才能全转。我看一下右边,右边树下那块牌子又告诉我——停车场。那个停车场一辆车也没有,雨水中平平

97

坦坦的。那就向右转好了,不必倒车,一个大弯就可以改方向了。那时,我念着父母,又急。

好,发动车子,加足马力,驾驶盘用力一扭,马儿跳了出去,是匹好马。

不过一秒钟吧,我听见不算大声的一种冲击声,然后我发现——车窗外面不是雨水,而是一整片大水在我四周。

车子在沉——是在沉,的确在沉。在沉——

我不知道是怎么回事,我不惊慌,我根本莫名其妙,我以为自己进入了一种梦境。这不可能是真的。

车子还在沉,四面都是大水、大水。

我一定在做梦。

那时小弟带了他的全家人往他的车子去,夜寒,大家挤在伞下埋着头疾走。就在那时候,侄女天明三岁,她一回头,看见小姑的车子沉入"停车场"中去。她说:"小姑——"手中一朵菊花一指。

这一来,正往自己车去、也带着妻女的大弟听见了,猛一回头,忙丢掉了雨伞就往池塘水里跑。这都是外面发生的事情。事后说的。

我无声无息在水中慢慢消失。

我仍然在对自己说:"这一定是在做梦。"

这时,水渗进车子里来了,水快速地浸过我的膝盖,水冻醒了我的梦,我又对自己说:"我正在死,原来是这种死法——真是浮生如梦。"

就算是梦中吧,也有求生的本能,我用力推开被水逼住的车门,用力推,车门开了,水淹过了我。我不张口。

我踩到椅背上去，我露出水面了，我看见四周有科学馆、艺术馆，还有那向我远远奔来的大弟弟。

"救命呀——"这才不必要地尖叫起来。

大弟拖我，我又不肯被救了，说了一声："我的皮包。"又钻进水中去摸皮包。

等到我全身滴水站在地上时，开始跟大弟激辩："明明是个停车场，怎么突然会变成一个大水塘？我问你，这是什么鬼？"

这时候家人都来围观啦！弟说："你——难道不知道这里有个池塘啊？"我尽可能不使牙齿打抖，说："是刚刚变出来的，存心变出来淹死我的，从来没有什么池塘的，这是奇幻人间电视剧——"

爸爸当时立即指挥："妹妹和弟弟回去——全身湿的受不起这种冻。有小孩子的也都快回去。妈妈坐别人的车也回去。这个车，明早请人来吊——"

我舍不得我的马儿，一定要跟它共患难，我坚守现场，不愿离开。不但不离开，硬逼家人快快去打电话，请修车厂立即就来救马。

那种情形下，弟弟们也不肯走了。爸爸说："要有理智，这种大雨里，都得回去，况且大家都淋湿了，快快给小孩们回去泡热水。"

在那个摄氏六度的冬夜里，爸爸和我苦等吊车来，弄到清晨三点半，马被救起来了。

我只差一点就跟那两位见义勇为的吊车好手跪下叩头。

中国同胞真好真好。我不是说爸爸。

过了几小时，我才真正弄懂了。

99

那是个真真实实的水池，以前就在的，偶尔水池里还有朵莲花什么的。我身上满布的浮萍也是真正的浮萍，不是幻象。那天下大雨，水池在夜间我停车时已经涨满了水，所以，看上去就成了一块平坦的地。再有那么一个神经病，就把"停车场"这块牌子给搁到水池边上去。

来停车的台北人，全不上当，很小心地避开这片告示，停得远远的，不会见山就是山。

然后，来了一个回国教书的土包子，很实心的一个"初恋台北人"，就相信了那块牌子，把车恰恰好停在牌下。过了两小时，自愿落水。

"这是一次教训，你可懂了吧？"爸爸说，"在台北做人，不要太相信你的眼睛。斑马线上是压死人的地方，好味荫花生是送你到阴间去的，宾馆请你进去休息不是真正休息，马在此地是用来杀鸡的！"

我说："我知道、我知道、我知道……"

那次之后，我做了一个梦，梦中有个金面的人来对我说："谁叫你看见别人夫妻吵架就去多管闲事呢，自己功力全无，还弄神弄鬼替人去解。结果人家夫妻被你解好了，你自己担去了他人的劫难——落到水中去。"

家人后来说："如果不是天明回头得早，过两秒钟你的车子可能完全没顶，水面又会合起来。我们绝对不会想象你在水底，总以为你突然开车先走了，也没讲一声；这种事在你做出来很平常，不会奇怪。于是我们挤一挤就上别人的车回家，三天以后再报失踪。你呢——在水底泡着呢——"我说："放心，会来托梦的。"

后来梦中金面人又来了，说："舍掉你的长发吧，也算应了一劫。"梦醒,将头发一把剪成国中女生。等我过了数月,经过新竹一间庙,突然看见梦中金面人原来是尊菩萨。沉思了一会儿,我跪了下去,心里发了一个大愿,这个愿,终生持续下去,直到天年了结,不会改变。

至今还是拥有一匹爱马,跟我的马儿情感很深很密,共享人间快乐,又一同创造了许多在此没有讲出来的故事。

我又想,那一次,应该可以请求"国家赔偿",怎么没有去法院呢?那个没有去,是人生角度取舍问题,没法说了。

# 恋爱中的女人

　　思想起祖先艰辛过台湾　彼时木船渡乌水　海中漂泊心中苦　乌水要过好几层
　　神明保佑祖先来　台湾变作好所在　台湾不知什款样　海水绝深复且黑
　　为使子孙有前途　遇到台风卷大浪　海底不要作台风

三百年后人人知我知道，真的知道，不要喊，不要叫，不要骚扰自己木已云淡风轻的心情。

不要动心，一点也不要为任何事情失足千古——即使是爱情，也不要去想；任何一种爱情，都爱不起了。

可是，六月二号的晚上，当我，听见陈达先生的《思想起》在"中华体育馆"内弹唱出来的时候，为什么，雨也似的泪水，瀑布啊地奔流了出来？为什么，看见自己，在那个舞台上，化为舞者，化为云门，化为船，化为鼓，化为婴儿，化为大地化为哗一下拖出来的那条血布和希望？

笑吧哭吧鼓掌吧，还能做什么？

也不是在分析，也不是在看基本动作，也不看画面结构，也不想编舞剪裁，也不是服装设计，也不认那一个个舞者是谁又是谁，因为全看见了，又因为全没有看见，因为已经活入忘我。

一百分钟怎么如同一霎？陈达不是死了吗？渡海扎的是一艘艘纸船，巨石是保丽龙做的，林怀民呢？不就是当年那个写《蝉》的少年？

最恨在任何场合动不动就唱"国歌"和梅花，最讨厌喊什么什么万岁的口号，最受不了天天爱不爱国又爱不爱国，最不肯在口头上讲仁义礼智国家民族……因为听够了背书，看够了言行不一致的伪君子。可是，那又是多么地自自然然、心甘情愿、不知不觉，当，"山川壮丽，物产丰隆……"这条歌在结束的那一霎间，扩放出来的时候，我，也是我，站了起来。

不能鼓掌了，真的，再不能拍手，如果抑制这种个性如我——不要出声，自己才是无耻的伪君子，只因为——没有诚实的勇气。

尖叫起来，狂叫起来，喊出心里压不下去的兴奋，喊出悲喜交织的那股狂流，喊呀，喊吧，管他去死，管他别的人如何当你疯子，管他什么鬼，要喊，要喊，要喊："云门万岁！陈达万岁！阿民万岁！观众万岁……"最后，狂人一般的，就是一个疯子，喊出了："中——国——万——岁——"热血奔腾——热泪狂泄——好家伙！我要你这个样子。

坐在旁边的金陵女中的孩子，递过来一条手帕，左边穿工装裤的另一个女孩，推我的肩，哀叫着："三毛，不要叫了，不要叫了，不要啦，求求你……"她也哭了。又叫："三——毛——说——的，云门万岁！中国万岁！万——岁，万岁——"人，散了，郑佩佩经过我，叫了一声："三毛！"我，对她笑笑，靠在椅子上,不能动弹。

这一生,在众人当前狂叫过两次。一次,是丈夫棺木上被撒上第一把泥土的那一霎。第二次,在台北市"中华体育馆"。

不,这不是我第一次看云门舞集。

这当然是情感的发泄,这也是热泪,这不是滥情——你当心,如果你这么说,我要打你。

为什么这一阵来,心里那么饱满?为什么心里涨满了想也不敢想的幸福?只因为刚刚从台南做了两场筋疲力尽的演讲回来,只因为我心爱的华冈孩子;男孩、女孩,在学期快要结束的前一阵,一针一针合力在缝一条花花绿绿的百衲被——送陈老师夏天的远行。只因六月一日的下午,自己将自己送到台北市师专附小五年一班,接受全体小朋友要求的访问,只因为生平第一次在小学生的面前讲过一次话,只因为看见长大了的小学生——云门人,跳出了一个活活的中国。只因为,自己十月还要再回来。

这么多只因为,只因为,难道这个"只"还不满、还不够多吗?够了,真的,够了,可以含笑而不死。

　　到了台湾来定居　手指搬推只只破　要留后世好议论
不知后世心何样　地方开垦要给你石头大粒树又粗　只只血
流复血滴　今日开垦后世福　阿公阿爸不时叫　子孙日后好
丰厚

云门舞集台北市南京东路四段一三三巷六弄二号六楼。电话:七二一三九六七,七一二二七三六。

为加强对观众的服务,请您详细填满本卡各栏,并放置于售票处或寄回云门舞集办事处，以便让您提早知晓云门最新讯息。

填了，带回家来用心地看了填了。

"用心地看"，看到了许多年前的阿民，看到了那个千年前的一个夜晚，看到了那个夜晚的一张一张急着谈、谈、谈、谈的脸孔，看到了阿民的家许博允樊曼侬李泰祥陈学同徐进良温隆信……看到了一个剪短发不大说话的女孩子，听见她大声说了到场的唯 的话："这么无聊的谈个鬼，不如回家睡觉，明天清早骑脚踏车去打网球。"看到她走了，一走走到撒哈拉沙漠去。看到了当年和现在，看见了今和昔，看到了山川壮丽，物产丰隆。也看到了《汉声》杂志的那个吴美云，听见她对我说："我不走！爱死这片土地。"看到阿民在当年的美国新闻处的第一次讲演，看到了云门的成立，看到董阳孜的字，看到洪通、吴李玉哥、杨丽花、史艳文、朱铭……看到红豆刨冰、弹珠汽水、青草茶缸、蚵仔面线，还有，那个唱客家山歌口口声声唤心肝的少年郎。

又看到飞也似拉过的画面：看到高楼大厦、车水马龙，高雄加工区，国际艺术节，手拉着手的男女高中生、阿公阿婆一同游香港……看到学校训导主任笑着开舞的舞会，看到台南市满墙满城的儿童画……当然，也不是视弱的人，也不是只看到了这一个角度，可是从云门的大结合里，看到的偏偏是这些。同样有泪，那不是愤怒失望的泪水。

看到啊——当年的每一个老朋友，从此再不相聚夜谈，总是匆匆擦肩而过，交握一下手，一个几秒钟的拥抱，都是奢侈了。

当年谈够了的我们，都在做啊做啊做啊，我们没有时问再去谈话。

"感想与意见。"

云门舞集请人填卡片的最后一栏。那么一点点空白留给"感想与意见"。云门,云门,我不能长话短说,只因为,是你们,是六月二日的你们,使人看见的不止是那一条终场时哗一下拉到观众席上来的那条血红色的长带子。不是完全不懂艺术评论必须的眼光、学养和敏锐,可是,不要分析,就要杂七杂八地东扯西说,无话不谈,说给你——云门听,说,我看见听见了那么多不属于舞台而由舞台延伸给我的今夜。让我告诉你,这不是习惯性的爱国;只因我是中国人。让我告诉你,如果我是一个西班牙人,一样为这样的一群人而疯狂,一样热泪奔流地狂叫:"万——岁!"管他是哪一国人呢?管我是哪国人呢?一样爱这个看似杂乱无章,其实也是杂乱无章,而又有道有理、有血有肉的土地——它的名字叫做中国。

当心,如果你说你不爱中国,管你是哪国人,我要打你。

在台湾,我也知道,自己是不美丽的,因为美丽的女人,随她是不是寡妇,也会有人追求的,对不对?那么多的来信啊!小山一般从报馆、杂志、学校,直接寄来家里,间接送去父亲办公室里的一封又一封来信,那么多啊,为什么只叫一个人去演讲而不给她一个单纯的约会?是人,一个女人,请我去看一场电影吧,告诉一个人,除了知道文章和讲演以外,有时候,她也想做一个女人,被人邀请一声——你是美丽的,请你答应我一场约会,算做对你的赞美吧!

虽然，你知道，我还有更重要的事情要做，无法答应你，可是，在我的心里，会感激的；感激你也了解我想做一次女人。

六月四日的日历上，这么写着："和建国中学孩子一同买团体票，再去看一次《薪传》。"

是这么写的，美丽的一天，不会忘记它，因为，有一个十七岁的男小孩，在买票的时候，想到了一个七划的名字，约她和另外十九个小孩子一同去看云门。

那是我在台湾的第一次华丽的约会，虽然，孩子口中所喊的，是"三毛姐姐"。

谢谢你们，建国中学的孩子，谢谢你们，我也晓得，你邻家一女中的孩子个个都美丽，可是你们约了一个不美而又早生华发的陈姐姐。又多么了解这个陈姐姐，带她进云门。这么聪明的孩子，有一天，愿意我的侄女儿们，会做你们当中一两个人的妻子。别忘了，在云门二十周年的时候，约她们去看不死的云门，那样，做姑姑的，追打着人也要她们嫁给你。

又去了，又去了，又没有时间吃一天唯一的那一顿饭，又去了"中华体育馆"，看不厌的云门啊！

声音是哑的，因为六月二日的发疯叫喊；声音是哑的，因为六月三日在海洋学院讲中国和《薪传》的美；声音是哑的，打着手势指指自己的喉咙笑笑地在药房买喉片，哑得真高兴的那种哑啊！

跟自己说，这是第二次入场了，狂热过了，一生叫喊两次也够了，不要再叫了，不要再哭，不要跟自己说，"有救了！就是这样的方式，不道学、不口号、不教条、不僵化、不狭窄、不迂腐……有的是打拼、努力、又游戏又工作、又痴迷又认真的一群群好家伙——"不要再跟自己喃喃自语了,冷静地看第二次《薪传》给自己一百分钟别人在台上而我在台下的奢侈的休息,分析分析他们的组合,一场一场冷冷静静地看,不要再叫了,在散场的时候。

可是去之前,又发了疯,打电话去皇冠杂志社:"喂!弟弟,我是三毛,请问琼瑶拍片子时候导演用的喇叭还在不在?"说一时找不到了,挂下电话,心里一阵欢喜笑了。唉,恋爱中的女人。

还没开场,年轻人挤过来要求签名,低着头,在膝盖上签,女孩子大喜道谢,接过去一看,愣住了,上面签的是——林怀民。愣过之后又是更大的大喜,笑得跌跌撞撞地走掉。本来想签全部中国人的名字;其实,也签了。

又弹起来了:《思想起》,我,思想起那个几乎可以算是饿死的"国宝"陈达先生,旁边建国中学的男小孩,在黑暗中递过来一条手帕。

唐山、渡海、拓荒、耕种、节庆、黄自的"国旗歌"——晚安——节目单上这么写着。

晚什么安?点起的薪火;薪不传,晚不安。云门,云门,你小看了自己。看了你们,晚不能安啊!

不能叫了,身体很不好,老毛病又发了,一叫要大出血的,不要叫,不要叫,鼓掌就够了,鼓掌鼓掌鼓掌鼓掌——是谁在那里叫?是谁在第一区第四排狂叫?是谁在:"万——岁!万——岁!万——岁!万岁!万岁万岁万岁……"叫到眼里的水、身体里的血都流了出来,叫到不知道那是什么沙哑的声音夹在如雷的掌声里而不知舞台上的人听不见——可不只是、只是为了云门在叫，可是又为了什么在叫？那一个被唤醒的灵魂啊！如果，你问我：你旅行用的是哪一本"护照"？我要打你。这就是我的爱情——对中国的，管你护照上讲什么，就是爱死这片土地和人。当然，也爱西班牙，也为它血泪交融地狂叫过一次，在生离死别的时候。

恭恭敬敬地写了一张宣纸裱好的牌子，拿到"云门舞集"的办事处去，白纸黑字不够，四周给涂了红红的颜色在金边的里面。

等电梯上六楼的时间，来了一个牙齿十分艺术的女孩子，也是西方人常说的有"艺术骨"那句话味道的女孩子。我们对视一笑，上楼的人有好多个，她是上云门的，错不了。

问她："你晚上在跳？"她又笑笑，点点头。那块用心写的"意见和感想"，交给了她——用双手，同时，很想向她鞠一个躬，那时候，电梯的门关上了，不用再上去，我的心，已经交给了一个她方。

"他们很累，我们去后台，再看一眼，不要签名，就走，给他们休息——"带着两个男孩子挤进后台，看见脸上有着油彩的一个男舞者，很想抱抱他，却只拉住了他的手，笑了一笑。

跨过两个直挺挺死人一样闭着眼睛平躺在地板上的女舞者，走向阿民，看那两个男孩子握了一握他的手，我说："走吧！给他们休息，明晚还有一场。"再跨过那两个闭目不动的女舞者——知道她们是死了，活活累死的。这种累，我也明白，很明白落幕之后才倒下来的累死。

不用担心，明晚她们会复活，会有白马王子名叫一片土地，骑马来，给她们轻轻一吻，就会醒的。

薪尽而火传。 不灭的是火,燃烧的是柴。 柴是你,柴是我,柴是……请你用心细细听,听,是谁又在唱:过来台湾要经营 要饲子孙底肚腹 他日长大要报答 双手挖土来耕田 子孙啊吾用双手稻米番薯要收成 做人莫要忘源头阿公阿爸底人情 播田一区收三斗扒土使你齐长大

(载于一九八三年六月十四日《联合报》副刊)

# 一定去海边

就是那样的，回来不过二十四天，棕色的皮肤开始慢慢褪色，阳光一下子已是遥远的事情了。

总不能就那样晒太阳过一辈子呀，毕竟夏天是要过去的。回台的那天，胃痛得钝钝的，并不太尖锐。

就是在松江路和长春路的交会口，开车开到一半，绿灯转成了红灯，想冲过去，松江路那边的车队却无视于卡在路中间的我，狼群一样地噬上来。拦腰切上来的一辆计程车好似要将人劈成两半似的往我的车右侧杀过来，那一霎间，我缓缓地闭上了眼睛。

那是这三个月中第一次又在台北开车。

很累，累得想睡觉，狂鸣的喇叭非常遥远而不真实，比梦境里的一切还要来得朦胧。后来，前面绿灯亮了，本能地往前开，要去南京东路的，后来发觉人在松山机场，也不知道这是怎么开去的，一切都是机械性的反应。

父母家的日光灯总也开得惨白白的，电视机不肯停，橄榄绿的沙发使人觉得眼皮沉涩，母亲除了永无宁日地叫人吃吃吃之外，好似没有其他更好的方法表达她的爱。

菜总是丰盛，眼睛是满的，四周永远有人和声音，餐厅里那张土黄色的地毯是闷热黄昏午睡时醒来的沉，在温水里慢慢溺死的那种闷。

学校是好的，有风没风的日子，都是清朗，大学生的脸，就不是那张地毯的样子。吃便当，也是好的，简单而安静，如果不吃，也没有关系，因为母亲的爱和它真是一点也没有关系。

于是，教课之前，去吃一个冰淇淋，它冷，不复杂，一个小小的冰淇淋，也是因为它简单。

世界上的事情，周而复始地轮转着，这有它的一份安然、倦淡的祥和，还有凡事意料得到的安全。

慢读《红楼梦》，慢慢地看，当心地看，仍是日新又新，第三十年了，三十年的梦，怎么不能醒呢？也许，它是生活里唯一的惊喜和迷幻，这一点，又使人有些不安；那本书，拿在手中，是活的，灵魂附进去的活，老觉得它在手里动来动去，鬼魅一般美，刀片轻轻割肤的微痛，很轻。

网球拍在书架靠近天花板的地方斜斜地搁着，溜冰鞋不知道在哪里，脚踏车听说在弟弟家的阳台上风吹雨打，下飞机时的那双红球鞋回家后就不见了；它走掉了。

总是过着不见天日的生活，夜里是灯和梦，白天，不大存在，阳光其实一样照着，只是被冷气和四面墙取代了。

书本，又回来了，还有格子格子和一切四四方方的东西，包括那个便当，都是大盒子里的小盒子；摩登便当的里面又有小格子，很周到的。

才过了六天这样的日子，也是为了盒子去的杂货店，买方方的火柴盒和烟，出来的时候，看见卷着卖的草席子，很粗糙的那种，闻到了枯草的气味，它卷着，不是方的，一动心，买了下来，五十块台币，一张平平的东西，心里很欢喜，软软的可以卷来卷去。

这种草席给人的联想是用来盖突然死掉的人的。几次见到它的用途，两次是车祸现场，人被席子盖着，两只脚在外面，大半掉了一只鞋，赤脚露在草席的外面，没有什么血迹之类的现场，只那露出来的光脚静静地朝天竖着。还有一次在海边，野柳那边，溺死的人，也是席子下面看不见，好像死的人都会变成很长，盖住了脸总是盖不住脚。

买下草席，卷放在车子后厢，买了它以后，总是当心地穿上一双紧紧的白袜子，很怕光脚。

就是因为那条席子，一个星期天，开去了淡水。不，我不去翡翠湾，那儿太时髦了，时髦没有什么不好，时髦和太阳伞汽艇比较能够联上关系，我和我的草席，去的是乡镇小调的沙仑海滩。

没有什么游泳衣，在加纳利群岛，海滩上的男女老幼和狗，在阳光下都不穿任何衣服——大自然对大自然。连手提收音机也不许带的，海滩只许有海潮和风的声音，不然，警察要来抓的——如果你放人造音乐和穿衣服。

沙仑的人美，大半接近乡土，穿着短裤，在玩水，头上总也一把小花伞和帽子，没有几个人穿比基尼。

可是我最尽心的，也只有一件灰蓝色的比基尼，旧了，布很少，已经七年没有穿了，在大西洋那个久居的岛上，这几块布，也是不用的。这一回，带了回来，才突然觉得它仍然很小，小到海滩上的人，善意地回避了眼光。

后来，便不去沙仑了，仍爱那儿辽阔的沙滩和穿了许多布的同胞。

又经过长春路和松江路，总是午后六点半左右交通最塞住的时候，走到半途而绿灯快速变成红灯，很不好意思挡住了河流一般的来车，等到终于开过去时，警察先生吹了哨子，叫我靠边停，我下车，对他说："身不由主，请您不要罚我……"警察先生很和气，看了驾照，温和地说："下次快些过，当机立断，不要犹豫，你好心让人，结果反而挡在中间，知道了吗？"

总是让人的，可是人不让我，就变成挡路鬼了，而且总在同样的地方出现。

不能了，想念大海几成乡愁，不要挤了，我有一条草席，可以带了到海边，也不沙仑了，去没有人的地方，一个星期一次，不去任何海水浴场了。

第二次去郊外，发现一条弯弯曲曲的乡间小路，看看地图，是沿海的，一直开下去，房子少了，稻田来了，红瓦黑墙的台湾老厝零零落落地隐在竹林田野的远处。一直开，一个转弯，迎面来了大军车，车上的阿兵哥没命地又喊又叫又挥手，我伸出左手去打招呼，路挤，会车时客气地减速，彼此都有礼让，他们乱喊，听懂了，在喊："民爱军，军爱民——小姐，小姐，你哪里去？"就在那一霎间，我的心，又一次交给了亲爱的亲爱的土地和同胞。海，在会车那一个转弯的地方，突然出现了，没有防波堤的海岸，白浪滚滚而来；风，是凉的，左手边的青山里仍然隐着红瓦的老房子，竹竿上迎风吹着红红绿绿的衣服，没有人迹，有衣服，也就有了生活的说明。阳光下淡淡的愁、寂和安详。岁月，在台北市只一小时半的车程外，就放慢了脚踪。

那条路，又亮又平又曲折，海不离开它，它不离开海，而海边的稻田，怎么吹也吹不枯黄呢？那份夏末初秋的绿，仍然如同春日一般的寂寞。红和绿，在我，都是寂寞的颜色，只因那份鲜艳往往人们对它总也漠然。

沿着路挤着碎石子的边道停了车，不能坐在一个方盒子里，车子也是方方的。

大步向草丛里跨过去，走到卵石遍布的海岸，很大的枯树干在空旷的岸上是枯骨的巨手伸向苍天。阳光明媚，吹来的风仍是凉的，适意的凉，薄荷味的，这儿没有鱼腥——而鱼腥味也是另一种美。

看了一会儿的海，呆呆的，有乡愁。海滩上一堆一堆漂流物，其中最多的是单只的破鞋和瓶子，也有烂木块和洗刷得发灰的乱七八糟的东西。于是，我蹲下来，在这堆宝物里，东翻西拣起来。拣到一只大弹珠，里面有彩色的那种，外面已经磨成毛边的了，也得一副假牙，心中十二分的欢喜。

然后，铺平了席子，四边用石头镇住，平躺在它的上面，没有穿袜子。

总是不大懂，为什么破鞋老是被人海葬，而它们却又最喜欢再上岸来。看见那一只又一只的鞋子，总悄悄地在问它们——你们的主人曾经是谁，走过什么样的长路才将你们丢了？另外那一只怎么不一起上来呢？

那是回台的第九天内第二次去海边，回来时，没有走松江路，心里焕然一新，觉得天地仍是那么辽阔，天好高呀，它不是一个大碗盖，它是无边无涯的穹苍，我的心，也是一样。

一定要去海边，常常去，无人的海边，那种只有海防部队守着寂寂的地方。阿兵哥棕黑色的笑脸，是黑人牙膏最好的活动广告——他们是阳光。

于是，又去了，去了第三次海边，相隔一天而已，十一天内的第三次，同样的长路，没有游人的地方，连少数几条渔船，也在路边用稻草和大石头盖着，好似天葬了它们一样。

这片绝美的台北近郊，再也不写出地名来，越少人知道越好，不要叫塑胶袋汽水瓶和大呼小叫的人群污染了。让它做它自己吧！

有的时候，也曾想，如果《红楼梦》里的那一群人去了海边，就又不对了，他们是该当在大观园里的。那么自己又怎么能同时酷爱大观园又酷爱大海呢？林黛玉说过一句话："我是为我的心。"我也是为我的心。

台北的日子仍是挤着过，很挤，即使不去西门町，它也一样挤，挤不过去了，有一片随时可去的地方，三小时来回就可以漫游的仙境，就在那条不是高速公路通得过的地方。它不会变，除了山区里晒着的衣服变来变去之外，它在时空之外，一个安详的桃花源，而且可以出出进进的，不会再寻无踪。

去海的事情，成了自己的习惯。

很不忍看到一天到晚生活在四面公寓墙里的家人和手足，尤其是下一代的孩子，星期假日，他们懂得的、能做的，是去挤挤嚷嚷的餐馆，全家人吃一顿，然后对自己说：这一个假日，总算有了交代，对自己，也对孩子。

其实，天伦之乐，有时是累人的，因为不大乐，是喧哗、汤汤水水的菜和一大群人，不能说知心的话，不能松弛，只因我的家人是都市中的居民，寸金寸土大都会里的家族，我们忘了四面墙外面的天空，当然，也因为，吃成了习惯。然而举筷时，我仍然相信父母起码是欣慰的：儿孙满堂，没有一个远离身边，而且小孩子越生越多,何况又有那么多菜啊!父母的要求不多,对他们,这就是生命的珍宝了,他们一生辛劳,要的真是不多。每在这种聚会时,总有些发愣,觉得父母牺牲得已经没有了其他的能力。

一直觉得,三次去海边不带家人同行是不好的行为。说了,弟弟说那么全家都去,三辆车,十七八个男女老幼,大家忙着安排时间。我怕母亲,她第一个想的,必然是这一下,她要带多少饮料、食物加上每一个孙儿孙女的帽子、花伞、防风的衣服、奶瓶、尿布……她会很紧张地担起大批食物和一切的顾虑,郊游对她就是这种照顾家人的代名词。这只是去数小时的海边呀!

母亲的可爱和固执也在这里,将那无边无涯如海一般的母爱,总是实际地用在食物上叫我们"吃下去"。我们家的天伦之乐,已很明白了,不肯安静的,很闹,而一片大好江山,便无人静观自得了。我们一家,除了那个二女儿之外,好似离群索居,总是有些不安全而孤单,非得呼朋引伴不可。每当我几天不回家而确实十分自在时,母亲的心,总以为她主观的幸福判断,为我疼痛,其实,这是不必要的,跟电视机共存而不能交谈的家庭团聚,其实在我,才叫十分孤单而寂寞。

试了一次,只带弟弟全家四口去海边,车上人满了,心里也快活,可是同样的,跟山水的亲近,怎么便消失了,那条寂美的路,也不再是同样的平和、简单又清朗。阳光很好,初生的婴儿怕风,车窗紧闭,只有冷气吹着不自然的风,而我,正跟亲爱的手足在做一次郊游。

不喜欢一大群人去海边,回来的车程上,这种排斥的心情,又使自己十分歉然和自责。

在海边,连家人都要舍弃,难道对海的爱胜于手足之情吗?

原因是，大家一直在车内讲话，又不能强迫他人——不许开口，面向窗外。那才叫奇怪了。

有的时候，我又想，别人已经安然满足的生活，何苦以自己主观的看法去改变他们呢，这便跟母亲强迫人吃饭又有什么不同？虽然出发点都是好的。

昨天，又去了同样的地方，这一回，海边大雨如倾。

对我来说，也无风雨也无晴并不十分困难，可是有风有雨的心境，却是更合自然些。

常常跟自己说，一定要去海边，哪怕是去一会儿也好。这十分奢侈，就如看《红楼梦》一样的奢侈。孤独是必要的，它也奢侈，在现今的社会形态里。

晚上和朋友吃饭，他们抱怨老是找不到我，我说，大半是去了海边吧！

"你带我们去——"

"不——要。"

"为什么？"

"不为什么，天下的事，哪有凡事都为什么的？"

话说出来举桌哗然。为了所谓的不够朋友，喝下了一大杯酒，照了照杯子，笑笑。

去海边，会一直去下去，这终于是一个人的事情了。

# 我要回家

那一年我回台湾来九个月。

当时手边原先只有一本新书打算出版，这已经算是大工作了，因为一本书的诞生不仅仅表示印刷而已。

虽然出版社接手了绝大部分的工作，可是身为作者却也不能放手不管。那只是出一册书——《倾城》。

后来与出版社谈了谈，发觉如果自己更勤劳些，还可以同时再推出另两本新书——《谈心》以及《随想》。这两本书完全没有被放在预期的工作进度里，尤其是《随想》，根本就得开始写，而愚昧的我，以为用功就是积极，竟然答应自己一口气出三本书。这种痴狂叫做绝不爱惜身体的人才做得出来。

也是合该有事，小丁神父也在同时写完了他的另一本新书——《墨西哥之旅》——后来被我改成《刹那时光》的那十二万字英文稿，也交到我的手中。我又接下了。

一共四本书，同时。

也是在那个时期里，滚石唱片公司与我签了合同，承诺要写一整张唱片的歌词。

我快快地写好了好多首歌词去，滚石一首也没有接受——他们是专家，要求更贴切的字句，这一点，我完全同意而且心服。制作人王新莲、齐豫在文字的敏锐度上够深、够强、够狠、够认真，她们要求作品的严格度，使我对这两个才女心悦诚服。她们不怕打我回票，我自己也不肯懒散，总是想到脑子快炸掉了还在力求表现。常常，一个句子，想到五百种以上的方式，才能定稿，而我就在里面拼。

于是我同时处理四本书、一张唱片，也没能推掉另外许多许多琐事。

就在天气快进炎热时，我爱上了一幢楼中楼的公寓，朋友要卖，我倾尽积蓄将那房子买了上来。然后，开始以自己的心意装修。

虽然房子不必自己钉木板，可是那一灯一碗，那布料、椅垫、床罩、窗帘、家具、电话、书籍、摆设、盆景、拖鞋、冰箱、刀、匙、杯、筷、灶、拖把……还是要了人的命和钱。

雪球越滚越大，我管四本书、一张唱片、一个百事待举的新家，还得每天回那么多封信，以及响个不停的电话和饭局。

我的心怀意志虽然充满了创造的喜悦与狂爱，可是生活也成了一根绷了快要断了的弦。

就在这种水深火热的日子里，挚友杨淑惠女士得了脑癌住进台大医院，我开始跑医院。

没过十天，我的母亲发现乳癌，住进荣民总医院。这两个我心挚爱的人先后开刀，使我的压力更加巨大，在工作和医院中不得释放。

也许是心里再也没有空白，我舍弃了每天只有四小时的睡眠，开始翻出张爱玲所有的书籍，今生第二十次、三十次阅读她——

只有这件事情，使我松弛，使我激赏，使我忘了白日所有的负担和责任。

于是，我活过了近三个月完全没有睡眠的日子。那时，几次开车几乎出事，我停止了开车，我放弃了阅读，可是我不能放下待做的文稿。我在绞我的脑汁，绞到无汁可绞却不能放弃。

我睁着眼睛等天亮，恶性失眠像鬼一样占住了我。我开始增加安眠药的分量，一颗、三颗、七颗，直到有一夜服了十颗，而我不能入睡。我不能入睡，我的脑伤了，我的心不清楚了，我开始怕声音，我控制不住地哭——没有任何理由。歌词出不来、书出不来、家没有修好，淑惠正在死亡的边缘挣扎，妈妈割掉了部分的身体……

我不能睡觉、我不能睡、不能睡不能睡。

有一天，白天，好友王恒打电话给我，问我钢琴到底要不要，我回说我从来没有想买钢琴。王恒说："你自己深夜三点半打电话来，把我们全家人吵醒，叫我立即替你去找一架琴。"

我不记得我打过这种电话。

又有一天，女友陈寿美对我说："昨天我在等你，你失约了没有来。"我问她我失了什么约，她说："你深夜一点半打电话给我，叫我带你去医院打点滴，你讲话清清楚楚，说不舒服，跟我约——"

我不记得我做过这种事。

连续好几个朋友告诉我，我托他们做事，都在深夜里去吵人家，我不承认，不记得。

有一天早晨，发觉水瓶里插着一大片万年青，那片叶子生长在五楼屋顶花园的墙外，我曾想去剪，可是怕坠楼而没有去。什么时候我在深夜里爬上了危墙把它给摘下来了？我不记得——可是它明明在水瓶里。

那一天，淑惠昏迷了，医生说，就要走了，不会再醒过来。我在病房中抱住她，贴着她沉睡的脸，跟她道别。出来时，我坐在台大医院的花坛边埋首痛哭。

我去不动荣民总医院看妈妈，我想到爸爸黄昏回家要吃饭——我得赶回家煮饭给爸爸吃。我上了计程车，说要去南京东路四段，车到了四段，我发觉我不知自己的家在哪里，我知道我是谁，可是我不会回家。

我在一根电线杆边站了很久很久，然后开始天旋地转，我在街上呕吐不停。后来看见育达商职的学生放学，突然想起自己已经修好的公寓就在附近，于是我回了自己的家，翻开电话簿，找到爸爸家的号码，告诉爸我忙，不回他们家中去，我没说我记忆丧失了大半。

那天我又吞了一把安眠药，可是无效。我听见有脚步声四面八方而来，我一间一间打开无人的房门，当然没有人，我吓得把背紧紧抵住墙——听。人病了，鬼由心生。

近乎一个半月的时间，我的记忆短路，有时记得，有时不记得，一些歌词，还在写，居然可以定稿。

最怕的事情是，我不会回家。我常常站在街上发呆，努力地想：家在哪里，我要回家。有一次，是邻居带我回去的。

整整六个月没有阖眼了，我的四肢百骸酸痛不堪，我的视力模糊，我的血液在深夜里流动时，自己好似可以听见哗哗的水声在体内运转。走路时，我是一具行尸，慢慢拖。

那一年，两年半以前，我终于住进了医院，治疗我的是脑神经内科李刚大夫。十七天住院之后，我出院，立即出国休息。

从那次的记忆丧失或说话错乱之后，我不再过分用脑了，这使我外在的成绩进度缓慢，可是一个人能够认路回家，却是多么幸福的事。

# 我在路边大叫——谏飙车

亲爱的飙车弟弟们，请接纳我对于你们这样的称呼。是的，一群弟弟们：那一群老是在往淡水去的路上，惊吓着我的青少年。

上个星期天的傍晚，我经过内湖开车上阳明山，穿过后山公园下到北投，经过北投开往我心深爱的淡水小镇看古董，到了夜间，不得不取道大度路回到台北来。

大度路曾经是一条我挚爱的道路，为着它两旁的景色，为着那迎面而来的观音山，为着那么宽宏大量的名字，当然，也为着它那长长阔阔没有红绿灯以及任何弯道的一泻到底。那种，好似可以把生命也给它在这条路上跑个痛痛快快的飞扬心情。我，一个生活在人挤人、车挤车，老是觉得整个城市都压在背上的可怜都市人，对于大度路，是由不得地爱恋上了它。

这种爱悦一条路的情怀，弟弟们，我相信在这份欣赏上，我们的心态是相同的。

就是在上个星期天的夜晚，我小小而卑微的白车子，就在一个恍惚里，陷进了千军万马般的机车狂赛里去——那属于你们这些弟弟的。亲爱的飙车弟弟们，请原谅我这一个没有经历过战争的老百姓，在你们横冲直撞蛇行急转，同时拿去了灭音器的车阵在我车子的前后左右怒吼着,超速、包围、突击,加上紧急煞车、单轮跳跃的那场大战里,我被你们吓得不敢快开、不能慢开、不知向左、不得向右,也不能靠边停下来。我感觉到四面受敌,而我唯一保护自己的方法,就只有牢牢地紧握着方向盘,随着千变万化的战况,躲开一只一只向我飞来的流弹,甚而眼睁睁就要出人命的那一霎,都不敢闭上眼睛。

穿过了大度路口,我在路肩慢慢靠边停下来,我靠住车门,掏出一支烟来抽,我点火的时候,发觉手在发抖,我吸烟,手还是抖个不停。

路口聚着好多观众,也聚着生火待发预备再上战场去大拼一场的英雄。路灯下,有人认识我,快乐地丢了车子,跑上来大喊:"三姐姐!"我笑着答应了,手还是在抖。我向那位喊我姐姐的骑士递上一支烟,替他点上了火,火花一闪的时候惊见那双充满着生命力的眼睛,那双不戴眼镜、明摆着一副"骑死了拉倒"的那种玩命反抗的眼神,如同刀子一般刺进了我的胸口。

然后,那个喊我三姐姐的弟弟,丢下了还在燃着的烟蒂,向我回头一笑。在我走了几步弯身把烟头替他拾起来的同时,他跨上他的野马,砰一下蹦进那如同流星雨也似的车阵里去。

我盯住那个少年的身影追索,我又看见他冲回来,那时的他,没有戴安全帽,没有扣上那件黑衬衫的扣子,他飞过我的眼前,才丢给我百分之一秒的心神交会,在我狂喊出好似要哭出来了的叫声里,他已经不见了。

我发觉那凄厉的声音是自己的,我发觉我站在路边大声喊,我的那句——小——心——呀——被四周的狂乱的吼声淹没了,而我,在这么炎热的夜晚,为什么抖个不停?

飙车的弟弟们,你们的确吓坏了好多辆开过大度路的汽车。开车的人不但被你们吓得暂时瘫痪,也曾有一个人,被你们的行径气得就想从此离开,远走他方,永远不再回来。

就为了了解你们,就为了没有跟你们产生过任何代沟,我,一个被你们族类称呼过一次姐姐的人,在这一个话题下,跟朋友们做过多少次的争辩。这只因为,我也曾是一个骑重型机车的人——那不过在这两三年以前才停止了的。弟弟,我们来比一比车的种类,在海外,我骑的是本田 BC 九百五十 CC 机车,你们的呢?

许多时候,亲爱的骑士弟弟,我知道你们不是存心为着破坏社会秩序而破坏,你们没有想得太多,没有想得更深,在你们意气飞扬的时代里,在这一个人口爆炸而空间不够的都市里,你们花尽了自己那小小的积蓄,梦想有一天,也跨坐在一辆机车上成为一个拉风的英雄。这种心态,并没有任何罪过,你们选上了大度路,证明了这份好眼光,也并没有错。而这份青春的得以发泄,速度快感的无以言喻,没有经历过的人,是很难了解的。

亲爱的骑士青少年,三姐姐一点也不道学,一点也不冬烘,一点也不会不分析你们飙车的心态就贸然地责备你们,虽然你们不但将许多人几乎撞死、吓死,三姐姐还是不怪你们,更不因此跟你们成仇,毕竟,青春的一切过程,在这一件事情上,也是能够被接受的。

我不敢跟你们讲生命可贵这种话,在你们饱满的青春里,讲这些话,你们是不能了解的。只因你们太年轻,你们以为——死,只是老年人的专利,你以为哪里会飙飙车就死掉呢。万一,你对我说——"死也过瘾。"我又用什么话回答你?不,我不要在这里跟你们争辩，你们也不会浪费时间跟我争辩，在这夜深人静的夜晚，还不如去飙车，对不对？我也不必对你们再提起你们的父母。你会去飙车，你就不懂母亲的泪为什么一看到你又推了机车出门去发疯就滴个不完。你在乎父母吗？你矛盾得很在乎又很想不在乎，于是你也把这种矛盾，在速度的快感里，矛盾地打发掉。

小孩子，疯狂的一群群小子，你们能够再深一层了解到，这种原先只是"玩嘛！"的行为，已经深深地伤害到了社会秩序的安宁吗？你会一脸无辜地对我喊过来——"哪有这么严重？我不过是飙车。"如果你这么想，这么说，我也不能深责你，我只能难过台湾太小，容不下你们这群实在也没有什么不对的野马。

我一向欣赏骑士，也明白什么叫做真正的骑士精神，亲爱的机车弟弟们，我们既然那么爱骑机车，那么我们换一种方式好不好？我们要做就做第一流的骑士，我们每天把我们的马儿刷洗保养得俊美清洁，我们把自己打扮得就如你所想要的那么拉风——用你五颜六色的安全帽。我们可以成群结队，以最优雅的姿态，奔跑在大路的靠右边——我们不跟那些开车的非骑士去抢道，他们可怜，就放他们一马吧。我们虽然个个深藏绝技，可是轻易不显，那才叫做真人不露相。我们在限速内行车，再表示我们的修养又拉一次风。

当我们做了骑士，对街又来一批骑士时，彼此打个Ｖ字形的手式，代表"我们彼此欣赏，彼此爱悦，彼此在不战中和平相处"。

骑士是高贵的，那我们就不做不高尚的骑士，更不要傻气到将这件原本极单纯的事情，变质为一项被他人用来赌博的工具。

亲爱的弟弟，你们被人利用了而不自觉，你们跟警察起纠纷，放火烧警车，这种行为不可能得到任何人的谅解，即使这一切的起因，只为了年轻。

骑车，可以叫它是一种运动。赛车，也是某种兴趣的代名词。这两件事情，如果能够得到一个好场地，一份严格的安全装备，以上所写的一切，都不会再有例如台北大度路、彰化彰兴路或者屏东战备跑道上的那种严重伤害社会的事件。

这些已经造成的社会伤害，不能把一切的责任推到飙车的青年人身上去。大度路不能跑，公路不给跑，那么给不给这些骑士一个奔驰的场地呢？在一个场地还没有提供的目前，亲爱的飙车弟弟们，请你们千万想一想，在这人口已经爆炸的岛屿上，我们禁得起这么疯狂的事情一而再、再而三地扩大吗？请你想一想，再想一想，我们不要做社会的负担，我们彼此退让着生活也是一种骑士的精神，在不得已的情形下，请你不再去"飙车"而去"骑车"，好吗？好吗？我的弟弟们，不要以为只有你们在忍耐，在这挤满了五十亿人口的地球上，每个人呼吸一口气，也都在忍耐中存活。

如果再有那么一个星期天，如果我又被迫陷入飙车的车阵中去而进退不得，那时候，也许我会停下车来，像一个稻草人一般，拿着一支破雨伞挥打过去。我好似看见自己成了这个岛屿上的稻草人骑士，站在路边又哭又叫的——死小孩，给我回家，死小孩，你要不要命，死小孩，你给我慢骑呀——死小孩——给我慢下来……我听见自己的叫喊好似响过了大度路四周空旷的田野，我听见那一声声呼唤有如狂飙般将我忧爱这片土地的身躯撕成片片，而眼前飞驰而过,怒吼而来的,是一辆机车、又一辆机车、又一辆机车、又一辆、又一辆、又一辆……

(载于一九八七年八月五日《联合报》副刊)

# 孤独的长跑者——为台北国际马拉松热身

我的父亲陈嗣庆先生,一生最大的想望就是成为一个运动家。虽然往后的命运使他走上法律这条路,可是在日常生活中他仍是个勤于活动四肢的人。父亲小学六年级开始踢足球,网球打得可以,撞球第一流,乒乓球非常好,到了六十多岁时开始登山。目前父亲已经七十五岁了,他每天早晨必做全身运动才上班,傍晚下班时,提早两三站下公车,走路回家。这种持之以恒的精神,其实就是他一生做人做事负责认真的表率。

我的母亲在婚前是学校女子篮球校队的一员,当后卫。婚后,她打的是牺牲球。

父亲对于我们子女的期望始终如一:他希望在这四个孩子中,有一个能够成为运动家,另一个成为艺术家,其他两个"要做正直的人",能够自食其力就好。

很可惜的是,我的姐姐从小受栽培,她却没有成为音乐家,而今她虽是一个钢琴老师,却没能达到父亲更高的期许。我这老二在小学时运动和作文都好,单杠花样比老师还多,爬树跟猴子差不多利落,而且还能自极高处蹦下,不会跌伤。溜冰、骑车、躲避球都喜欢,结果还是没成大器,一头跌进书海里去,终生无法自拔。

大弟的篮球一直打到服兵役时都是队中好手，后来他做了个不喜欢生意太好的淡泊生意人。小弟乒乓球得过师大附中高中组冠军，撞球只有他可以跟父亲较量，而今他从事的却是法律，是个专业人才以及孩子的好玩伴。小弟目前唯一的运动是——趴在地上当马儿，给他的女儿骑来骑去。

在我们的家人里，唯有我的丈夫荷西，终生的生活和兴趣跟运动有着不可分割的关系。他打网球、游泳、跳伞、驾汽艇，还有终其一生对于海洋的至爱——潜水。他也爬山、骑摩托车、跑步，甚而园艺都勤得有若运动。

我们四个子女虽然受到栽培，从小钢琴老师、美术老师没有间断，可是出不了一个艺术家。运动方面，篮球架在过去住在有院落的日本房子里总是架着的，父亲还亲自参与拌水泥的工作，为我这个酷爱"轮式冰鞋"的女儿在院中铺了一个方形的小冰场。等到我们搬到公寓中去住时，在家庭经济并非富裕的情形下，父亲仍然买来了撞球台和乒乓球桌，鼓励我们全家运动，巷内的邻居也常来参加，而打得最激烈的就是父亲自己。

记得当年的台湾物质缺乏，姐姐学钢琴和小提琴，父亲根本没有能力在养家活口之外再买一架昂贵的钢琴，后来他拿出了小心存放着预备给孩子生病时用的"急救金"，换了一架琴。自那时起，为了物尽其用和健康的理由，我们其他三个孩子都被迫学音乐。那几年的日子，姐姐甘心情愿也罢了，我们下面三个，每天黄昏都要千催万请才肯上琴凳，父亲下班回来即使筋疲力尽都会坐在一旁打拍子，口中大声唱和。当时我们不知父亲苦心，总是拉长了脸给他看，下琴时欢呼大叫，父亲淡淡地说了一句："我这样期望你们学音乐，是一种准备，当你们长大的时候，生命中必有挫折,到时候,音乐可以化解你们的悲伤。"我们当年最大的挫折和悲伤就是弹琴,哪里懂得父亲深远的含意。

至于运动,四个孩子都淡漠了,连父亲登山都不肯同去,倒是母亲,跟着爬了好几年。当然,那只是些不太高的山,他们的精神是可佩的。

我的丈夫深得父亲喜爱并不完全因为他是半子,父亲在加纳利群岛时,每天跟着女婿去骑摩托车,两人一跑就不肯回家吃饭,志同道合得很。

回想有一年我开始学打网球时,父亲兴奋极了,那一年是我出国后第一次回国,在教德文,收入极有限,可是父亲支助我买二手球拍、做球衣,还付教练费,另外给我买了一辆脚踏车每日清晨骑去球场。这还不够他的欢喜,到后来,父亲下班提早,也去打球。他的第一个球伴是球场中临时碰上的——而今的国民楷模孙越。父亲打球不丢脸,抽球抽得又稳又好,他不会打竞争的,他是和平球。

等到我又远走他乡一去不返时,我的生活环境有了很大的变迁,我住北非沙漠去了。那时最普通的运动就是走路,买菜走上来回两小时,提水走上一小时,夜间去镇上看电影走上两小时,结婚大典也忘了可以借车,夫妻两人在五十度的气温下又走上来回一百分钟。那一阵,身心都算健康,是人生中灿烂非凡的好时光。

后来搬去了加纳利群岛,我的日子跟大自然仍然脱不了关系,渔船来时,夫妻俩苦等着帮忙拉鱼网,朋友来时,一同露营爬山拾柴火,平日种花、种菜、剪草、擦地、修房子,运动量仍算很大。夏日每天"必去"海滩。我泡水、先生潜水,再不然,深夜里头上顶了矿工灯,岩石缝中摸螃蟹去,日子过得自然而然,肤色总是健康的棕色。虽然如此,夫妻两人依旧看书、看电影、听音乐、跳舞、唱歌,双重生活,没有矛盾。回想起来,夫妻之间最不肯关心的就是事业,我们安稳地拿一份死薪水,绝对不想创业,这自然是生活中烦恼不多的大好条件。

有一年,偶尔回国,在电视上看见了纪政运动生涯的纪录片,我看见她如何在跑前热身,如何起跑,如何加速,如何诉说本身对于运动的理想和热爱……我专注地盯住画面不能分心,我分解她每一个举手投足的姿势,我观察她的表情,我回想报章杂志上有关她的半生故事,我知道她当时正跑出了世界纪录,我被她完全吸引住了的原因,还是她那运动大将的气质和风度,那份从容不迫,真是叹为观止。一个运动家,可以达到完美的极致,在纪政身上,又一次得到证明。

没过了几年,我们家的下一代,也就是大弟的双生女儿陈天恩、陈天慈进入了小学。父亲经历了对于我们的失望之后,在他的孙女身上又重新投入了希望。他渴望他的孙女中有一个成为运动家。暑假到了,当其他的孩子在补习各种才艺的时候,父亲恳请纪政,为我们的小女孩请来了"体育家教"。

天恩、天慈开始每天下午,由体育老师带着,在市立体育场上课。记得初初上体育课时,父亲非常兴奋,他说,如果孙女有恒心,肯努力,那么小学毕业就要不计一切送到澳洲去训练打网球。又说,经济来源不成问题,为了培植孙女,他可以撑着再多做几年事不谈退休。很可惜的是,天恩、天慈所关心的只是读学校的书,她们无视于祖父对她们的热爱,不听祖父一再的劝告:"书不要拼命念,及格就好。"她们在家人苦苦哀求之下无动于衷,她们自动自发地读书，跑了一个半月的体育场，竟然哭着不肯再去。我们是一个配合国策迈向民主的家庭，绝对不敢强迫孩子，在这种情形下，父亲叹了口气，不再说什么。

孙女没有运动下去，父亲居然又转回来注意到了我。那一年我回国教书，父亲见我一日一日消瘦，母亲天天劝我："睡觉、吃饭！"倒是父亲，他叫我不要休息，应该运动。我选择了慢跑。

有半年多的时间，每个星期总有三天左右的晚上，我开车到内湖的大湖公园，绕着湖水开始慢跑，总要跑到全身放松了，出汗了，这才回家继续工作。就有那么一个夜晚，我一个人在大湖公园的人行道上慢跑，不远处来了两辆私家车，车上的人看我跑步，就放慢了车速开始跟我，我停步不跑了，车上下来七个男子，他们慢慢向我围上来，把我挤在他们的人圈里。其中一个人说："小姐一个人散心不寂寞？"我看看四周，没有其他的行人，只有车辆快速地在路边驶过。我用开玩笑的口吻对待这一群家伙，说了几句不轻不重的双关语，"笑问"他们是哪一个角的。他们一听我说起什么角什么角，就有些不自在，我把其中挡路的一个轻轻推开，头也不回地再跑，很有把握地跑进对岸丛林小路中再绕公园出来，那批人已经走了。从那次之后，我停止了夜间的慢跑，而清晨尚在读书，不能跑，这再次的运动也就停了。"角"的意思就是黑话"帮派"，看杂志看来的，居然用得顺口。

我们的家族运动小史并没有告一段落。小弟的大女儿天明今年八岁，得的奖状里虽然包括体育，可是她最痴迷疯狂的还是在阅读上。小学二年级就在看我的《红楼梦》，金陵十二金钗都能背，她只运动那翻书的小指头。小弟的二女儿天白在两岁多时由茶几上跳下来，父亲观察她的动作，她不是直着脚跳的，她先弯下膝盖才借双脚的力一蹦落地,这发现又使父亲大喜,连说:"恐怕是这一个,可以训练。"从那时起,天白每与父亲见面时,祖孙两人就在游玩一种暗藏心机的运动游戏。可是天白现在已经四岁多了,她最大的成就却是:追赶着家中大人讲鬼故事。我们被她吓得哀叫,她是一句一句笑笑地逼上来,用词用句之外,气氛铺陈诡异、森冷、神秘,是个幻想魔术师——眼看她走上司马中原之路。她只做这种运动,四肢不算灵。每听孙女造鬼不疲,父亲总也叹一口气,他的期望这一次叫做活见鬼。

其实,要一个家庭中的成员作为运动家或艺术家并不那么简单,可是保有活泼而健康的心态去参与,不必成家也自有意义。

拉杂写来,由家庭中的运动小史铺展到马拉松,内心的联想很多。其实每一个人,自从强迫出生开始都是孤独的长跑者,无论身边有没有人扶持,这条"活下去"的长路仍得依靠自己的耐力在进行。有时我们感到辛酸遭受挫折,眼看人生艰难,实在苦撑着在继续,可是即使如此,难道能够就此放弃吗?有许多人,虽然一生成不了名副其实的运动员,可是那份对于生活的坚持,就是一种勇者的行为。

我自然也是这一群又一群长跑人类中的一员,但诚实地说,并不是为了父亲的期望而跑,支持着我的,是一份热爱生命的信念,我为不负此生而跑。我只鼓励自己,跟那向上的心合作。这些年来,越跑越和谐,越跑越包容,越跑越懂得享受人与人之间一切平凡而卑微的喜悦。当有一天,跑到天人合一的境界时,世上再也不会出现束缚心灵的愁苦与欲望,那份真正的生之自由,就在眼前了。

# 你们为什么打我?

在我年幼的时候,以为世界上只住着一种人,那种人就是在我身边打转转的人。

他们或说北平话、或说闽南话。不然隔壁邻居阿妹妹的一家讲广东话,对面建建的父母全家四川话。至于巷口的老周嘛,他用河南话卖菜。我家爸妈是双声带;忽而宁波话,忽而国语。

这些人组合了我生活的全部天地,直到有一天,一个金发碧眼的传教士上门来拜访。我一开门,他就对我说:"小妹妹,耶稣爱你。"

我惊问母亲:"耶稣我从小就认得,可是这个人是怎么回事?"母亲说:"他是一个外国人。"

从那时候开始,我的用语中多了三个新字。例如,当我看一本书叫做《黑奴吁天录》时,我一面看一面说:"看,外国人对黑人多可恶,把他们当奴隶啊!"后来我知道了史怀哲,又说:"这是一个伟大的外国人,反过来去非洲做牛做马救黑人。"当我在街上偶尔看见一个碧眼人在走,我兴奋得几几乎要跳到他面前去大喊:"耶稣爱你。"那时候,我只会讲中文,可是,我确定,只要讲上面那句话,那种人就会懂。

后来我才弄清楚，外国人居然还必须分很多种，包括黑人在内，其实都是外国人。后来我又弄清楚了一步：如果有一个法国人，住在巴黎，那他口中的外国人，就包括了中国人在内。原来我也可以是一个外国人。

有一天，我离开了中国，回到外国去，做了好久的外国人——别人眼里的。

回来后，发觉中国同胞以前用的什么番人、番兵、番鬼、番婆以及夷人、夷疆这种字都消失了。洋鬼子也没有太多人用，大陆那边有一阵称为国际友人的，我们这儿干脆白话到底——外国人。

外国人，是一种泛称。

因为久不用中国话，对于这种母语特别用心去听、去看，听人家怎么挑字讲话。看人家如何排字写作。

在许多场合里，我假装低头吃菜，竖起耳朵专注地把别人一句一句话都给一同吃下去，再把合适的消化给自己。这样就不会让同胞笑我脑筋"阿达、阿达"了。

中国人讲话时，凡是碰到大场合，那就不好听。其中必有大道理，叫人点头又点头，不打瞌睡都不行。

中国人小饭馆中一坐下，毛巾一擦脸，随便讲话那个鲜活才如珍珠似的落下来。

可是中国人讲闲话有语病，光是"外国人"这三字就有如此这般含糊的泛指。我们来听听中国人讲外国人怎么讲。

"这种面包呀，吃一顿可以，再吃就吃不消啰——外国人的东西嘛——偶尔为之……"请问，泰国人是不是外国人，他们吃不吃面包当主食？

"我说，外国人笨来稀的，哪里好跟我们中国人比，嘿嘿……"笨吗？联合国里那么多国排排坐，请你指明，到底坐在左边的还是右边的是个笨家伙？还是统统都笨？

"这种嫁外国人的事，多半没有好结果，他们家族观念淡——"请问有没有看过《教父》这本书或电影，意大利人家族观念淡是不淡？

"这种事情呀——如果给外国人在台湾碰上，气也给气死了。"好，如果现在我们把埃塞俄比亚的饥民全部请来台湾，他们是气死还是笑死？

"哦——外国人好冷淡，下次再也不去了。"冷淡！你去过尼泊尔了？

"注意哦——去外国人家不可脱鞋子，你一脱，他们马上拿出空气芳香剂来喷你的光脚。"阿巴桑，你说这话一定不认识隔壁的日本人。

我终于懂了，中国人随口而出的外国人，其实是欧美人的泛称。

我们中国人，是马马虎虎两种生肖结合好朋友之后产生的民族，许多小地方自然打些马虎眼。不过顺口说话并不是两国之间定条约，也不算生死大事。但是，如果我们讲话，定义先弄一清二楚，那听的一方很快就能明白我们讲的是东家长而不是西家短，误会就能减少。说得万一含糊，效果必定朦胧。除非我们指桑骂槐，存心。

我们可以这样讲，试试看："一般美国人住得相当好，不过大半都是分期付款得来的享受。"也可说:"德国人做事一板一眼,他们的出品我们放心。"又能这么想:"嫁个西班牙先生也许幸福,楼上邻居三小姐就是成功的例子。"我们不泛称,我们明指国籍或人种。

这一来,外国人被一格一格分了类,精确性不能说百分之百——这些小格子里的同国人又可分小格子。但整体民族性这么一来就可分别了。不然,顺口说说,一竿子打尽天下外国人并不公平。

说起一竿子打尽外国人,就有真打实例。有一年,在台湾"刘自然事件":一个美国人一口咬定中国人姓刘的那个,偷看他的美国太太洗澡,把刘自然一枪给打死了。这个杀了人的美国人,没有在台湾审判,乘飞机走了。那一回,中国人把个"美国大使馆"打得稀烂,我有没有去,请不要问。

以上四度指定国家的名字,没有泛指"外国人"或"外国"。

就在闹事的那几天,我有一个住在台北、热爱台湾的国际友人,他当然知道中国人正在打美国人,却穿了一双木拖板,开大门,出来,走到巷子口外悠悠然地要去吃碗牛肉面。就在那时,突然冲出来一群中国人,口里喊着:"这里有一个——"抓住这个黄头发的人就打个不停。我的朋友大惊之下,奋起抵抗,这不抵抗还好,一抵抗,那条腿就给打断啦。

我去问候这个受伤的人,他尖叫呀:"——你们为什么打我——为什么打我——"

我敲敲他上了石膏的脚,说:"下次万一我们再打某国人,而又不是打你这一国的时候,你要提高警觉。我们一冲上来,你就得用标准国语高喊——'先不要打,我是丹麦人、丹麦人,大丹狗的丹,麦子的麦,丹麦、丹麦……'"

(载于一九八八年五月二十五日《联合报》缤纷版)

# 忠孝西路 P.M.5:15 1986

那条街，比起异国任何一条马路，都要令人心慌。从来只是车里坐着经过，靠着玻璃不当心那么飘它一眼，心里马上几十团乱毛线打结。

十年吧，这才去了。

即使走在骑楼里，仍然感到一辆辆汽车压在背部——再加油烟浸渍的一只大手捂在人口上。

一种世纪将要灭亡之前一刻的幻觉。天地是加盖的压力锅。那听不听都得刺进身体里去的高音贝，是哪一个小伙子套住麦克风站在没有门面的衣服堆里狂喊那五十块任选一件不然隔壁还有六十块一把的雨伞。

在那叫人发狂的噪音真相里，没有人真正地发狂。如果说这种声音算做热带病毒，那么被感染的一群也不过是被扩音机吸了进去，开始发作时机械性的动作：翻那小山一般买了回去也不能改变任何生活秩序的小折伞，不然，一件不死不活的T恤。

小东西并不够小，寒伧花色之外，不知道还有什么更好的特性可以称赞它。那种小花伞，是一对手足失措的情人，小小气气躲在里面，怕，怕沾上任何一滴其实死不了的酸雨，挤那本来就够挤了的寒伧。

这也许是廉价，伞本来也只六十块一把，不能给人理直气壮的骨架。就如床单总也不换的宾馆，明晃晃大白天亮着日光灯招牌——"休息两百五十元"藏在高楼幽巷里，好使人看不见那一地的垃圾污水加烂菜叶子还有挡路的大锅。

那种，休息之后出来，手也不拉地出来，直直走向几步路骑楼边的小食档。男的问女的"吃什么？"女的，对着一摊猪肠，小声说："随便。"他们弯曲了身体，就着一团热气，把灰嗒嗒的肉团，吃到口里不算，还在认真地咀嚼，然——后，咽——了——下——去。他们一直佝偻，在吃的时候。

伞还是有人买的，成就了一种那么微薄的安全——只要六十块就可以摆进皮包。天随时可以下雨。

扩音机不能不叫，叫成了都市的命脉。

那个叫卖的人很清楚，他的嗓门和货色对于路人是不可或缺的安抚，一旦沉默下来，城市要被吓得出大祸。叫着叫着，不过是反复几千次的——来呀！来呀！却将失群的人潮激起了狂喜的荡漾。在那饱满的呼唤里，有人只用五六十块的交换如同传道者一般救赎着人的灵魂——来呀耶稣爱你。

那么名贵的端砚毛笔名家字画的门前，有人起劲地把一块块臭豆腐下锅，臭豆腐的气味成了墨香，于是没有人看砚台。

红红的中国结衬着金色塑胶大字，财啦福啦，大吉大利、鑫、鑫、鑫、鑫、鑫、鑫、鑫、招财进宝。一定要使幸福的颜色浓得伧俗。而那金银财宝，就算是佝着身体一辈子去膜拜它，也带给人心甘情愿的喜悦和亲爱。哦，如果叫它神的名字，买的路人会不会比财字更疯狂？

商店的门口倒不要神位,做了好多长条凳请人留步。就有条凳那么周到,摆明了功能还担心那不够殷勤切意,添上了"请坐"二字。就像它不请人坐,人不敢坐下去那般小心猜测路人的客气和谦卑。

而那些摆地摊的,知道自己绝对不算路人,就真敢也不敢坐下去,那么识大体地离着条凳只几分寸,卖着他的假名牌真恤衫,他们不在意口袋上那块小标记,对着商店一条凳子却又当当心心,壁垒分明。无论条凳是白是蓝是黄,他们靠也不去靠。

书店倒是好大一家,没有书香,闻到的老是胃里的东西,照样挤满了只看不买的人群。当然是不买的,它不能两百五十块休息不能十五块肉羹也不能给人蔽雨。

一群群被办公大楼吐出来的下班族类,面无表情地站在公车站牌下,他们当然不再表情,因为下班了。等惯了车的人不张望——早也惯了。该来的总是会来,载人去每天必然回得去的地方。用一种方盒子。

人,每天上班在大盒子里,下班苦等小盒子载人回家,家是另一种打着小方格子的空间,床不只是平面方形,电视叫做立体方形,等那中午好不容易松一口气可以品尝薪水变为食物的辛酸,还是面对一个便当盒——这就突然明白了,人在潜意识里没有面对棺材时,为什么乱七八糟地买T恤和小花伞。他们很自然地不再买四四方方的书。当然。

车子当然也是挤的,挤来挤去,挤掉车门外的尊严没有人会在意。而尊严也是一种习惯的代名词,惯了,就好。如果人人不再讲这个字,它就不必放在任何层次。这里已经够挤了,加不进一只发夹。

那么多装扮相似的人混成一团，仔细看看又实在没有一丝可以点明的相像。这个人的球鞋叠在那个人的背包上，那群人的外套挤成衣架上统一尺寸的货色，而女人的头发，全部冒着烫焦没有光泽没有弹性皱巴巴蓬成一团浓烟，享受着与众一同的安然。

与众一同，叫做美丽。注意，要——烫——焦——头——发。

三五个拿着地图的白种人，呆望着不能明了的公车站牌，没有人理会他们。尽管学英文已经成为另外一种病毒，能不讲的时候，还是不发病来得不叫人脸红。学英文为的是：一开口说英文时，那一阵脸上涌出的热潮令人兴奋。听说台北市可以坐上六百道不同站牌的公车，为什么不看见有人，走上去，不讲一句英文，把那贴着不穿衣服女人的随手丢打火机啪一下去烧掉外国陌生路人手上紧握的台北市地图。

小得像凹字大一点的什么小柜子，里面卡住那个粗粗壮壮的青年，就在一家面包店大玻璃片前的骑楼下，把自己卡成了一个囚字。他的背后正好是食物，还配上出炉味。粗小子卖手镯、别针、项链、耳环，细成如同他手臂血管暴涨青筋三分之一细的链子，锁住了一个大男人的青春——我不要青春我要面包。

看了面包一眼，粗里有细的柜台囚人，警觉地堆出一脸笑来。"小姐你看，你身上这件衣服配上这月白色的耳环就更周全了。"就为了那用词，多看了人一眼。柜台上，张爱玲的《半生缘》看到一大半，反面搁着。"曼桢的结局你喜欢吗？"粗小子手中的耳环不晃了，静止在空中。"你也知道张爱玲，一百五十块的耳环算你八十块。"并不会因为张爱玲而移情，"那边走过去，笑说：一把花伞——可折的，才六十。"台北人是这么讲话的。

大厦跟大厦之间的巷子，永远没有阳光，夹缝里，生命流动得舒畅又缓慢，只要汽车开不过去的地方，就没有东西压在背上的感觉。人，在下棋，才夏天呢，灰扑扑的汗衫早也露了出来。卒子过河，车马炮无声地杀来杀去，慢慢杀、蓄意地杀。棋盘旁边，小卒子压着两张红票子，发印五百块和一百块相同颜色新台币的人不会因此杀头。猜是两百块吧，不看那穿堂风吹过，票子一起一伏的好像要飘走，赌棋的人压都不多压一个棋子。

台北人真真假假还是有钱。两百块可以买三把花伞加一个菠萝面包另外找回五块铜板用来当工具刮痧。台北人不要心理医生，人懂得怎么去疏导自己，那么漫不经心的。车子一辆一辆压上来，狭巷里，声音被一个过河卒子啵一下吸成透明。

是哪个小姐在等情郎用摩托车来载她去休息，长长胖胖打褶裙子的下面，一双球鞋加红袜子，人就落实到地面上去了。上身一件紧身衬衫，挤出了成熟多汁的性感加肉欲——什么？！这种身材的人会是处女。

"天主教文物供应中心"的前面站着那个肉体，一座圣母悲怆的塑像伸出一只手，好像就要穿过玻璃，去摸一摸那活生生的大地之母。圣母在悄悄地叹息——你是一个好女人，好到一如当初天主创造的夏娃。而那个不站在公车站牌下却时时张望着街头的胖小姐，正在起劲地咀嚼口里的东西，不，那不是口香糖，那是一种咸湿食物——带着五花肉的烤香肠。那么旁若无人地吃着，那么原始地磨着牙齿吞咽。果然来了一辆摩托车，小姐把香肠棒子一丢，粗粗鲁鲁地跨上车，紧紧抱住骑士的细腰，带着烫焦毛发的乌烟，哄一下飞驶而去。

人潮涌来涌去，扩音机永恒地在呐喊，公共汽车逼到骑楼边来载客，队伍总是突然乱一阵，带去了要去的人，而路上的人并没有因此减少。登山用品店为什么还不变成食品店，上公车的人绝对不是去了山上。在都市喧哗闷热叫人窒息的黄昏，山林之梦是不能也不可以做的——那太单调了——一幅不能感动人的廉价房地产广告。

不等车的人还是大部分，不知往哪里去的人们市政府给了天桥、给了地下道，如果胆子够大，冲过车阵也可以跑到对街——警察不会来抓你。这一片的街景全在骚动中跳舞，活生生的，活得朦胧又活得显明、活得那脉搏有如灌浓时的生猛，砰、砰、砰、砰，饱出令人想尖叫的喜悦或说恐惧。

晚报出来了，走过书报摊的人，收回了那迈出的右脚，丢下一个铜板，迫不及待地就在人群里把手臂拉开——更挤了，如果人人在街头看报。猜那看报的人并不那么好奇，人们看报纸，往往只有一个绝大的动机——不放心自身的利益和安危。这样一来，只看早报就不够了。

巨大的落日在都市大峡谷中静静坠落，人们一般并不意识它的存在，人们正在养精蓄锐，等待那立即将来的华灯初上歌舞升平。

我舍不得离开眼前的现象。我站着点燃了一支烟，就在街上当众吸着。我啪一下把烟蒂用手指弹到地上去甚而不许自己把它踏熄。我差一点走回头路跑去买花伞。我果然被店家的"请坐"所感动，略略沾了那条凳的边。我开始走过那总共包括六百个牌名的公车站牌，专心找一个指引人回家的地名。

而公车来了，我并没有挤上去。我说过了，尊严只是某种习惯的代名词。既然没有车子可以立即习惯，我往抽过烟的老地方走了回去。你知道,不久以前,我是种菜还有玻璃花房的那种乡下人。

虽然我佝偻了那么十秒钟不到的姿势有一些使人委屈,我还是在一大群地上的丢弃物里——观察,是哪一支烟蒂上透露出我吸过的特定记号。

我仔细地捡起"一支烟蒂",把它用化妆纸包起来,小心放进皮包。当我做出这一个动作来的时候,我突然看见满月变红像血从市议会的方向升起,不,我没有看错,那绝对不是霓虹灯。我听见哗啦哗啦的笑声——人的笑声,掺杂着洗牌的碰撞,四面八方响起。人的五官模糊,可是他们明确地在噼噼啪啪拍手又欢笑,包围着我大声唱起来。

他们唱——来呀!来呀!台北人。来呀来呀台北人。来呀来呀——来——呀——六十块一把,你还等什么、等什么、等什么——

他们又轻轻地,说——

来。

# 轨外的时间

其实,有一年,不久以前的一年,我也常常出去。

不,我的意思不是说旅行,我说的出去,是在梦与醒的夹缝里去了一些地方,去会一些埋在心里的人。

你看过一本叫做《时与光》的书吗?徐讦先生的作品。你没有看过?那么你看过他另一个短篇了?想来你可能看过,他写的那一篇叫做《轨外的时间》。

三毛你去了什么地方?

就在附近走走,穿过一层透明的膜,从床上起来——出去——就出去了。

费力是不行的,我们又不是拔河。我没有跟永恒拔河,绳子的那一端拉着的,不是血肉的双手。你放松,不能刻意,甚而不要告诉自己放松,就如风吹过林梢,水流过浅溪,也就如你进入舒适的一场睡眠那么的自然和放心,然后,你走了。

你怎么走?

我轻轻松松地走,轻到自己走了才知道。

你的拖鞋还在床边,你忘了讲穿鞋子那一段。

对,我也没有讲穿衣,洗脸,拿皮包。我也没有讲墙、讲窗和那一扇扇在夜里深锁着的门。我没有忘，只是出去时这些都不重要了，包括睡在床上的那个躯体。

可是，我走了，又回来，坐在这里，喝茶，写字，照镜子。

你也照镜子对不对？

那片冰冷镜中的反影使你安心，你会想——你在，因为看见了自己，是不是？

三毛，你到底要讲什么？

**我不说了，让姑姑来跟你说。**

这许多年来，我一直很少出门。我是一个家庭主妇，丈夫早逝之后，我的一生便托付给了子女。年轻的时候，孩子小，我中年的时候，孩子们各自婚嫁，我高年，孩子们没有抛弃我，一同住在台北，在普普通通的家庭生活和琐事里，我的一生便这样交了出去。我的天地是家，没有常常出门的习惯，当我终于有一些闲暇可以出外走走的时候，我发觉自己的脚步已经蹒跚，体力也不能支持，出门使我疲倦，也就不去了。

那一天，我为什么进了国泰医院？是家人送我去的。我并不喜欢住在一个陌生的房间里，只因为全身疼痛难当，他们就哄着我去住院了，孩子们总是这个样子。

其实，我的脑筋仍是很清楚的，八十年前做女儿的情景一段一段地能够讲得出来。不久以前我跟我的外甥女平平说：年轻的时候我也打过高尔夫球。她眼睛睁得大大地瞪住我，也不笑，好似我说的不是家族生活的过去，而是洪荒时代的神话一般。她的眼神告诉我，像我这种老太太，哪里知道高尔夫球是怎么回事。

我也有过童年，我也做过少女，这一生，我也曾哭过，也曾笑过，当然，也曾丽如春花。而今，只因我说了全身酸痛，他们就将我送进了医院，我有什么办法，只有来了。

你也晓得，医院的岁月比什么地方都长，即使身边有人陪着，也不及家里自在。我不好跟儿女们老吵着要回家，于是，我常常睡觉，减去梦中的时间，天亮得也快些了。

那个午后，四周很安静，窗外的阳光斜斜地照进病房，粘住了我床单的一角，长长方方的一小块，好像我们家乡的年糕一样。

看了看钟，下午四点——那块粘得牢牢的年糕动也不肯动。

天气不冷也不热，舒适的倦怠就如每一个午后的约会一般，悄悄地来探访我。

今天不同，我却没有睡过去。病房里没有人，走廊上看不见护士，我的心不知为何充满欢喜，我的年纪有如一件披挂了很久的旧棉袄，有那么一只手轻轻拂过，便不在了。当它，被抖落的那一霎间，我的脚，我的身体，奇迹似的轻快了起来。

我要出去玩——

什么时候已是黄昏了，满城灯火辉煌，车水马龙，每一条街上都是匆匆忙忙各色各样的人。多年没有出来逛街，街道不同了，绸布庄里的花色夺目明亮，地摊上居然又在卖家乡小孩子穿的虎头鞋，面包烤房里出炉的点心闻着那么香。西门町以前想来很远，今日想着它它就在眼前，少男少女挤着看电影，我没有去挤，电影也没有散场，我只想看看里面到底在演什么，我就进去了，没有人向我要票，我想告诉一位靠着休息的收票小姐，我没有买票你怎么不向我讨呢，她好似没有看见我似的——

多年来被糖尿病折磨的身体，一点也不累了，我行路如飞——我是在飞啊——

百货公司我没有去过几家，台北什么时候多了那么多迷城也似的大公司？比起上海永安公司来，它又多了不知多少奇奇怪怪的货品。这里太好玩了，我动得了更是新鲜，健康的人真是愉快，走啊走啊，我的脚总也不累——

我拦住一个路人，告诉他我很欢喜，因为我自由，自由的感觉身轻如燕，我不停地向这个路人笑，他不理我，从我身上走上来——

这一代的年轻人没有礼貌，也不让一让，就对着我大步正面走过来——我来不及让，他已经穿过我的身体走掉了，对，就是穿过我。再回头看他，只见到他咖啡色夹克的背影。我吓出一身汗来，怕他碰痛了，他显然没有知觉，好奇怪的年轻人呀！

我的心像一个小孩子那样地释放，没有想念那些孙子，没有怕儿女挂念我的出走，我只是想尽情地在台北看一看，玩一玩，逛一逛，多年的累，完全不在了。

这种感觉当然弄得我有些莫名其妙，可是我没有丝毫惧怕，没有怕，只是快乐，轻松。自由啊，自由原来是这样好。

自从我的儿女开始奉养我之后，我们搬过两三次家，年轻人不念旧，我却突然想念罗斯福路的日本房子，在那儿，我们一家度过了大陆来台湾之后长长的时光。以前我走不动，我总是累，那么现在不累了，我要回去看一看。

从百货公司到罗斯福路好快啊，心里想它，它就到了，"心至身在"是怎么回事？这份新的经历陌生得如同我眼前的大台北，可是为什么去想呢，我赶快去找自己的故居，那个进门的玄关旁，总也开着一片片火也似的美人蕉——

日本房子没有了，我迷失在高楼大厦里，这里找不到我的老房子，花呢，花也不见了。那条长长的路通向什么地方？新店。

我怎么在新店?

不好走远了,我回去吧,我不去医院,我回儿子女儿住的大厦,百乐冰淇淋招牌的那条巷子里就是我的家。

小孙子在吃饭,电视机开着也不看也不关,费电呢。我上去关,电视却不肯灭掉。

家里没有人叫我,我四处找找人,没有什么人在家,除了孙子之外。

后来我又想,回家是失策的,万一孙子看见我逃出了医院,大叫大嚷,捉住我又去躺病床也不舒服,我快走吧,趁他低头吃饭快快溜走。

汉清大哥、嗣庆、谷音全在台北,他们是我的手足,这些年来行动不方便,总也难得见面,见了面,大家怕我累,也不肯多说话,总是叫我休息、休息。这个时候谁要休息呢,我要快快去告诉他们,我根本没有病,走得飞快。我完全好了。

小弟嗣庆不在家,他的办公室在火车站正对面,那个地方我从来没有去过,今天跑去看看他,他一定吓了一跳。

就看见嗣庆啦!他在看公文,头伏得低低的,我不跑到他面前去,我要跟他捉迷藏,就像我未上花轿以前在家里做他姐姐一般地跟他顽皮一下——

我浮在他的上面,用手指轻轻搔一下他的头顶心,嗣庆没有反应,人老了就是这个样子,弟弟也老了,敲他的头都没有感觉,他不及我年轻了,我怎么又一下那么爽快了呢?

是的,我们都老了,爹爹姆妈早已过去了,我找不到他们,看不到他们,这也没有办法,我只有在台北跑跑,再去看看我的亲戚们。

今天不累，我一个一个房子去走亲戚，我好忙啊，已经是老婆婆了玩心还那么重，自己也有一点不好意思，可是能走还是去走走吧，今天不同凡响——

于是我走了好多好多的路，我看亲戚，看街，看外销市场，看新公园，看碧潭的水，看街上的人，看阳明山淡水河，看庙看教堂，也去了一间国民小学——

玩了不知多少地方，绕了好大的一场圈子，我到了一幢建筑面前，上面有字，写着"国泰医院"，这个地方眼熟，好像来过，二楼一个窗口尤其熟悉，我上去看一看里面有什么东西。

于是我从窗外向里看，你可别问我怎么飞到二楼窗口去的，我没有说谎，我是在二楼外面看——

这一看吃了一惊，我的儿子阿三怎么坐在一张床的前面，哀哀地在向一个老太太一遍一遍地叫——"姆妈！姆妈！姆妈！姆妈……"

那个睡着不应的女人好面熟……她不是我自己吗？难道是我？那个镜中的我？一生一世镜中才看得见的我？我急忙往窗内跑，跑向自己——

"姆妈——"

我听见了儿子的声音，哽住的声音，叫得好大声，吵得很。

再一看床头的钟，五点了，原来一个小时已经过去，一个小时，我去了好多地方——而我又在床上。

"姆妈，现在是早晨五点，你昏迷了十三个小时，怎么救也救不过来，我们　　　"

傻孩子，急成那个样子，姆妈哪里是昏迷了，姆妈只是出去玩了一场，散散气闷，你们怎么叫护士小姐用针扎人呢。

　　我的姑姑跟你讲了一件很普通的小事，她不太会说故事，又越说越匆忙，因为说完她要收拾东西回百乐冰淇淋那条巷子里的家里去，她想回家，不肯慢慢细细地讲。
　　至于我的故事，并没有说完，可是让我悄悄告诉你一个秘密，有关我的秘密——
　　当我"出去"的时候，我从来不肯去照镜子。

# 你是我特别的天使

小姑：

我们一直等您，不想睡。可是也许会睡着。

您可以在这里做功课。谢谢小姑！

天恩　　留的条子
天慈

一月二十六日　晚上十点钟

夜已深了，知道太深了。还是在往父母的家里奔跑。软底鞋急出了轻轻的回声，不会吹口哨的少年，在心里吹出了急着归去的那首歌。

今天的心，有些盼望，跟朋友的相聚，也没能尽兴。怎么强留都不肯再谈，只因今天家里有人在等。只因今天，我是一个少年。

赶回来了，跑得全身出汗，看见的，是两张红红的脸，并在一起，一起在梦里飞蝶。

这张字条，平平整整地放在桌上。

再念了一遍这张条子，里面没有怨，有的只是那个被苦盼而又从来不回家的小姑。

"您"字被认真地改掉了,改成"您"。尽心尽意在呼唤那个心里盼着的女人。

小姑明天一定不再出去。对不起。

您可以在这里做功课,你们说的。你们睡在书桌的旁边,仍然知道:小姑的夜不在卧室,而在那盏点到天亮的孤灯。

那盏灯,仍然开着,等待的人,却已忍不住困倦沉沉睡去。小姑没有回来,字条上却说:"谢谢小姑!"

恩、慈并排睡着,上面有片天。

十点钟的一月二十六日,小姑没有回家,你们说"也许会睡着",又是几点才也许?天慈的手表,没有脱下来,是看了第几百回表,才怅然入梦?

我想靠近你们的耳边去说,轻轻地说到你们的梦里去——小姑回来了,在一点三十七分的一月二十七日。小姑今天一定不出去。对不起,谢谢你们的也许。

"我们早上醒来的时候,看见你的房间还有灯光。再睡一下,起来的时候,又没有了你的光。后来十一点的时候,又来偷看,你就大叫我们倒茶进来了……"

一句话里,说的就是时候,时候,又时候,你们最盼望的时候,就是每天小姑叫茶的时候,对不对?

今天小姑不跟任何人见面,小姑也不能再跟你们一起去东方出版社。小姑还要做功课,可是你们也可以进来,在书房里赖皮,在书房里看天恩的《孤雏泪》,看天慈的《亚森罗苹》。也可以盖图章、画图画、吃东西、说笑语、打架、吵架,还有,听我最爱的英文歌：《你是我特别的天使》。听一百遍。

十岁了，看过那么多故事书，写过五个剧本，懂得运用三角尺，做过两本自己的书，还得到了一个小姑。

十岁好不好？双胞胎的十岁加起来，每天都是节庆日。双十年华，真好，是不是？

初见你们是在医院里。

再见你们已经三岁多了。

你们会看人了，却不肯认我——这个女人太可怕，像黑的外国人。你们躲在祖母的身后，紧紧拉住她的围裙。那个女人一叫你们的名字，你们就哭。

不敢突然吓你们，只有远远地唤。也不敢强抱你们，怕那份挣扎不掉的陌生。

"西班牙姑姑"是你们小时候给我的名字，里面是半生浪迹天涯之后回来的沧桑和黯然。

你们不认我，不肯认我。

我是那个你们爸爸口中一起打架打到十八岁的小姐姐，我也是一个姑姑啊。

第一次婚后回国，第一次相处了十天总是对着我哭的一对，第一次耐不住性子，将你们一个一个从祖母的背后硬拖出来痛打手心。然后，做姑姑的也掩面逃掉，心里在喊："家，再也不是这里了——这里的人，不认识我——"

小姑发疯，祖母不敢挡，看见你们被拼命地打，她随着落下了眼泪。不敢救，因为这个女儿，并不是归人。

祖母一转身进了厨房，你们，小小弱弱又无助的身子，也没命地追，紧紧依靠在祖母的膝盖边；一对发抖抽筋的小猫。呜呜地哭着。

那么酷热的周末，祖父下班回来，知道打了你们，一句话也不说，冒着铁浆般的烈阳，中饭也忘了吃，将你们带去了附近公园打秋千。他没有责备女儿——那个客人。

那一个夜晚，当大家都入睡的时候，小姑摸黑起来找热水瓶，撞上了一扇关着的门。

这里不能住了，不能不能不能了。这里连门都摸不清，更何况是人呢？也是那个晚上，镜里的自己，又一度没有了童年，没有了名字。看见的反影，只是陈田心的妹妹和陈圣、陈杰的姐姐；那个不上不下，永远不属于任何人的老二。没有人认识我，偏在自己的家园里。不能了，真的再也不能了。

三件衣服、两条牛仔裤，又折了起来。那个千疮百孔的旅行袋里，满满的泪。

告别的时候，你们被爸爸妈妈举了起来，说："跟小姑亲一个！"

你们转开了头，一个向左，一个向右。

小姑，笑了笑，提起了手里拎着的九个爱檬芒果，向父母中国，重重地点了点头，转身进了出境室。

那本写着西班牙文的护照，递上柜台的时候，一片又一片台北的雨水。唉！这样也好，转开头吧！

你们是被妈妈推进来的，推进了今天这一间可以在里面做功课的书房。

两人一起喊了一声小姑，小姑没有回答，只是背过了身子，不给你们看见变成了两个大洞的眼睛。

孩子的身上，没有委屈，大人的脸，却躲不掉三年前的那句问话："提那么多的芒果又去给谁吃呀？"

那一年，你们进了新民小学。第一次做小学生，中午打开便当来，就哭了。虽然妈妈和大姑一直在窗外守着你们。可是，新的开始还是怕的，怕成了眼泪，理所当然地哭。

也是那一年，小姑也重新做了一次小学生，对着饭菜，也哭了起来，不能举筷子。

"你是什么树？说！"洞穴里的两个女巫凶狠狠地在问。

"芒果树！"变树的小姑可怜兮兮地答。

"怎么变成树了呢？不是叫你变成扫把给我们骑的吗？！"女巫大喊，从桌子底下钻出来打。

"你们的魔咒弄错了！"

"再变！变三个愿望给我们，快点！不然打死你这棵树——"

"给你恩，给你慈，再给你一片蓝天——"

"这个游戏不好玩，我们再换一个吧！"

三个小学生，玩了四个月，下学期来了，一个没有去新民小学。她，没有再提什么东西，也就走了。她，已经被女巫变成了树，一棵在五个月里掉了十五公斤叶子的树。

树走的时候，是笑了一笑的，再见，就没有说了。

不，那只是一场游戏，一场又一场儿童的游戏。我们卖爱情水、迷魂膏、隐身片、大力丸。我们变九头龙、睡美人、蛋糕房子和人鱼公主。我们变了又变，哈哈大笑，里面千千万万个名字，里面没有一个叫小姑。

唉，这样也好，远远的天涯，再不会有声音惊醒那本已漫长的夜。

"我们回家喽！你最好在后阳台上看一看我们经过。"这么不放心的一句话，只不过是：放学、下校车、奔上祖父母的家，做一小时的功课，吃点心，看十五分钟卡通片。然后极少极少的一次，妈妈下班晚了赶做饭，爸爸事情忙赶不来接的；经过一条巷子，回父母的家。

恩慈两个家，忙来忙去背着书包每天跑。

"小姑明天见！小姑明天见！小姑明天见……"

一路碎步走，一路向阳台叫了又喊再挥手。

那个明天，在黄昏六点半的联合新村，被哗啦哗啦地喊出了朝阳。

阳台上的小姑，想起了当年的游戏和对话："再变！变出三个愿望来给我们，快点！不然打死你这棵树——"

这个游戏不好玩，太重了。可是我的回答，再也不能换。

因为，你们喊了三遍我的名字。第八年就这么来了。

然后，同样那只旅行袋和牛仔裤，又走了。


  小姑，我们一直在等你。阿丨丫(yà)阿娘（宁波话祖父母）去了美国カ凵(lǔ)行。爸爸妈妈在上班，我们暑假在大姑家玩。请你快快回来。你在做什么？快快回来跟我们玩游戏和教カㄠ(dǎo)我们好不好？妹妹和我画了两张ㄊㄨˊ(tú)画给你。在这里，寄给你看。

天恩


一张甜蜜，都是花和小人，还有对话。一张内脏密密麻麻的机器人，咕咕咕地说着看不懂的符号。也是开信的那一霎间，加纳利群岛的天空有了金丝雀飞过的声音。邮局外面的女人,不肯再卖邮票。她去买了一张飞机票。为了一朵花和一个机器人。

"你又要走啦?!"

一包一包的书和零碎东西摊在书房,两个放学的小人蹲在旁边看,声音却很安然。

"我们三个一起走,天涯海角不分手。帮忙提书呀!上阳明山去。"

二十五个小口袋的书,两个天使忙了来回多少次才进了宿舍。再没有转向左边,也没有转向右边。小姑不亲吻你们,你们长大了,而小时候,却又不敢强求。怕那一两朵玫瑰花瓣印在颊上的时候,突然举步艰难。

"这是你们的第三个家。左边抽屉给恩,右边抽屉给慈,中间的给小姑学生放作业,好不好?"

欣喜地各自放下了一颗彩色的糖,三颗心在华冈有了安全的归宿和参与。

"你打不打你的学生?""不打。""很坏的呢?"也不打。""还不打?""这个时代,轮到学生来打老师啰!""我们不来的时候你一个人怕不怕鬼?""不怕。""真的鬼哦!怕不怕?""真的鬼就是姑丈嘛!""你就一个人住啦?""不然呢?""我们的林慧端老师跟先生住,还有一个小孩。""我不是你的老师,我是小姑。""林老师比你漂亮,跟妈妈差不多好看——"

讲话、搬书,另一个家和城堡,在天使的手里发光。天使不再来了,小姑周末下山去看她们,接到阿丫阿娘的家里来睡,一起赖在地上,偷偷讲话到很晚,不管阿娘一遍又一遍进来偷袭叱骂。

我们只有一个童年和周末，为什么要用它去早早入梦？

天使说：我们林老师比你漂亮，跟妈妈差不多好看。小姑开始偷看恩慈的作文簿，一句一句林老师的红笔，看出了老师的美，看见了老师的苦心。也知道孩子的话里，除了"三毛说她不在家"的那种电话里，没有谎言。

星期四的黄昏，小姑去了新民小学，去得太早，站在校门外面数树上的叶子。数完两棵树，数出了一个又一个红夹克的小天使。慈先下来，本能地跑去排队上校车，操场上突然看见小姑，脸上火花也似的一灿，烧痛了小姑的心，恩也接着冲下来，笑向小姑跑。

接着的表情，却很淡漠，那张向你们不知不觉张开的手臂，落了空。这，住在台北，也慢慢习惯了。我向你们笑了一笑，唉！这样也好。

也是为林老师去的，却又没能跨进教室，又能告诉她多少她给予的恩和慈？没有进去，只因欠她太多，那个不能换的三个愿望，是林老师在替我给。只看孩子那么爱上学、爱老师，就知道里面没有委屈，有的是一片蓝天和一群小人。

小天使一群又一群地出来，马主任居然叫得出恩慈的名字，分得清她们的不同。在这小小的事情上，又一次感激新民小学的一草一木。

第二天，两个孩子抢着拿信给林老师，一封信被分放在两个信封里，里面是家长的感谢。

孩子回来做功课，打来骂去，算不出算术的角度。橡皮铅笔丢来丢去，其实也只为了坚持自己的答案。

"双胞胎打架，自己打自己，活该！"小姑从来不劝架，打着骂着一同长大，大了更亲密。

说完这话本能地一凛：双胞胎不是自己和另一个自己？顺口说的笑话，将来各自分散去生活时，缺不缺那永远的一半？

"小姑跟姑丈也是双胞胎。""乱讲！乱讲！""你们长大了也是要分开的，想清楚！""早嫁早好，省得妹妹烦。""你跟男人去靠，去靠！就生个小孩子，活该！""你又知道什么鬼呀！还不是张佩琪讲的。"

十岁的女孩，送子鸟的故事再也不能讲了。小姑抡来纸和笔，画下了一个床：叫做子宫。

"原来就是这个呀，妈妈早就讲过了，枯燥！"

恩慈，你们一向拥有爸爸妈妈和祖父母。小姑不知能在你们的身边扮演什么角色，就如每一次的家庭大团圆时将小姑算单数而其他的人双数一样的真实，她从来不能属于任何人。

"请你驯养我吧！"我的心里在这样喊着。小王子和狐狸的对话，说过一次，孩子说不好听，她们要听吸血鬼。还是请你驯养我吧！不然我也只能永远在阳台上看你们。

每一个周末，你们盼望着来小姑的书房打地铺。阳明山的作业带下山来批改，约会座谈带下山来应付。那份真正的欢悦，仍然在孩子。

那个六点一定要出去、深夜一两点才回来的姑姑，就是在一起也没法子跟你们一起入梦的姑姑。周末的相聚往往匆匆，只有夜和灯在你们的腕表上说："小朋友，睡觉啰！姑姑不能早回来。"

这样也好，不必朝朝暮暮。

也不能请你们驯养我，人家远远地看一眼就算好了。

我不敢再在下午三点半的时候去接任何人。

可是，小姑是宠的。物资上，宠的是文具和那一城儿童书籍的东方出版社。精神上，宠着一份不移的爱和真诚，里面不谈尊敬。

"不得了！宠坏人了，带回去，不许再来睡了！"

"你只知道大声骂、骂、骂，你做你的爸爸，我做我的小姑，她们在这里住满三天，我——说——的——"

小姑和爸爸都高了声音，为什么突然不懂得成长之后的客客气气了？只因为小姑——

我们只有一个童年，你要孩子的回忆里做什么样的梦？又能不能保证她们成年的日子全是繁花似锦？现在能够把握的幸福，为什么永远要在纠正里度过？为什么不用其他的游戏快快乐乐地将童年不知不觉地学过、也玩过？我要留你的孩子三天，请答应我吧！

"小姑给你们的钱是请你们小心花用的，不能缴给爸爸，懂不懂？"

不懂不懂，两次都乖乖地缴掉了。

"吃饭的时候不驼背。是人在吃饭，不是为了吃饭去将就碗。我们把碗举起来比一比，看谁最端正，好不好？"那个不得已的食，也没有了委屈。

好孩子，慢慢懂得金钱的能力，再慢慢了解金钱的一无用处吧！保护自己，孩子，学会保护自己啊！

双胞胎的路，真正一个人跨出去的时候，又比别人多了一份孤单。

放学了，看见小姑在家，笑一笑，喊一声。看见了祖母，这才一起乱叫起来："阿娘！阿娘！我考第二名，我考第三名，我考第二第三名，我考……"

姑姑，看呆了眼睛，看见祖母的手臂里左拥右抱，满脸的幸福，只会不断地说："好乖、好乖啊！"

童年的大姑和小姑，没有名次可以比。小姑也从来没有一张全部及格的成绩单。"姆妈，我考第一名我考第一名我考第一名……"的声音里，永远听不见小姑的声音。

小姑没有被抱过，承受了一生的，在家里，只是那份哀悯的眼光和无穷无尽父母手足的忍耐；里面没有欣赏。

孩子，我总也不敢在拉你们过街的时候，只拉恩的手或慈的手。小姑粗心，可是小姑一只手管一个。因为小姑的童年里，永远只是陈田心的妹妹，那个再也不会有第一名第二名的羞孩子。

前几天，大姑的学生钢琴发表会。大家都去了，会后小姑讲了一个学琴的故事，在台上。

讲完了，小姑出去开车，小姑实在太累了，没有看清楚雨天的地，将车子和人一起冲进了艺术馆旁边的池塘。

被你们的爸爸拉出了水，全家人撑着伞跑过来看。小姑出水的第一件事情，不是看大人的脸色，小姑偷偷很快地看了你们一眼，怕你们受到惊吓，怕你们突然明白旦夕祸福的悲哀。

你们的脸，很平静，没有一句话，大人的脸，很开心，他们以为，小姑早已刀枪不入了，又何况只是一片浅浅的池塘。

酷寒大雨的夜晚，你们被匆匆带回去，走的时候两个人推来挤去，头都没有再回一下。

好孩子，天晚了，应该回去睡觉，吊车子不是孩子的事，又何必牵绊呢？

回到家里，夜深人静的时候，坐在书房里，为着你们的那个——不——回——头，小姑用一张化妆纸轻轻蒙上了眼睛。

唱机上，放的又是那首歌：《你是我特别的天使》。

学校放假了，你们搬来住书房。小姑也搬下山来了，一同搬来的是那三班的学期报告和待批的成绩。

你们一说起小姑的落水，就是咯咯地笑。小姑也笑，一面笑一面用红笔在打学生的作业。小姑跟你们一起乱笑，什么都笑。右手的红笔，一句一句为作业在圈：多——情——应——笑——我——早——生——华——发——人——生——如——梦——一——樽……

"出去看电视吧！求求你们，不要再吵啦！小姑要精神崩溃了，出去呀！！"

恩慈不理，一个趴在膝盖上，一个压在肩膀上，争看大学生说什么话。

"求求你们，去看卡通片吧！卡通来了。"

"什么卡通？你，就是我们的卡通呀！"

说完不够，还用手弹了一下小姑的面颊，深情地一笑。

"小丑！小丑！小姑！小丑！"大叫着跑出去，还叫："打开电视，卡通来了，今天演什么？"

她们唱了，又蹦又跳地在齐唱又拍手："有一个女孩叫甜甜，从小生长在孤儿院……"

不满三岁时不认识也不肯亲近，而被痛打的恩慈；七年过去了，小姑从来没有忘过那一次欺负你们的痛和歉。这些年来，因为打吓过你们，常常觉得罪孽深重而无法补救。

今天，小姑终于知道自己在你们身边扮演的角色。那么亲爱、信任、精确地告诉了姑姑，原来自己是孩子生活里的哪一样东西。这样东西，再不给你们眼泪，只叫你们唱歌。

终于被驯养了——一时百感交集。我们已经彼此驯养了。

卡通片在电视机内演完了，书房还有活的卡通和小丑。

孩子冲进来又赖在人的身上，啪一下打了我的头，说："又听同样的歌，又听又听，不讨厌的呀！烦死了……"

好，不再烦小孩——打得好——换一首。又是英文的，真对不起。有人在轻轻地唱："那些花啊——去了什么地方？时光流逝，很久以前……那些少女啊——又去了什么地方？时光远去，很久很久以前……什么时候啊——人们才能明白，才能明白，每一个人的去处……"

# 他

去年那天,也是冬天,我在阳明山竹子湖一带走路,同行的人随口问了一句:"你一生里最好的朋友是谁?"还在沉吟,又说:"不许想的,凭直觉说,快讲——"讲了,是父亲母亲姐姐小弟还有我的丈夫。

"那他呢?难道他不算?"当然问他啰,他们是好同学。

我拿了根干树枝啪啪地打过一排又一排芦花,一面跑一面口里呜呜地学风叫,并不回答。

他当然是生命中很重要的一个人。

打过他,用刷头发的梳子,重重一掌下去,小钢钉在面颊上钉成小洞洞,过了好几秒钟,才慢慢渗出数十个血珠子来。那一回,他没有哭,我还要再打,是夹在中间死命拉扯的母亲发着抖流泪。那一年,我十九岁,他十七。

后来,没有几天,又在街上看见他,台北桃源街的牛肉面馆外边。他低头在踩摩托车,口里叼着一支烟,身后跟着一个穿迷你裙的女孩。还记得,他们上车而去的时候,那套西装在夜风里飘出来的是一块大红的衬里,女孩的手,环在腰上,那么意气飞扬地招摇过市。他没有看见我,那个手里拎着一袋书,看到他就站住了脚的人。

我回家后并没有对母亲说什么，那几年，母亲稍一紧张就会极轻微地摇摆她的脖子，那种不自觉的反应，看了使人心酸。我深信，她的这种毛病，是因为女儿长年地不肯上学和阴沉的个性造成的。在家里，我总是攻击人，伤害性的那种打法。尤其看不惯只上学而不真读书的人。当年的他，就是那个死相，他假上学真跷课，只对自己花钱，对人不友爱，而且自高自大语气轻浮。

想了一下在街上看见他的那副样子，把一本自己批注的《水浒传》送到小弟的房间里去。那时候，小弟初二了，正是我当年批注这本书的年纪，我们一同看书，小弟也开始批写，批上一段，上学校去的时候，我就拿起来看。跟小弟，也没有说他什么。

又过了好多天，长春市场的路边边有人卖药玩蛇，算是夜市吧。围观的人怕蛇，圈圈围成很大，卖药的人费力地连说带表演，一直让蛇咬他的手肘——真咬，却没有一个人上去买药。那个弄蛇人又表演了吞蛇，紧紧握住长蛇的尾巴，让蛇身蛇头滑到口里去，这一招惹得许多人退了一步。就在人群扩散开去的那一霎，我又看见了他，有一丝惊惧，又有一丝哀怜，透过他的表情默默地投射到那个在一支光秃灯泡下讨生活的卖药人身上去。人群里的那个他，陌生、柔软，有一点孤零，透着些青少年特有的迷茫。他没有在摩托车上。

再从窗口望他的那一年，小弟已经读大学了，我初次回国。巷子里的他，蹲着在锁车子，知道必然会进来，我等着跟这个一别四年，没有通过一封信写过一个字的人见面。

进门的时候微笑着喊了我一声，自己先就脸红了。看见他的手上拎着一个帆布袋子，里面装着想来是到处推销的油墨样品，没有穿什么怪里怪气的红衬西装，一件夹克十分暗淡，头发被风吹得很毛，看上去好似很累，脱鞋子的时候半弯着身体，那个灰扑扑的帆布袋也忘了可以搁在地上——那一年，他进入了社会。也是那个夜晚，想到他的口袋和脱鞋子时的神情，我伏在床上，在黑暗中流了一夜的眼泪。过不久，我又走了。

我们依然没有什么话讲，也不通信，有一天，母亲写信来，说他有了两个女儿，做了父亲。又不久，说他离开了油墨行，跟一个好同学拼凑了一点点小资金，合开了一家小公司。

很多年过去了，我结婚，他也没有片纸只字来。后来我便以为自己是忘了这个人，直到有一天的梦里，看见一大面狰狞的铁丝网，他在那边，我在另一边，清楚看见是他，脸上还有铁刷子打上去的那些小血洞。我很紧张，唤他，叫他跳铁丝网，他向四周张望了一下，退了几步，然后向我跑过来，上网了，接着看见电光强闪，他无助地被挂在铁丝上成了一个十字形，然后，我在梦中的的确确闻到了生肉烧焦的气味——我被摇醒的时候还在惨叫，知道经历的是梦，只是一场梦，仍然不能停止地叫了又叫。梦的第二日，收到一封电报，是大伯父打来的，没看清楚内容先扑到地上去便痛哭，赤着脚没有带钱，奔过荒野，走进简陋的电信局，一定要他们挂长途电话回台湾。等到丈夫大步走进电信局的时候，我已经等了六个多小时。丈夫来，电话通了，接电话的是父亲，我喊了父亲一声抱住电话筒失声大恸，好不容易双方弄懂了，说他没事——那个以为已经忘掉了的人没事，这才再细看那封捏成一团的电报，那封会错了意的电报。

那事以后的几日，当我一个人在家的时候，总是恍惚，夜间，睁着眼睛向着黑暗,想起他,那个一生没有交谈过什么话的他,才发觉这个人对我,原来也有什么意义。

又是一年,我回国,父母一同回来的,下飞机,他不知道要跟我说什么,那时候,我心情不好,一路上很沉默。他将我放在前座,开到家的巷子里,他掏出来一把钥匙来给我看,脸上是逼出来的笑,他跟我说:"来,来看你的汽车,买给你的,二手货,可是里面要什么有什么,不信你问我,音响、冷气、香水瓶、录音带……你高不高兴?你看,买给你的车,来看嘛!看一眼……"我快步跑上楼,没有碰钥匙,他跟上来,我说:"以后精神好了才去看——"那辆车,在巷子里风吹雨打了三个月,我没有看它一眼,后来,他没有说什么,赔了三万块,转手卖掉了。

爸爸贴了他钱,他头一低,接下了。那一霎,我眼眶有些湿,他根本没有什么钱,却贴出了财产的大半,标会标来的,给了我。

再见他当然又是回国,窗外的大个子从一辆漆成紫绿两色的破汽车上下来,锁好车门,一手夹着一个小女娃儿上楼,那时候我叫了他,从窗口送下一句话:"胖子!好丑的车。""实用就好,丑不丑什么相干?"还是谈不来的,可是这句话已经慢慢中听了。当年那件西装并不实用,却悄悄去做了会女朋友。那时候,也只是打架,我们不谈的。

有一回我问他,他家里为什么不订《大华晚报》,偏偏每天要来一次看看这份报才走。他说,怕忘了看有一个"爱心基金会"的消息,问他看了做什么,他不响,向母亲和我讨钱,讨到手便走。第二天,他汇了钱去基金会,然后才说了一句:"这种开销每个月很多,看报不大好,看了会有心理负担,不寄钱又不安。"我没有什么话跟他讲,可是也有了自己的负担,是他传给我的。

很多年后，才发觉他早已通信认养了一个新竹地区的苦孩子。那时候，他的头发开始一丝一丝白出来了，我去香港，替他买简便的治白发药水，而我，早也染发了。

有一次在他家里，我赖他偷我当年的书，他很生气，说我的那种枯燥书籍他是一定不会看的，我不肯信，他打开书柜叫我搜，看见那些宝贝书，我呆了好一会儿，也确定了他不可能偷我的书。那一天他很慷慨，说可以借我三本书带回去看，借了，当天晚上，翻了三页，便睡着了。

我还是有些讨厌他，没有什么话跟他讲。

有一天他来，已经深夜了，我正在因为剧烈的肩痛而苦恼，母亲一定要替我按摩，而我死也不肯。他问我为什么不去做指压，我说夜深了，不好去烦固定做指压的朋友春香，他拿起电话便拨，听见在跟太太说要晚些回去。那一次，他替我做指压，做到流汗。

我没有说什么，他很晚才走，走的时候，说了一声："那我走了！"我说："好。"想起当年打他的事情，呆呆的。

又有一天晚上，他又来，说肩痛可能是在欧洲常年习惯喝葡萄酒，在台湾不喝酒的缘故。他很急地在我桌上放下了一只奥国的瓶子，说是藏了很多年的葡萄酒，要给我。说完两人又没有什么话讲，他便走了。看看德文标签，发觉那是一瓶葡萄果汁。我们还是不通的，那么多年了。

他的车子换了许多次，办公室搬了自己的，不再租房子。有一天，我在街上看见一个人骑着一辆摩托车，觉得眼熟，一看是他，吓了一跳，才发觉，在白天跑工作的时候，他仍然骑车而不驾车。不太认识他，使自己有些脸红，我们已经认识够久了。

去年夏天，我在西班牙，邮箱中一张明信片，写的人是他美丽贤慧的妻子，夫妇两个人在东北亚旅途中寄的。他只在上面签了一个名字，出国十八年来第一次看见他写的字——两个字。

这个人喜欢看电影、听歌、跳舞、吃小馆子，原先也喜欢旅行，那次东北亚回来的飞机上遭了一次火警，便发誓不坐飞机了。以后的钱，捐了好多给基金会，那个基金会骗钱不见了，他仍然不坐飞机，也没有多余的钱。

我们谈不来，只有一次，他跟我悄悄地讲了好久的话，说他大女儿如果坐在我的车子里，千万不要一面开车一面放音乐，因为女儿睡不够神经衰弱，一听音乐便说头昏，要烦的。我答应了，他又叮咛一次，叫我千万不能忘了，我说不会忘，他还不放心，又讲又讲。那一回，是他一生里跟我讲最多话的一回。我发觉他有些老了。

他的小公司，开业的时候明明是两个股东，后来各让出百分之十，无条件分给了一位职员。我问母亲，这是为什么？母亲说，那位职员是开天辟地便一起跑单子来的，做事勤快认真又忠诚，两位合伙人商量了一下，便分他二十股，不要投资，算做另外一个老板。做了好多年，那位股东要求退股，于是和和气气公公平平地分了账，说了再见，而今也仍是朋友。回想起小时候过年时我们孩子赌钱，可以赌三天，如果有他在场，我一定不参加，那时候他最善赖账，输了钱脸色很坏而且给的时候一定打折扣，如果赢了，死活也说坐庄的要讨双倍。为了过年的赌，也跟他摔过碗，吵过、气过，将新年气氛弄成大僵局。当年的他，守财奴一个，新年的收入，可以用上半年几个月不缺钱，而我，是看不起他的。

他的朋友多，在外买东西吃东西都有固定的人家，我洗照片，他叫去他的那家冲洗,去了,说是邦德公司介绍来的,老板娘一面开收据一面随口说:"邦德那两个老板真不简单,合作了那么多年,没看他们红过一次脸,从来不在背后说彼此一句坏话——"我有些发愣,这两个大宝贝,当年都是混毕业的,那种,打电动玩具出来的,那种,看书不用脑子只用眼睛的,绝对不是读书人,可是——

对于金钱,他越来越淡了,自己有限地吃吃用用,对他人,却是慷慨。手上一只光鲜好表,万华地摊上买来的,见人就要伸出来显一显,我猜那是"COPY"表。我看他,衣服也整洁,孩子护得紧,妻子也很疼爱——也确是一位可敬可爱的妇人。那辆长长的面包车很老爷了,是父亲母亲姐姐小弟全家和我的公共汽车,假日东家接西家送,当年的烦人和锐气就如他的体形,由瘦长到微胖,是一个和气又有耐性的小胖子,口头语,在从前是:"气死人!"而今,只说伤害他人的人"可悲可悯"。

有一次,在我的面前他动手打了左也不是右也不要的孩子,孩子惊吓大哭扑在妈妈的怀里,我气得发抖,想打他,并没有真动手。那几日看见他,我不跟他说话,他的脸,十分羞惭,穿鞋子的时候总是低着头。那几日,母亲对他也很冷淡。我们绝对不打孩子的。

他不是我的朋友,我们不能琴棋书画和谈人生,一说这些,他就很不耐烦,就如他当年那辆可怕汽车的颜色一样,他偏说汽车是将人载到目的地的,性能好就好,外形什么重要。奇怪的是,他又爱看崔苔菁,这位敬业的艺人是他的专情歌星,崔苔菁并不实用——对他。

他不看我写的文章,他对我的稿费,却付出了极大的欣赏与关心，常常叫我："捐出去！捐出去！"

看我捐得多了些，又会心疼，背地里噜噜苏苏，说我对己太节俭。当我下决心要买一台录影机的时候，他怕我后悔，当天便替我搬了回来，又装又教又借录影带，然后收钱，含笑而去，说我对自己慷慨了一次，他很愉快。

我骂他是一种一生的习惯，并没有存心，那次坐上他的车子，他将我一开开回了童年的老家老巷子，叫我慢慢走一次，又在老里长的门口徘徊，里长不在家，他有些怅然地离去。这个人，我不骂了。

可是叫他去看林怀民的云门，他不去呢，他宁愿去万华看夜市。这些地方，我也不怪他，因为万华我也爱去，一个又杂又深又活泼的台北。我又想，金庸小说可以看吧，他也不，他看别人的，那种催眠的东西。我也想，我的书不可读，《娃娃看天下》总可读吧，他不，他却看卡通片。

学校开母姐会，他不是母也不是姐，跟着太太，打扮得整整齐齐去看孩子的老师，竟然还敢说话，请老师少留功课，他不要孩子太用功，只要他们有一个快乐而糊涂的童年。那个可敬的老师，对他居然含笑而尊敬。功课果然留少了，少得适可又合理。

前几天，耶什么诞节的，姐姐为了给小弟的孩子一个未来的回忆，兴冲冲地抬了一棵树来放在父母家，鬼鬼祟祟地在树下堆满了各人的礼物，全家十几口，每人都有一个秘密在树下。那棵树，披头散发，红绿灯泡一闪又一闪。我一看便生气，尘世艰辛已久，磨人的事已经够多，再来应景，也去买礼物送家人，万万没有这份精神与心力，我很难堪，也真，也做得脸皮够厚，二十二日便逃离了台北，不回去过什么节。走的时候，自圆其说："心里爱就够了，表面的不做，雪中送炭胜于锦上添花。"小弟回了一句："你不做，人家怎么知道？"我走了，走到中部乡下去看老厝，没有回来。家里太吵，精神衰弱。

那个他，却存心要给他一样东西，不为过节。他也坦然，说："我不要皮鞋，我要皮带，你送，我干脆指定。"

于是，大街小巷百货公司去找，要一条全台北最漂亮的皮带送给一个微凸的肚子去用，一心一意地去找。

耶诞节过了，除夕也没有回家，元旦之后在狮头山和三峡，听人讲客家话看寺庙，我没有回家。

昨天姐姐来电话，说那辆全家人的司机和公车又载了十几口出去吃饭——我们家人喜欢吃饭。在餐厅里来了一个小妹妹卖玫瑰花，那些花，枯了，陪衬的"满天星"小白花朵都成了淡灰色，小女孩穿着国中制服出来卖花，一桌一桌地走，没有人理她——那是一把把枯了的花。

他不忍，招手唤了过来，笨着买了两束，全家人都在看他，他不大好意思，解释说："一定卖了好几天了，不然花不会枯，卖不出去血本无归，我们买下，也是安心。"

这个人，这个当年在成长时被我憎恨的大俗人，在去年还不肯将他列入朋友的他，一点一点进入了我的心，手足之外的敬和爱，那优美却又平平凡凡的品格，使我自己在他的言行里得到了启示和光照。今年，我也不敢讲我能够是他的朋友，因为我自卑——在他和他好妻子的面前。

我要把这篇文章，送给我的大弟，永春堂陈家二房的长子。

大弟，永远不会看我文章的你，你看了这一篇，也是会打瞌睡的，睡觉对健康有益。预祝你大年初七，生日快乐。对不起，当年的那一血掌。今生今世，我要对你的一双女儿尽力爱护，算作一种不能补偿的歉，谢谢你，你教了我很多。

# 永恒的母亲

我的母亲——缪进兰女士，在十九岁高中毕业那一年，经过相亲，认识了我的父亲。那是发生在上海的事情。当时，中日战争已经开始了。

在一种半文明式的交往下，隔了一年，也就是在母亲二十岁的时候，她，放弃了进入沪江大学新闻系就读的机会，下嫁父亲，成为一个妇人。

婚前的母亲是当年一个受着所谓"洋学堂"教育之下长大的当代女性，不但如此，因为生性活泼好动，也是高中篮球校队的一员。她打后卫。

嫁给父亲的第一年，父亲不甘生活在沦陷区里，他暂时与怀着身孕的母亲分别，独自一个，远走重庆，在大后方，开始律师的业务。那一年，父亲二十七岁。

等到姊姊在上海出生之后，外祖父母催促母亲到大后方去与父亲团聚。就是那个年纪，一个小妇人，怀抱着初生的婴儿，离别了父母，也永远离开了那个做女儿的家。

母亲如何在战乱中带着不满周岁的姊姊由上海长途跋涉到重庆，永远是我们做孩子的百听不厌的故事。我们没有想到过当时她的心情以及毅力，只把这一段往事当成好听又刺激的冒险记录来对待。

等到母亲抵达重庆的时候，大伯父母以及堂哥堂姊那属于大房的一家，也搬去了。从那时候开始，母亲不但为人妻、为人母，也同时尝到了居住在一个复杂的大家庭中做人的滋味。

虽然母亲生活在一个没有婆婆的大家庭中，但是因为伯母年长很多，"长嫂如母"这四个字，使得一个活泼而年轻的妇人，在长年累月的相处中，一点一滴地磨掉了她的性情和青春。

记忆中，我们这个大家庭，是到了台湾，直到我已经念小学四年级时，才分家的。其实那也谈不上分家，祖宗的财产在大陆沦陷时，已经全部流失。所谓分家，不过是我们二房离开了大伯父一家人，搬到一幢极小的日式房子里去罢了。

那个新家，只有一张竹做的桌子、几把竹板凳、一张竹做的大床，就是一切了。还记得搬家的那一日，母亲吩咐我们做孩子的各自背上书包，父亲租来一辆板车，放上了我们全家人有限的衣物和棉被，母亲一手抱着小弟，一手帮忙父亲推车，临走时向大伯母微微弯腰，轻声说："嫂嫂，那我们走了。"

记忆中，我们全家人第一次围坐在竹桌子四周开始在新家吃饭时，母亲的眼神里，多出了那么一丝陌生的闪光，虽然吃的只是一锅清水煮面条，而母亲的微笑，即使作为一个很小的孩子，也分享了那份说不出的欢喜。

童年时代，很少看见母亲在大家庭里有过什么表情，她的脸色一向安详，在那安详的背后，总使人感受到那一份巨大的茫然和恍惚，即使母亲不说，也知道，她是不快乐的。

父亲一向是个自律很严的人，在他年轻的时候，我们小孩一直很尊敬他，甚而怕他。这和他的不苟言笑有着极大的关系。然而，父亲却是尽责的，他的慈爱并不明显，可是每当我们孩子打喷嚏，而父亲在另一个房间时，就会传过来一句："是谁？"只要那个孩子应了问话，父亲就会走上来，给一杯热水喝，然后叫我们都去加衣服。对于母亲，父亲亦是如此，淡淡的，不同她多讲什么，即使是母亲的生日，也没见他有过比较热烈的表示。而我明白，父亲和母亲，是要好的。我们四个孩子，也是受疼爱的。

许多年过去了，我们四个孩子如同小树一般快速地生长着，在那一段日子里，母亲讲话的声音越来越高昂，好似生命中的光和热，在那个时代的她，才渐渐有了信心和去处。

等我上了大学的时候，对于母亲的存在以及价值，才知道再做一次评估。记得放学回家来，看见总是在厨房里的母亲，突然脱口问她："姆妈，你念过尼采没有？"母亲说没有。又问："那叔本华呢？康德呢？沙特和卡缪呢？还有黑格尔、笛卡儿、齐克果……这些哲人你难道都不晓得？"母亲还是说不晓得。我呆看着她转身而去的背影，一时里挫折感很深，觉得母亲居然是这么一个没有学问的女人。我有些发怒，向她喊："那你去读呀！"这句喊叫，被母亲哗一下丢向油锅内的炒菜声挡掉了，我回到房间去放书，却听见母亲在叫："吃饭了！今天都是你喜欢的菜。"

又是很多年过去了，当我自己也成了家庭主妇，照着母亲的样式照顾丈夫时，握着那把锅铲，回想到青年时代自己的极浅浮和对母亲的不敬，这才升起了补也补不起来的后悔和悲伤。

以前，母亲除了东南亚之外，没有去过其他的国家。八年前，当父亲和母亲排除万难，飞去欧洲探望外子与我的时候，是我的不孝，给了母亲一场心碎的旅行。外子的意外死亡，使得父亲、母亲一夜之间，白了头发。更讽刺的是，母女分别了十三年的那一个中秋节，我们却正在埋葬一个亲爱的家人。这万万不是存心伤害父母的行为，却使我今生今世一想起那父母亲的头发，就要泪湿满襟。

出国二十年后的今天，终于再度回到父母的身边来。母亲老了，父亲老了，而我这个做孩子的，不但没有接下母亲的那把锅铲，反而因为杂事太多，间接地麻烦了母亲。虽然这么说，还是明白，我的归来，对父母来说，仍是极大的喜悦。也许，今生带给他们最多眼泪而又最大快乐的孩子，就是我了。

母亲的一生，看来平凡，但是她是伟大的，在这四十多年与父亲结缡的日子里，从来没有看过一次她发脾气的样子，她是一个永远不生气的母亲。这不因为她懦弱，相反的，这是她的坚强。四十多年来，母亲生活在"无我"的意识里，她就如一棵大树，在任何情况的风雨里，护住父亲和我们四个孩子。她从来没有讲过一次爱父亲的话，可是，一旦父亲延迟回家晚餐的时候，母亲总是叫我们孩子先吃，而她自己，硬是饿着，等待父亲的归来。一生如是。

母亲的腿上，好似绑着一条无形的链子，那一条链子的长度，只够她在厨房和家中走来走去。大门虽然没有上锁，她心里的爱，却使她甘心情愿地把自己锁了一辈子。

我一直怀疑，母亲总认为她爱父亲的深广胜于父亲爱她的程度。我甚而曾经在小时候听过一次母亲的叹息，她说："你们爸爸，是不够爱我的。"也许当时她把我当成一个小不点，才说了这句话。她万不会想到，就这句话，钉在我的心里半生，拔不去那根钉子的痛。

九年前吧，小弟的终身大事终于在一场喜宴里完成了。那一天，父亲当着全部亲朋好友的面前，以主婚人的立场说话。当全场安静下来的时候，父亲望着他最小的儿子——那个新郎，开始致词。

父亲要说什么话，母亲事先并不知道。再没有想到，父亲首先表达了他的感谢，感谢我们现今的衣食和安定，感谢孩子所受的教育，当父亲在说着这些又一些话的时候，母亲也站在礼台的上面。

当父亲最后说出来："我同时要深深感谢我的妻子，如果不是她，我不能够得到这四个诚诚恳恳、正正当当的孩子，如果不是她，我不能够拥有一个美满的家庭……"当父亲说到这里时，母亲的眼泪夺眶而出，她站在众人面前，任凭泪水奔流，那时，在场的人，全都湿着眼睛，站起来为这篇讲话鼓掌。我相信，母亲一生的辛劳和付出，终于在父亲对她的肯定里，得到了全然的回收和喜极而泣的感触。我猜，在那一刻里，母亲再也没有了爱情的遗憾。而父亲，这个不善表达的人，在一场小儿子的婚礼上，讲尽了他一生所不说的家、国之爱。

这几天吧，每当我匆匆忙忙由外面赶回家去晚餐时，总是呆望着母亲那拿了一辈子锅铲的手发呆。就是这一双手，把我们这个家，撑了起来。就是那条围裙，扎上又放下的，没有缺过我们一顿饭菜。就是这一个看上去年华渐逝的妇人，将她的一生一世，毫无怨言，更不求任何回报地，交给了父亲和我们孩子。

这样来描写我的母亲是万万不够的，母亲在我的心目中，是一位真真实实的守望天使，我只能描述她小小的一部分。就因为是她的缘故，我写不出来。

回想到一生对于母亲的愧疚和爱，回想到当年念大学时看不起母亲不懂哲学书籍的罪过，我恨不能就此匍匐在她的面前，向她忏悔。我想对她说的话，总也卡在喉咙里讲不出来。想做一些具体的事情回报她，又不知做什么才好。今生唯一的孝顺，好似只有在努力加餐这件事上来讨得母亲的快乐。而我常常在心里暗自悲伤，新来的每一天，并不能使我欢喜，那表示，我和父亲、母亲的相聚又减少了一天。想到"孝子爱日"这句话，我虽然不是一个孝子，叮是也同样珍惜每一天与父母相聚的时光。

但愿借着这篇文章的刊出，使母亲读到我说不出来的心声。想对母亲说：真正活过的人是她。真正了解人生的人，是她。真正走过那么多长路、经历过那么多沧桑、品尝过万般种滋味，也全然用行为诠释了爱的人，也是她。

在人生的旅途上，母亲所赋予生命的深度和广度，没有一本哲学书籍能够比她更周全。

母亲、母亲，我亲爱的姆妈，你也许还不明白自己的伟大。你也许还不知道，在你女儿的眼中，在你子女的心里，你是源、是爱、是永恒。

你也是我们终生追寻的道路、真理和生命。——一九八七年的母亲节，写我伟大的母亲，亲爱的姆妈。

# 他没有交白卷——写我的大伯父二三事

我的大伯父陈汉清先生,是父亲唯一的胞兄,自小以来,我们陈家大房与二房,始终生活在一起。大伯父执业律师,父亲亦然。无论在事业上、生活上,我们两家人都没有区别过。直到我们孩子大了,居住的房子不够,这才搬开另住。所以说,对于大伯父母和堂哥们,我们的情感仍然很深。直到现在,我们二房的孩子称呼大伯母仍如她自己的孩子一样叫她"妈妈",而我们自己的母亲,则被称为"姆妈"。

大伯父虽然不久前过世了,可是他生前的一些小事迹仍然值得一写。

因为过去二十年的岁月,我一直住在海外,对于大伯父在台湾的事情不甚了解,在这儿所记的,除了一两件之外,都是在西班牙时与大伯父母相处的情形。

记得在一九七三年,我新婚方才十七日的时候,伯父伯母抵达西班牙首都马德里来旅行。当时我住在北非撒哈拉沙漠,万里迢迢赶去马德里接机,那时伯父大约是七十六岁。

为着伯父伯母步行方便,我为他们所订的旅馆就在马德里市中心最繁华的地带,因为由旅馆到任何参观的地方都很近,可是那是一间在外表上十分不起眼的三星旅社，也就是说，不过中等而已。

当我将伯父伯母安顿下来时，我向两位长辈抱歉旅馆的陈旧，请他们原谅。当时我的大伯父对我说："我们是普通人，在旅游中，能有一个旅馆住已经很好了，你为什么耿耿于怀呢？"伯父是个随和的人，他那随遇而安的个性并不只在生活上，在做人上亦是如此。

在西班牙首都就靠近我们旅社的地方，住着伯父一位多年好友，一对过去曾经住在台湾的美国夫妇，他们退休之后没有回返美国，迁移到马德里来做了寓公。我记得非常清楚，以前每当这对美国夫妇回到台湾来时，伯父总是尽可能抱着最大的热忱招待他们，总也安排上好的酒席同时请了一大桌美国夫妇的朋友做陪客。

当伯父一抵达马德里，他就嘱我与那对夫妇电话联络，满腔欢喜地要去拜望人家。我联络好了，约好第二日早晨十一点见面，由我们去他们的家里。第二日途中，我问伯父母，这么好的朋友，如果留饭我们怎么办，伯父欣然笑说："那就留下来呀！多年未见，也好谈谈话。"

没有想到到了那位朋友家，他们非常热烈地拥抱我们大家，带我们参观了那豪华的公寓，然后女佣人倒出一杯茶来，双方还没有讲什么话，只问了彼此近况和安好，那杯茶还没有凉呢，那位美国老太太很决断地说："好了，看见你们来，真是高兴，那么我们下次再见了。"

这当然是表示送客，我带着大伯父母，就这么出来了，那对朋友只送到门口，我们还在等电梯时，他们公寓的人门已经关上了。

等我们走到街上时，我很生气很生气，想到他们在台时伯父如何招待他们，而今他们又如何冷待我们，更是生气。于是我在街上骂这对美国人，骂着骂着，伯父一点也不生气，他实在是不生气，还说："看到老朋友身体健朗，真是高兴。好，现在我们找地方去吃中饭吧。"

大伯父就是这样一个人。

大伯父不但从不与人计较，也是童心很重的一个老人。在马德里时，我带大伯父母去看佛朗明哥舞，那种西班牙舞蹈的节拍是非常快速而狂热的。大伯父不但专心欣赏舞蹈，同时拿着他的手杖打拍子——他拿手杖去打一根桌边的柱子。当急速而高昂的歌舞进行时，只听见大伯父完全不合节拍的慢速敲打声，砰一下又砰一下地交杂在中间，十分突出。

那时我们就坐在舞台旁边，台上的舞者和乐者，听见那个手杖声都快笑死了，差一点把大伯父捉到台上去一同舞蹈。大伯父自己也非常高兴，说这种歌舞真是好看。

大伯父不是冬烘，他什么都能欣赏的。

又有一次，我们在马德里坐计程车，一路上我跟司机先生聊天，司机夸奖伯父气质高尚，我翻译了这句话，大伯父马上回一句："四海之内皆兄弟也。"请我再翻译给这位司机，结果双方做了朋友，第二日以极合理的价格包了这辆车去郊外名胜参观了。

大伯父好奇心重，这又是他一个优点，因为好奇心就是知识的起源。

当大伯父母与我走在马德里的城市内时，有关这个国家的地理、气候、历史、风俗、人口、物产、交通、政治……他全都要问的，甚而包括建筑式样都要我解说。这种旅行就等于在念一本活书，收获是立即的。

我们去参观马德里极大的柏拉图美术馆，大伯父不良于行，可是他又舍不得匆匆而去。于是我向馆方借了一把轮椅，把大伯父放上去，由我伯母和我推着他，慢慢地欣赏名画。他尤其喜欢大画家哥耶的《公爵夫人裸像》。

等到轮椅碰到下楼的楼梯时，大伯父突然站起来，自己走下楼，一面哈哈大笑，傲视着其他惊愕的游客，用英文说："喂，我不是永远坐轮椅的，你们看，我还会走。"

那一次我被这位七十六岁的顽童笑得几乎把手中的轮椅也滑下楼去。

我们又去参观皇宫，大伯父跟着皇宫内的导游和一群游客在里面一间一间走，皇宫当然豪华无比，大伯父叹了一声："民脂民膏。"使我心里敬佩他，因为他看见豪华，想到的却是民间的疾苦。经过好多好多房间，大伯父突然叫我问导游，问："厕所在哪里？"我快步上去轻声转问，导游立即小声说："请人带你去。"大伯父听了，慢吞吞地说："请你告诉他，不是我要上厕所，我只是想知道，走了那么多房间没有看见洗手间，当年这些国王、皇后、公主、王子上厕所怎么办？"我翻译了，许多游客都说问得好，也大笑起来，导游方才说："呃，这个嘛——是用马桶的，方便好就去倒掉。"

小如国王怎么上厕所，大伯父都有好奇心，他说这有什么好笑，这是人生大事，我深以为然。

后来，有一年我回到台湾，大伯父已经八十四岁了。当时，他的行走开始更不利落，但是他乐于参加一切的社会活动。有一次"超心理学会"开会，大伯父叫我先去接他，然后再一同去接曾虚白伯伯同去。

"超心理学会"开会时,大伯父以理事的资格坐在台上,开会开了两个多小时,伯父体力不支,就将上身撑在手杖上,下巴顶住手杖的把手公然在台上小睡。等到散会,我将他扶回家,他笑着对我说:"这种会议很有意思,以后你也得多参加,对身心有益。"我认为伯父是一个很会自寻快乐的人,高年的他对于出门还是很感兴趣,这的确对他的身心有益。

又有一次,伯父到办公室去,下楼时父亲奔到街口去替他的老哥哥喊计程车,伯父一个人站在一家唱片行门口,门内的扩音机大声地播放着摇滚音乐,伯父非但不觉吵,反而又拿那支手杖去敲地,同时身体跟着摇摆,一副怡然自得的样子。当时一位路边的小姐问他:"老先生你也喜欢这种音乐呀?"伯父答说:"我今年八十四岁,就在这大楼十楼上班。"虽然答非所问,可是显见他是一个愉快的人,赤子之心很重,这是他最可贵的地方。

在台湾时高年的大伯父果然上班,他去办公室内象征性地坐坐,然后就回家。这种事情都由我的父亲接送,父亲很爱他的哥哥,手足情深。

说起这对兄弟的情感,又使我想起伯父的另一件事情。有一个冬夜里,伯父起床上洗手间,右腿无力,突然跌倒了。当时,伯父不愿叫醒熟睡中的伯母,于是他躺在地上起劲拉被子,将他的被褥拉到地上来,就那么盖着,过了一夜。

清早六点多,当父亲接到伯母电话时,飞奔去救,那时大伯父说他要上厕所,可是无论如何站不起来。我的父亲当时也已经近七十岁了,又瘦。他抬不动哥哥,就把伯父放在厚被上,半拖着被子往洗手间一寸一寸拖,直到伯父上好厕所,这才半靠着父亲的手臂一步一拖地上床。躺在床上时，我大伯父嘻嘻笑起来。

伯父在台湾时有过好几次跌倒的情形，都是由我父亲抱他，替他按摩，由母亲张罗饭菜送过去。有一回大伯父闪了腰，父亲开了一瓶最好的XO白兰地要替伯父去擦腰。当时我正好也在台湾，跳起来，拿了另一瓶白兰地给父亲，说XO太名贵了，怎么拿去当药酒用呢？我又说："用高粱酒效果可能更好，不信——"

话还没说完，父亲怒叱我："我只有这么一个哥哥，你要怎么样？我就给他最贵的酒去擦你怎么样？我只有一个哥哥。"

那天我跟父亲同去，看见父亲半抱起床上的伯父，请伯父侧过身，父亲开始用酒替伯父不停地推拿和按摩。我眼中的他们都老了。父亲和伯父，一同执业五十年，没有分过。在父亲的心目中，他实在"只有这一个哥哥"，看见两个老人的情深，我心深受感动。

我的堂兄们全都住在海外，伯父母开始计划赴美养老。这个计划其实我们都不赞同，生活在台湾，大伯父比较快乐，他可以偶尔去参加什么会又什么会，而"圣约翰大学同学会"以及同乡会他最乐于参加。一旦赴美依亲，那个地方没有去处，子女对他们再好，对于高年人来说仍是无处可去的。

我们家的孩子对大伯父母也是相当敬重，亲弟弟陈圣全家就住在大伯父母的正对面，如果有什么事情，我们是飞奔而去的。对于大伯父母赴美的事，我们要求他们一拖再拖，直到大伯父八十六岁。

伯父伯母还是决定赴美，临行的那一天，我们二房的全家都到机场送行，同乡会的乡伯们也去了很多位。当我大伯父母都坐在轮椅上要被推上去登机时，我的父亲叫喊着："等一下，我们陈家再拍一张合照。"

在拍照时，我们虽然微微地笑中含泪，可是我心里很明白，这其实是生离也等于是死别了。虽然我们笑喊再见时一再地喊："伯伯，等你九十岁我们全家来美跟你祝寿呀！"

那次之后，我父母去了一趟美国看望伯父母，我又回西班牙去，从此只有他们的消息而没有再见过他们。

今年（一九八七年）七月八日我们接到堂兄来的长途电话，说大伯父突然去了。当天晚上我们又打电话去美给伯母，伯母在电话中哀哀痛哭不止，我向她喊："妈妈，你要坚强，你一定要勇敢——"她向我哭道："我怎么能够——"

在我们家中，长堂兄是早逝的，我的堂嫂洁芝也在美国，带着三个孩子生活。我本身亦在八年前失去丈夫。大伯母失去大伯父的心情，可能只有堂嫂和我这两个过来人，才知其中的深悲。这种疼痛，只有依靠时间来治疗未亡人，说什么安慰的话都没有用。

伯父伯母结缡六十多年，这时期的伯母，虽有子女在身边，想来她仍然感到极大的空虚以及难言的凄苦。而人，除了活下去之外，又有什么办法。这才是最苦最苦的。

伯父陈汉清先生以九十高龄过世。在写一篇纪念他的文章时，我情愿追忆那些与他在一起时欢乐的时光，而不愿在文中悲泣。因为伯父生前是一个愉快的人，他的一生，可以说圆满。

在这苦多于乐的生活里，伯父的性格使他活得乐多于苦，就是不容易的人生哲学。我认为伯父的生命，活得很划算，走时，没有欠过"眠床债"，对于这场人生，他没有交白卷。

注："眠床债"，在我们故乡语言中的意思，就是没有常年卧病在床上。如果常病在床而后方逝，就叫"欠眠床债"。

# 我的弟弟星宏

亲爱的小弟弟：

自从收到你那长长的来信一直到今天，不过是一个月吧。我们通了三次信，打了一次长途电话，也每天在心中想念你。

当我第一次展读你的长信时，正在深夜。看到你——一个少年的男孩子，因为全身骨折，已经躺在一个幽暗的房间里四年半了，而你，没有一个人可以倾诉内心极大的痛苦和忧伤。

在你流畅的来信中，我看见了一个聪明、向上，却被命运作弄成这么一个样子的少年。你的笔调，一字一泪，其中没有一丝人生的盼望和向往，只怪责自己拖累了爱你的父母。

在那封信中，星宏，你要求我做你的姐姐，这对我来说，是多么地骄傲和快慰，只因为你看重我。星宏，在我的一生里，并不习惯去认家庭以外的人做弟弟或姐姐。可是，今天，姐姐公开地答应你，今生今世，我又多了一个可敬可爱的好弟弟。答应了，就对你一生不悔。

在打到台南的长途电话中，我用闽南语和你的父亲和母亲说了好长的话。由他们两位可敬的人身上，我看见了父母对你的深爱和关心——他们也痛苦，又为你病中的表现又疼又惜。

我的弟弟,在这儿,在以前的通信中,我坚持你需要一把轮椅,即便骨头全碎了,即使用布条把你绑在轮椅上,也应当在三五日之中,请母亲推你出门去散散心,不可以长年将自己留在床上,那要闷出神经病来的。

我们的长途电话,就是在讨论轮椅的事情。

这是第一步。

再说,姐姐最关心的还是你的心情。好孩子,我深深地知道,快乐在许多情况下很难立即得到,可是你的骨头是全完了,你的思想和灵魂尚且知道如此的苦痛,可是,你还是一个有血有肉的人。孩子,再三展读你第一封来信的那一夜,我趴在桌上任凭眼泪狂落。星宏星宏,姐姐也在与你同哭同痛,恨不能把全身骨头都换给你。毕竟我已活过了丰富的半生,而你的生命,还有很长的煎熬。如果可以换骨,那么即使我成了你,又有什么遗憾?可是我能吗?我能吗?这个"不能换骨",使我产生如此的无力感,我只有写信给你、寄书给你、疼爱你、关心你,就只能做这一点点微薄的小事,来换取你的笑容。

而你的回信,却说,收到信时,你哭了。这不是悲哀自怜的眼泪,姐姐明白,这是你多年的受尽折磨之后,一种被了解的泪,那么,就去哭吧,眼泪可以洗去许多我们心中压积的悲伤。

可是,弟弟,我不要你再哭了,虽然你有着全部的理由一辈子伤心下去,而做姐姐的,看见你身心都受到剧伤,是不能就此放下你的。

星宏,有关将来的事,我们暂且不要去想得太多,我要你快乐起来,这是目前最重要的。一个少年如你,你也有全部的理由去快乐,这件事情,说来好似勉强,但是,只要你有一颗知道悲喜的心，姐姐就要把快乐的种子一点一点种到你的心田里去。

寄给你的书，想来是收到了，以后每半月就寄一本。如果你躺在床上胡思乱想而又悲不自禁时，请你，我的好弟弟，把心安静下来，把自己的病尽可能忘掉，请把书本当成你的好朋友。这样一个月两三本，姐姐会慢慢给你有系统地寄书去，一点一点加深，十年苦读之后，星宏，那时候，你的境界必然提升，你的胸怀，必然辽阔，你的见识，一定会增加许多，而你的人生观，必然豁达。

星宏弟弟，其实我们很像，两个难姐难弟，所受的学校教育都不长久，可是我们可以自我教育，有时候，甚而还可以利用本身遭遇的苦痛去面对一些身心健康的人所不能体会的万般滋味。这虽是苦难，一旦你想通了人生，这些痛苦和挫折就成了上天给我们最大的礼物——虽然我们情愿不要这个苦杯。可是，既然面临的是逃脱不掉的余生，那么让姐姐的我，暂时拉住你的手，在心灵上拉住你，直到你建立了那完整的自我与信心。在这之前，姐姐很固执地不愿放下你。

听说你在小学的时候，虽然骨碎了大半，必须母亲抱送上学，可是你是个年年拿奖状的好孩子。星宏弟弟，虽然在国一的时候你因全身骨碎而休学，可是由你小学的刻苦勤学，在小小年纪，不以身体的障碍而自弃，就是个坚强的好小子。姐姐，最敬爱不逃避挑战的灵魂。

弟弟，在新年将近的这几天，姐姐的心中最怀念的人就是远在南部的你。虽然不能在近期内跟你见面，可是姐姐总有一天要去看你。你在来信中说，万一见了面，可能叫不出"姐姐"这个字，因为羞涩。可是姐姐不羞涩，去了，如果碰触你时，你不痛的话，让姐姐轻轻地拥抱一下这么可爱的小弟弟，至于你喊不喊我，又有什么关系呢，我们彼此心里亲密就够了。

新年时，你的家人团聚必然也带给家中一些快乐，姐姐希望你也快乐。在这里，姐姐特别送给你一句话作为新年的共勉。当然，第二本书又要寄去了。

星宏，我们牢牢记住——"永远不向命运低头，永远永远不低头，做个勇敢的人。"

等你的来信。躺着写字手酸，就少写些好了，而姐姐在夜深时，常常会给你去信。

勇敢的好孩子，我们不能赖喔，今生今世，你帮我，我疼你，就这么一同走下去了。

你的姐姐三毛上

（载于一九八七年一月二十八日《中国时报·人间》）

# 一个无名的耕耘者

要说起我的画家朋友林复南来，实在是一笔陈年旧账；想起他来，总有白头宫女话天宝遗事的感觉。

其实林复南并不老，但是他是我的一个老朋友，老得哪一年认识他的，都不记得了。

我十几岁的时候，梦想做画家，也十分羡慕会画画的人，那时候，我自己涂一些小画，也参加过好几次诸如"全省美展"之类的画展。

我因为自己是一个不入流的素人小画家，对于别人的画，就分外地留意。那时在台北的画展，很少有错过不看的。

有一天，我经过新公园的省立博物馆，那儿挂着"南联画会"的大牌子，想来是南部的画家们跑来北部开画展。

我当然马上签了名，跑进去看看他们画的是哪些玩意儿。在那一大群画家挂着的画里，我很主观地注意到一个叫林复南那人的作品。

当时我不知道他是谁，也从来没有听过他的名字，但是他的抽象画我十分喜欢。

恰好同时，一位我"五月画会"的老师也进来看画了，我对他说:"这个林什么复南是哪里跑出来的,我很欣赏他的画。"

我的老师顺手指着就在一旁坐着的一个戴眼镜的年轻人,对我说:"哪,就是他嘛!"

我吓了一大跳,站在画家面前批评他,却不知道原来他静静地坐着偷听,就那样,我认识了我的朋友林复南。

(台南不但有"度小月挂面",有出名的"棺材板"小吃,有可口的粽子,还同时出了那么多画家,这个城市,真不敢小看它。)

没过了多久,林复南跑到台北来闯天下。照理说,一个初出道的画家,来了台北,人生地不熟,一定饿得头晕眼花,三餐不继。我看见林复南跑来了,很为他担心,常常会问他:"你有钱没有?有饭吃没有?"

这个林先生,钱是没有,画倒是一大堆,看了令人心惊肉跳。卖是卖不出去,再看他那副样子,好似也不在乎。卖不卖画,饭吃得饱了,就去买材料,不厌地画着他的画。那一阵,他的画风变得很厉害,我偶尔去看他的画,我主观地喜欢上了一张画,就厚着脸皮讨,一旦看见我个人不喜欢的,就站着大声地批评他,俨然是一副有眼光有派头的大画家一样。

为了不饿死,林复南用了他部分的才华,去做了美术设计的工作,几年下来,他的生活较以前安稳多了,固定的收入,也可以被我们这些朋友敲敲小竹杠,吃吃"石头火锅"。

也许是"石头火锅"吃多了一点,林复南的脑筋变得越来越顽固,我以为,他袋里有了钱,可以出去交交女朋友,做一个风流画家,但是十年下来,他在交友方面一无成就,在绘画上,却固执地坚守他的岗位，有了余钱，付了房租，想到的就是去买绘画的材料，他花大钱，画下了一大堆卖不掉的东西，不但不愁，反倒自得其乐，他是我少见的笨人之一。

有好一阵，我们这些他的朋友，等他下班了，约他去游华西街，他总是说要画画，我们问他："你上班不是整天在画，下班了还要找死？"

他笑笑，不说什么，他继续画他的画。

我看林复南，他不用画赚钱，反而赔了钱去画画，我想，这人不是天才就是白痴。

我再细看他，两者都不像，林复南对艺术的热爱，是冷静的，持续的，有条理的，日复一日的。

他很少跟人争论艺事，他甚至碰到了生人，连一句美术上的事都不讲，他从来不说自己的画好，他只说他比较喜欢他某一个时期的画，他甚至有几分老实而木讷。

这么一个沉默的人物，本分的人物，十多年来，他没有妻子儿女，他只有一个永生的爱人，就是他的画。

有时候，我看不过去，也会骂他——"你这种傻瓜，画到死，也没有人知道你。"

他总是淡淡地一笑，也不分辩，对着这么一个淡泊得如同白开水的人，我心里也不由得叹服起来。

这就是我的朋友林复南，他在广告设计上，也许小有名气，但在画展这种事情上，他就不怎么热心积极。

出国后，我很多年没有跟林复南通信，等我回国了，他不变的恒心，像地球自转似的仍在搞他的画，我看他仍不开画展，真是令我折服而不解。

再出国后,我听说林复南开始去做版画了,以林那样的性情和细心,做版画应该是十分合适他的。

我一直没有再看到他的作品。

去年,我住在沙漠里,他突然寄来了一大卷版画给我,我一看跳了起来,他的作品,在我十分主观的审视下,我认为已经找到了他该努力走下去的路径。

那几张色彩朴素的版画,有着说不出细腻的诗意和苍凉,这种内涵,在他不断的努力里,终于显出了不凡的光辉,而他的情感,仍是冷静深沉的,他的画,越来越耐看而感人。我很为着他的进步而欢喜。

前几天,复南又寄来了他几张版画和一张大油画的幻灯片,他的画,有几幅题名故乡、入秋、落日、神话……我可以看出,他的感情,仍然是从大自然里融入的灵感,一派古朴风味,他走版画这条路,是十分合适的。

另外他寄给我看一张大油画,色彩艳丽,笔调奔放,明朗有余,而感动我的力量却不及那几张极优美的版画。这自然是我十分主观的看法。

林复南,在经过那么多年的努力之后,他仍谦虚地对我说,他夏天要离开台湾了,他要用一年的时间,去世界各地伟大的美术馆参观学习,同时他更想学到更新的版画技巧。

在他离开家国之前,他要在四月下旬和五月上旬,分别在台北及台南的美国新闻处，将他的画做第一次个人的展出。

六月中旬，他另有一个画展在纽约这个大城市，跟这世界见见面。

我深深为我的朋友骄傲，林复南是一个极谦虚的人，他的画展，只表示，在他漫漫的天路历程里，他又跨进了一步，也许，他一生会没没无闻，做一个到死也没有人知道的画家，但是，我相信，在他当初下定决心，要把自己的一生，投入一个对艺术而狂热的境地里去时，他已很清楚地选择了自己的命运。

往后的日子，是好，是歹，在他都不重要，最重要的是，他有信仰，他知道这个世界上除了金钱之外，还有其他有价值的东西，值得如飞蛾扑火似的将自己毫无畏惧地投进去。

我在他画展之前，在很遥远的异乡，替他欢呼鼓掌，愿这一个无名的画家，继续为他一己的理想，发出人性灿烂的光辉来。

*（载于一九七六年四月二十一日《中国时报·人间》）*

# 我的笔友张拓芜

去年十二月初,在报上看见张拓芜的第二本《代马输卒续记》即将出版的消息,欣喜之余,迫不及待地寄了买书的钱和航空邮费去给拓芜。当时的想法是,买书应该找出版社才是道理,可是再一想,拓芜是我的笔友,请他代购自己的书寄来,也是说得过去的。没想到买书的信寄出不到两天,拓芜的新书却已先寄来了。又过了不久,我寄去的购书费,竟然被他原封不动地退了回来,书送了,钱却不收,信里尚且说:"这是让你知难而退,以后再也不敢寄钱来了。"张拓芜的脾气和性情,在过去一年多的通信里,多多少少总是摸着了一些,虽然如此,他退我的钱,我心里还是难堪了好一阵。

在国外,偶尔知心的朋友从台湾寄东西来给荷西与我,父亲过节亦寄钱来给我们买些平日舍不得买的小东西,我都欣然接受,去信道谢,并说请常常记得我,礼物多多益善,非常欢天喜地。而我的朋友张拓芜,连买他新书的钱,都不肯接受,两个如此不同作风的人,却成了朋友,也真令人想不出为什么。

拓芜的第一本书《代马输卒手记》我亦没有花钱买,那时我正回台探亲、治病,许多朋友送我书籍,自己皇冠出版社的不算,隐地兄亦客气地送了我一大堆珍贵的好书，拓芜的那一本，也是其中之一，回到加纳利群岛来时，成箱的书籍也随着带了出来。

第一次看《代马输卒手记》，虽然已事隔两年多了，可是我记得，当时看书是哭过的，笑过的，也叹息过的，拓芜的文字，有他特殊的风格，加上他那传奇而辛酸的半生故事，令人看了，爱不释手，感动至深，很少的文字，在我成年以后，能使我如此地将自己投身进去，几次到了忘我的地步。

因为对这本书的欣赏，忍不住给它写了一篇不到千字的短文，刊在联副上，也因为那篇文字，使得原先并不认识的张拓芜，成了我的笔友。拓芜在我发表那篇有关他书籍的文字之后，给我来了一封十分客气而诚恳的信，说："文字不好，自己也明白，您的大作，不过是因为我是个残废，同情我，给我捧场罢了。"

收到拓芜这样的信，虽然他写得那么谦卑诚恳，看了还是气噎了好几秒钟，后来想了一会，仍是啼笑皆非地不开心。我不是个不诚实的人，好书就是好书，绝对不会因为作者本身的情况而扭曲个人的看法。再说，我极喜爱这世上太多太多的好书，也并没有去打听过作者的健康情形如何，文字是独立的，读者如我，亦是主观的，由同情转而对作者文字的欣赏是绝对没有可能的。所以，对拓芜自谦的来信，我是一句也不同意，聪明如拓芜，写出如此优美的传记，用字如此白话，已到出神入化的地步，他自己竟因身体的半边残疾，而忽略了自己可贵的才华，这真是十分矛盾而令人生气的。反过来想，这样朴实的心灵，这样不骄傲的性格，在二十世纪的今日，也是高贵得找也找不出许多了。

再说被拓芜认做朋友这条长路，亦是天路历程。我的性情诚恳坦率，做事本着心血来潮，兴致所至，一本真心诚意的动机，便放手做了出去，很少想到后果。对拓芜如此，对家人、对长辈亦是如此。可是拓芜是计较的，他这样的朋友，只许他给予，不许别人回报。过去一年半来，我只能给他写写信，可是他不同，他那唯一可动的右手在邮局寄书籍，寄丰富的中国食物，不断地千山万水地飘过来给荷西和我。天知道行动不便的他，那些东西是怎么辛苦包扎起来的，要去谢他都没有可能，他会不高兴。他不想想，半身残疾已经四年多了，一家三口，几坪不到的违章建筑的家，三只脚的破桌子，就是他一个一个格子爬出来的稿费在维持生计；而我，这个笔友，在邮局领出他扎得歪七扭八的包裹时，心里沉重得是什么滋味。

拓芜很少想到自己，去年荷西事业不顺，最急的人，除了父母之外，就数没有见过面的他。又有一次，荷西涉世不深，被人跑掉了好几万支票，我给拓芜信中提起，说要骂荷西，他急得拼命来劝："不可骂，千万不要怪荷西，财去人安乐，荷西那么忠厚的人你怎么可骂他……"

其实，拓芜的环境比我们艰难辛酸了太多，他想到的却是我们。长时间的通信，拓芜慢慢地开始信任我，他不再低估自己，也相信我对他文字的喜爱，不全是盲目的，更不是出于怜悯，这样高贵的心灵，羡慕他尚恐不及，如何有道理去同情一个比我在精神上才华上更富有的人呢。

看了拓芜的第二本书《代马输卒续记》，觉得他在文字上应用得更加活泼开朗，虽然骨子里仍然是辛酸血泪，可是他慢慢有心情给自己幽一默了，细微地写他周遭的人、周遭的事，故乡的旧梦、亲人——拓芜朴实无华的文笔，使一般的生死、爱恨、期望和无奈，由一个一个小故事，电影般地一幕幕映在读者的眼前，鲜明得如同身受。

可惜胡适之先生过世得太早，不然看见这一个小兵的传记，不知会多么欢喜。大人物有大人物的一生，小人物，也有小人物的一生，生于安乐的我，没有遭遇过战乱、流离，亦没有经历过生死一线的大病，可以说，是没有资格谈苦难的人。拓芜是我的朋友，他唱吟的半生故事，使我在平淡的生活，蒙上了一层说不出是悲是喜的色彩，悲欢岁月的滋味，该当如是了吧。在《代马输卒续记》里，几位义友给拓芜写了数篇无懈可击的序文，念这几篇序，亦是心灵上无比的享受和感动。我只是千千万万个关心小兵拓芜的读者之一，这样的好书，几年来难得见到，拓芜目前已出了两本，但愿再接再厉，有生之年，不断地写下去，亦是爱看书的读者所真心盼望的了。

再说，拓芜在《代马输卒续记》细说故乡那一部中所提到的泾县"香菜"，极可能是加纳利群岛在出产的一种西班牙文名 Acelga 的蔬菜，如读者见了他的书，对此种蔬菜有意种植，三毛可以代购菜种转寄拓芜，爱香菜者可去向他酌量免费分种，如果判断不错，这种香菜正如拓芜所说，是十分可口的。

（载于一九七八年四月四日《联合报》副刊）

# 往事如烟

拓芜嘱我给他的新书写序,回国快两个月了,迟迟未能动笔。今天恰好由学校去台北父母家中,收到拓芜寄来的《左残闲话》,我将它带到阳明山上来,灯下慢慢翻阅,全本看完已近午夜了。

合上了那本稿件,我在书桌前坐了一会儿,又熄了灯,到校园里走了一圈。夜很静,风吹得紧,大楼的台阶空旷,我便坐了下来,对着重重黑影的山峦发怔。

无星无月云层很厚的天空,不是一个美丽的夜晚,坐着坐着,拓芜、桂香、杏林子(刘侠)、刘妈妈、我自己,这些人走马灯似的影像,缓缓地在眼前流动起来,活生生的表情和动作,去了又绕回来,来了又去,仿佛一座夜间的戏台——

只是看见了光影,可是久久听不到声音,默片也似川流不息的人,老是我们几个,在那儿上上下下。

还说没有声音呢,桂香不就在我旁边笑?笑声划破了云层,笑的时候她还拍了一下手,合在胸前,上半身弯着,穿了一件毛线衣,坐在一张圆板凳上,那时候,她跟我们在说什么?

在说的是《代马》。我说:如果我是拓芜,这个一系列的"代马输卒"就一辈子写下去,不但手记、续记、补记、余记,还要增记、追记、再记、七记、八记、重记、叠记……再没有东西好写的时候，赖也还要赖出一本来，就叫它《代马输卒赖记》。

拓芜听了哈哈大笑，问我：赖完了又如何？

桂香就那么一拍手，喊着——就给它来个"总记"呀！

那一年，拓芜北投违章建筑里的笑语满到小巷外边去。好像是个年夜，小旄忙出忙进地来要钱，钱换成了爆仗，啪一下啪一下地往外丢，我们这些大人，坐在明亮亮的灯火下，一片欢天喜地。

接着怎么看见了我自己，刘侠坐在我对面，定定地看住我；刘妈妈拉住我的手；我呢，为什么千山万水地回来，只是坐在她们的面前哀哀地哭？

再来又是桂香和拓芜，在台北家中光线幽暗的书房里，我趴在自己的膝盖上不能说话，他们为什么含着泪，我为什么穿着乌鸦一般的黑衣？

同样的书房绕了回来，是哪一年的盛夏？刘侠的声音从电话那边传来，拓芜唯一能动的手握着话筒，说着说着成了吼也似的哽声。那一回，拓芜是崩溃了。也是那一回，我拿冰冻的毛巾不停地给拓芜擦脸，怕他这样的爆发将命也要赔上。

而后呢？刘妈妈来了，刘妈妈不是单独的，刘侠的旁边，永远有她。这一对母女一想就令人发呆，她们从没有泪，靠近刘妈妈的时候，我心里平和。

然后是哥伦比亚了，山顶大教堂的阴影里，跪着旅行的我，心里在念这些人的名字——固执地要求奇迹。

这些片段不发生在同一年，它们在我眼前交错地流着。加纳利群岛的我，握住信纸在打长途电话，刘侠的声音急切："快点挂掉，我的痛是习惯，别说了，那么贵的电话——"我挂了，挂了又是发呆。

旅行回来，到了家便问朋友们的近况，妈妈说："桂香死了！"我骇了一跳，心里一片麻冷，很久很久说不出话来，想到那一年夜间桂香活生生的笑语，想到她拍手的神情，想到那是我唯一一次看见桂香的笑——直到她死，大约都没有那么样过了，想到小旌，想到拓芜，我过了一个无眠的夜。

山上的夜冷静而萧索，芦花茫茫的灰影在夜色里看去无边无涯的寂，华冈为什么野生了那么多的芦花，没有人问过，也没有人真的在看它们。

我回到自己的小房间去，沏了热茶，开了灯，灯火下的大红床罩总算温暖了冬日的夜。校园里的光影慢慢淡了下去，竟都不见了。

"代马"的足音朦胧，刘侠在经营她的"伊甸"，加纳利群岛只剩一座孤坟，桂香也睡去，小旌已经五年级，而我，灯火下，仍有一大沓学生的作业要批改。

过去的已经过去了，共过的生，共过的死一样无影无踪，想起这些往事，总也还是怔怔。


写到这儿，我去台北看父母亲，刘侠的请帖放在桌上，请我们去做感恩礼拜，她的"伊甸之梦"慢慢成真，我们要聚一次，见见面，一同欢喜。

请帖上拓芜要读经文，又可以看见他。我们三个人虽在台湾，因为各自繁忙，又尚平安，竟是难得见面了。

在景美溪口街是一个大晴天，一进教堂的门就看到坐在轮椅上的刘侠。在这儿，扶拐杖的、打手语的、失去了视力的、烧伤了颜面的一群朋友就在和煦的阳光里笑，接触到的一张张脸啊，里面是平安。

拓芜坐在台上，我挤进了后排的长椅，几度笑着跟他轻轻地招手，他都没有看见。

那一本本《代马》里面的小兵，而今成了一个自封的左残。

左残不也是站着起来一步一蹶地走上了台，在这儿没有倒下去的人。

牧师说："有的人肢体残了，有的人心灵残了，这没有什么分野，可能心灵残的人更叫人遗憾……"

我听着他说话，自己心虚得坐立不安，他说的人是不是我？有没有？我有没有？

刘侠说会后请我们去"伊甸中心"茶点，我慢慢地走去，小小的中心挤满了笑脸，我站在窗外往里张望，看见拓芜坐着，我便从外面喊他："拓芜！拓芜！我在这儿啊！"

虽然人那么多，喊出了拓芜的名字，他还是欢喜地挤到窗口来，叫着："你进来！你挤进来嘛！"

这时候，一阵说不出的喜悦又涌上了我的心头，就如看见刘侠和她父母那一刹那的心情一样，我们这几个人，虽然往事如烟，这条路，仍在彼此的鼓励下得到力量和快乐。没有什么人是真残了，我们要活的人生还很长，要做的事总也做不完，太阳每天都升起，我们的泪和笑也还没有倾尽。

那么，好好地再活下去吧，有血有肉的日子是这么的美丽；明天，永远是一个谜，永远是一个功课，也永远是一场挑战。

三个人的故事其实仍然没有完。刘侠正在殉道，我在为学生，拓芜呢，拓芜早已不在军中，小兵退役了，左残还是没有什么好日子，他的故事从来没有人间的花好月圆，他说的，只是坎坷岁月，好一场又一场坎坷的人生啊！

《代马》里的拓芜说他自己一生没有参加过什么轰轰烈烈的战役，这句话从某一个角度上看来，也许是真的，可是这个人所受的磨难，我们该叫它什么？生活中琐琐碎碎永无宁日的辛酸，你叫不叫它是战役？

《左残闲话》里的拓芜，慢慢地跟你话家常，我也跟你话了一场刘侠、拓芜和我自己三人的家常。

这篇短文字，送给拓芜的新书作"跋"，如果他坚持要当做"序"，也只有顺他的心意了。

搁笔的现在，看了一下窗外，冬日的阳光正暖，是个平和而安静的好天气。

# 我与文亚

提笔写这篇文字，想到远方的文亚，心里充满了欢喜，这几年来，她的努力和成绩是显而易见的，我亦分享了这个好朋友的喜悦和光荣。

今天知道文亚将有一本取名《墨香》的新书，觉得很有味道。一本书的名字虽然并不十分影响它本身的内容，可是如果名字取得贴切，总是更好些，文亚过去的几本书，如《橄榄的滋味》，如《心灵的果园》，在我看来，都是好得无法用另一个题名来代替的。

《墨香》是文亚的又一本访问集。事实上，文亚写作的风貌一直很不相同，小说、散文，她写，读书专栏亦没有停过，可是给一般人印象极深的，还是要归于她的访问稿。

我因为对文亚各类的作品都看，所以起初并不觉得旁人对她的认识如何，直到在国外碰到中国朋友们，他们知道我是文亚的好友，都争着向我讨她的相片来看，每次看文亚，总有人惊叹这位在国外大大有名的"访问专家"竟是一个如此年轻娇小甚而看上去有些俏皮的小姑娘，意外之余，总是佩服得很，我想，文亚的健笔和比较一般新闻稿更有些深度的文章，使人对她产生错觉，总以为她该是一个道貌岸然、不苟言笑的小姐，那实在是有趣的谬误。

这几年来，因为工作的关系，文亚的确是出了许许多多篇精彩的专访，被她访问的对象虽然各行各业各阶层的都有，可是她受注目的真正好文，还是访问学人和作家的一篇篇有分量而称职的报导。

文亚选择访问的作家们，本身都有他们不同的异彩和雄厚的内涵，也都是极有智慧的人物，这些原因，固然造成了文亚专访中的骨干和精神，可是如何将这一个个智者的思想和心灵，在短短数千字的访问稿里贴切完全地表达出来给读者，这就要看文亚的功力和素养了。一些不轻易接受访问的学人作家，文亚登门讨教访问，总会得到他们的首肯，这绝对不是偶然的事情。

文亚是一个读书人，她的文字灵活，感觉敏锐，本身亦具备了水准以上的文学和艺术的修养与认知，所以她是记者，也是作家，往往一篇访问成篇时，已是极优美的散文，这是有目共睹的事实。她笔下的报导，多多少少受到文坛的认可和偏爱，总认为无论怎么样有深度的作家亦要有够风格的文字来介绍，文亚在这一点上，是不能说不称职的。

个人对于文亚的散文和某几篇小说一直十分喜爱，她一共出过七本书，早期的第一本书，是不满二十二岁的作品，可是我总感到，其中一些散文，无论在技巧、文字和心思上，都已超出了同年龄作家的东西太多，可惜她自己却不太重视那第一本小书，现在市面上也没有卖了，唯一一看再看的读者，可能世上只有我这一个。文亚的《烟尘小札》亦是很特别的，其中有些我爱，有些觉得平平，这自然是十分个人化的看法，可是对于文亚，因为她是知交，对她的作品反而看得挑剔。最最使我心仪文亚的，还是她文字上安排的简洁、适当和灵活，她知道何时放，何时收，不必要的句子绝对不肯多用，文章的结尾往往悠然而止，留下一丝说不出的余味让读者自己反覆体会，这是她在写作处理上极大的长处，也可以看得出，她的读书，是活用的，不是个激情的写作者，她给自己往日打下的根柢，沉淀了许多青年作家往往掌握不住的隐和静；当然，她的记者工作，不断地提笔，对她个人的创作上来说，仍是一份很大的帮助和磨练。

《墨香》这本书里，文亚选择了我内心十分仰慕的数位作家，她发表这些访问时，我亦看得很仔细，有一次她写信来，说与某某作家谈话，实在是得益很多；又说某某人十分地有趣，与他相处做访问，是一大享受。这种时候，我总特别羡慕文亚，与智慧人物一夕谈，该是每一个渴求知识的人最大的想望，想来看了文亚这本书的读者，也一定会有这样的看法。

文亚不但上班，尚有婴儿、家务和病痛来分占她有限的时间，可是她在写作的路上从来没有停歇过，她甚而跑得勤快而卖力，也许有人看见文亚那么瘦小的外形，会惊异在她背后支持她的到底是什么力量，我因为了解文亚较深，倒不十分奇怪她这份对写作的执著与热爱，文亚是个痴人，在文学的天地里浮沉，对她是再幸福不过的事，有时我看她病了，忙了，好似撑不下去了，突然一下报上又出现她的文章，这一些别人看夫的重担，在她，都是甘心情愿，世上也因为有许多如她一般的痴人，世俗看上去没有价值的一些工作，也因此得以延绵。

我与文亚成了好朋友倒并不因为她写作，我们有自己除了文学之外说不完的话题，文亚的待人接物极像她的文体——清淡、悠然、明净而公正，她不在文章里刻意讨好任何人，也不在意别人欣不欣赏她，她是一幅干干净净的松林、溪水和大雪山的图画，画里没有杂质，我敬她，也是她这种个性吸引了我。她年轻，却因为工作的关系，必须投身这个大千世界，面对一切的美丑，可是在这样的环境里，她一直保持自己的宁静和豁达，奇怪的是，她真真诚诚地在好朋友面前坦露自己的思想时，尚一如赤子般的欢喜和单纯，这是她对人世明理通达之后一个藏在她心里的秘密，文亚，甚而是一个十分鬼花样极多的可爱女子，这种个性，在她以兰大春为主角的小说里，常常可以看见，专访时，她又是另外一个人了。

有一次文亚来信给我，信后附了一笔给荷西，说在台北看了西班牙大文豪塞万提斯所著的《唐·吉诃德传》改编的电影《梦幻骑士》，感动竟至落泪。

我想，在今天的世界里，会受到吉诃德精神感动的朋友已经不可能太多了，文亚虽然在一般人眼前，可能只是一个比较杰出的青年人，可是我知道，在她的内心，她对生命有不断的追寻，她是执著的，是痴迷的，一时里也许她已在付代价，可是有一天，生命会给她回报，而回不回报实在也不重要了。

（载于一九七八年九月五日《联合报》副刊）

# 徐讦先生与我——纪念干爸逝世一周年

一九七六年的夏天,我自非洲回台湾两月。那时刚刚出了第一本书《撒哈拉的故事》。在读者心目中也许是一个新作家,事实上我当时已写了大约十年,因此文艺界的一些长辈并不是取名三毛之后才认识的。

那日的中午本是约了一些朋友们见面的,《中华日报》副刊的主编蔡文甫先生突然来电话,说是要我临时参加他的一个饭局,我因已答应了他人在先,便是婉谢了。蔡先生亦知不能勉强,最后说:"那真可惜,今天是徐讦先生做主客,你不来认识一下吗?"

知道中午能够会到徐讦先生,对于早先约好的熟朋友便是硬赖掉了,这种事情一生里并没有做过太多次。

那日吃饭徐讦先生被请坐上首,陪客尚有一些文坛上鼎鼎大名的长辈作家,我因是小辈,坐在蔡文甫先生的身旁,在徐先生的正对面。

初见徐讦先生,并不觉得他如一般人所说的严肃,可是饭桌上的气氛,却因徐先生并不多话的缘故而显得有些拘束。

我因仰慕这一位一生从事写作的名作家已有多年,因此自然而然地说了许多话。后来蔡文甫先生提起徐讦先生小说中一个一个风情万种的女人造型，我便又有了一些自己的看法和意见。那时徐先生看着我，眼光里突然闪烁了一下只有被我捕捉到的一丝什么东西，使我突然沉默了下来，却是仍然昂着微笑，也不避开徐先生对我若有所思的凝视，只是不再讲话了。

那时，徐讦先生突然说："你做我的干女儿吧！"

这句话对我并不意外，这一刻本来已藏着千年的等待和因缘，只是我们并不知晓，只到有一日相遇，才突然明白了，这一切都不是偶然。

当时我站了起来，向徐先生举起满满的酒杯双手捧着一饮而尽。他倒是着急了，说："不能喝便不要勉强。"

那时人多，徐讦先生又是名作家，我饮尽了酒之后便不再说什么，静听别人的讲话了。

散席时，我走到徐讦先生身旁去，低低地对他说："那么我给您叩头，然后再回去禀告父母亲。"

徐先生坚持不肯任何形式，既然那么说，便是依了他。没有称呼，没有行礼，饭局终了，我们也散了。

在遇见徐讦先生的那一日，我去重庆南路的一家出版社的门市部，想买下他的全集。

徐讦先生著作等身，我只看过部分。他的全集一共有十五巨册，在书店内给放在最近地下的一格，放得零乱不说，全集也凑不齐，书店小姐找书时已很不耐烦，包装的时候因为书太重，她又发了一场小脾气。我将店内的一切看在眼里，心中便想，干爸的书给这种地方出，真是失算。《风萧萧》这本书风行全国，而干爸晚年依旧两袖清风，他自己没有生意眼光，亦是一个原因。

做了干女儿的第三日便已是徐訏先生离台赴港的最后一天了。我因心中恋慕他，下午又去看干爸，在希尔顿酒店的咖啡室里，先将干爸交付出书的那家出版社的态度骂了一阵，又怪责干爸对自己的利益不知闻问。他听了只是淡淡一笑，有些寂寞，又有些黯然，很淡然地对我说："那只是店员小姐如此，上面的人都是多年老友了，怪责不得的。"

那一个午后，我再悄悄地观察徐訏先生，为何我眼中的他与别人看去的却是那么不同呢！

这个人多愁、敏感、寂寞、灵性重、语言淡，处世有某种程度的文人的执著和天真，却又是个绝对懂情懂爱又不善表达的人。神情总是落落寡欢，风格表情上有他自成一家的神秘和深远，年龄，在他的身上没有起什么作用，在我的眼里，我的干爸仍是风采迷人。

那个午后，一直伴在干爸的身旁，我突然问他："是天蝎座出生的吧？"

干爸有些好笑，反问我："你怎么猜得那么准？"看他的样子又十分高兴似的。

我笑而不答。干爸不可能是别的星座，天蝎的神秘、阴沉、孤僻和浪漫在他身上讲得明明白白，绝对是个属灵的人。这个人一向用灵魂在活，根本不是用肉体在活，难怪他与这个社会格格不入。干爸与我虽无血缘，事实上两人许多地方却是极为相似，只是我们各自选择了不同的行为语言，外人看去便是两个极端不同的个体了。

次日干爸回到香港去，我没有赴机场送行，也没有抱歉不送之类的客套话。没有形式，只是知心，在我，已是完全，干爸岂有不明白这个道理的。

不久，我个人也快离台了，徐訏先生给我来了一封长信，介绍了家中的亲人，说起徐夫人，要我唤阿姨。又想起在台的尹秋大哥和明兰嫂嫂，当然更说了许多在美国的妹妹尹白的情形。

便是这样，我做了徐家的另一个女儿。

回想起数年来与干爸的通信，第一封信中干爸对我所说的话，至今仍很鲜明地记在心里，他说："我之收你做女儿，是一个庄严的决定和承诺，绝对不是一般社交场合的应酬，想来你对我亦当如此。"

看见他这样的来信，我心中也做了默默的承诺，在对徐訏先生说"那么我给您叩头！"的那句话起，我亦不是在应酬任何人了。

在徐先生所有的著作中，特别偏爱他写灵魂方面的题材，虽然小时候迷的是《风萧萧》，后来再细看他的文字，便是明白了有太多胜于《风萧萧》的好作品。尤其是他的诗，更是深为我所喜爱，倒是《江湖行》这本书，正如彭歌先生所说，干爸本身并不江湖，写来便是隔了一层。

对于我的写作，干爸极多鼓励，却也十分严格，很少对我夸奖。只有一次，看见我写的加纳利群岛七岛的游记，他来信极为兴奋地说我写得太好，游记如此已是水准。收到干爸那封信的夜晚，我几乎不能成眠，因为干爸是不说应酬话的，第一次称赞，自是令人喜出望外了。

在分别的这段时间里，干爸数度离港，赴法，赴美，赴德，赴墨西哥，我们通信甚勤，却再也没有见面。

在那数年内我又出了几本书，却是一本也没有寄给干爸。这种极不礼貌的行为自是伤到了他的心，我知干爸悄悄买了三本《哭泣的骆驼》，对我的不送书却没有一句抱怨的话。

在我的解释里，出书是急不来的事情，一年一本未免太快了，很怕干爸怪责我胡乱写作。因此出了书便是不敢提，不肯送，恨不得干爸不晓得最好，也是十分奇怪的心理，可说自己亦是个怪人，而今想起来，他是自己干爸，如何会轻看我文字的浅近和幼稚，再说他反正是会去买的，何必藏拙怕着他呢！

一九七九年的秋天，先生荷西潜水遇难，一夫不返——我们死了。

那一阵干爸寄信加纳利群岛，寄信台湾，千方百计寻找我，信中再再地安慰我，鼓励我，开导我，痛惜我……而我，伤心病狂，哪里听得进他的道理。后来干爸打长途电话去家中找我，知道他亦是焦急关心，却也不肯给他回个电话。

在那次事故之后，渐次平静下来，面对的自己却已不再是当年的我了。这亦是看透了人生的幻想之后必然有的转变。

去年三月我做了一次东南亚的旅行，最后一站是香港。酒店中再见徐讦先生，我扑了上去，抱住他叫了一声："爸爸！"这是做他干女儿以来第一次当面唤他，叫出来的却是与他的孩子尹秋、尹白对他一样的称呼。

那一刻，我的心里有多少委屈想对干爸倾诉，有多少倒吞的眼泪恨不能在他面前畅快地奔流。可是一别四年，干爸怀里的女儿却只是累累地笑，换得了他一句安慰的话："还好！不算太憔悴！"

在港的次日，干爸、阿姨及我一起去一个极豪华的地方吃中饭。初见阿姨，得了一块美玉做见面礼。其实在这之前，每一年的圣诞节干爸总是千山万水地给我寄礼物。有一年干爸给我刻了一个象牙章，同样三毛的音，给换了另外两个字。我知干爸一直不喜欢我的笔名，有一次信中还对我说："好好一个女孩子，怎么给自己取了这样一个名字。"从那时起干爸一直叫我另外两个字，一直到今天。

那日的阿姨穿了一件灰色的薄毛衣，下面一条再深些灰色的褶裙，非常大方优雅而亲切。吃饭时阿姨几度将明虾默默夹到干爸盘子里去，可以看出她的情深。饭后干爸一张大钞付出去，换回来的竟是一些铜板，我看在眼里自是心惊，可是始终不敢讲一个谢字，只怕说了这个字反是见外了。

在港三度见到干爸，最后一次也是在吃饭，我因接着又有朋友的约会，不得已提早告退，与全桌的长辈们致歉之后，我转向干爸面前。那时我第二日便要离港回台，回台十四日便要再赴欧洲了。

干爸站了起来，默默地抱住我，他很高，我只到干爸的肩膀，我双手环住他，说："爸爸，我走了！"他拍拍我，说："好！好！自己保重！"我湿着眼睛朝他笑了笑，便转身大步离去。

那时的香港街头正是华灯初上，一片歌舞升平，说不尽的繁华和热闹。港口的风惆惆怅怅地吹拂过来，我只觉得想狂奔一阵，于是便一路往旅馆的方向没命地跑起来。

那是我最后一次看见徐訏先生，那个在我一生里只当着他的面叫过两次"爸爸"的人。

然后我再度离开了父母，一个人回到岛上来，住在同样的房子里，开始了一种叫做"孀居"的陌生的日子。

与干爸的通信便是在去年里渐渐地少了，那不是对干爸，是谁也不肯再写信了。

世事一场大梦,人生几度新凉,劫难过来的人,再回来已是槁木死灰。那么又能写些什么呢?向干爸说些什么呢?说菩提非树,明镜非台?还是说苦海无边,回头是岸?还是说灰烬之后有没有再生的凤凰?

便是什么也不说,什么也不写了。有好几次,我提笔,写下了"爸爸"两字,便又废然。

干爸是知我的,可是他却伤心了,几度来信,便是说:"你不爱写信也可以,总得来几个字报告平安,以免远念!"

我却很少去信,去了亦是真的只报平安,什么也不说了。

我的心,竟连干爸也不懂了。

去年干爸又赴法国,尹白由美赴法会晤爸爸。巴黎的来信中,干爸抱怨他的咳嗽,说是感冒。后来听说尹白陪同去了意大利,我又放心了一点,想来能旅行总是不算太严重的。

十月十二日突然收到台北陆达诚神父的信,他说:"你快快写信去香港,徐訏先生不是肺结核,是肺癌,快去信还来得及……"

我当即马上挂电话去香港,心里自是又惊又急,电话那边竟是台北去的尹秋大哥,我知道事情可能不好了,便是叫了起来:"尹秋,爸爸怎么了?"

尹秋说:"爸爸五号已经过世了……"

知道失去干爸的那个夜晚,我一个人是如何度过的,而今回想起来仍然心碎。

我所确知的是,那夜,干爸来过我身边,就如常常回来的荷西一样,他对我说:"孩子,不要哭,爸爸在此安好。"

那两日,四度电话香港,阿姨对我说:"爸爸盼你的信,病中一直盼你的信,你信来了是十一号,他已去了,没有看到……"

听见阿姨这么说,我恨死自己了,恨死了!人生有什么事情比后悔更苦痛的?

在德国的珏跟我讲电话时也是说:"讦师对于你不肯写信有些耿耿于怀,最后一次来信中还提起,说三毛不常写信,是不是对他冷淡了。"

我不怕干爸误会我,可是他因我伤心便是我的不该了。那几日,干爸一直来看我,他的灵魂是来的,在我流泪的时候,对他喊过:"爸爸,请你原谅我,实在不爱写信,可是我对你是有感情的。"

干爸只是慈爱地在我身边,没有一句责备的话,他的灵魂会归来,就证明他也一样地疼爱着我。

几度想提笔为干爸写些纪念的文字,可是干爸的心思我亦明白,他的灵魂几度对我说:"不必了!不必写!"说来仍是淡淡的,没有情感激动的句子,一如他生前的性格。其实他却是个最最重情的人。

只记得徐讦先生自己的诗:

那生的生,死的死,
从无知到已知,
从已知到无知。


历史从未解答过
爱的神秘,
灵魂的离奇。

> 而梦与时间里
> 宇宙进行着的
> 是层层的谜。

生死之谜在他人也许的确仍是个谜,在我已能够了然部分,因为我爱的人,不止在我们名之为世界的地方才有,在那一边,也渐渐地多了起来。

我所写的徐訏先生,不是他一生的行谊,我写的,只是我的干爸与我。

短短数千字,不能代表我对徐訏先生的怀念,可是这些文字却是在平和宁静的心情下写出来,因我已确知,生死不过是形体的暂别,有一日,而且很快,便又是要重聚的。

再用几句徐訏先生自己写下的诗来送给我的干爸:

> 因此我也不敢再希望你有一天会重回旧地,
> 来体味那轻雾旧梦里浮荡着的各种伤心;
> 但何处的天际都有我们旧识的微云,
> 请记取那里寄存的我殷勤的祝福与温柔的叮咛。

**(载于一九八一年十一月《大成》九六期)**

# 逃亡

认识张君默不知有多久了。

有一次,君默的散文中提到了三毛,少夫先生由香港千里迢迢地寄来了这份剪报,我看了内心有很多的感触,亦是千山万水地写信去找这位陌生的作家,因而结下了这一段文字因缘。

几个月前,与父母由欧洲返回台北,路经香港,在过境室里打了电话找君默,却没有与他谈到话,那一刹那间,心中真是惆怅。香港与台湾并不远,可是这么一交错,又不知哪一年才能见面,人生原来都是如此的,想见的朋友,不一定能相聚,真见到了,可能又是相对无语,只是苦笑罢了,还有什么好说的,这个人生难道还尝得不够吗?

我的笔友并不多,通信的一些朋友大半都不写文章,因此很难在信札里大幅面地去接触到一些没有见过面的友人真正的心灵。君默便不太相同,我们通信虽然不算勤,可是他收录在《粗咖啡》书中的每一篇散文我都仔细地念过了。

若说,一个作家的文字并不能代表他全部的自我,这是可以被接受的,可是我总认为君默的文字诚实而真挚,要他说说假话他好似不会,也写不来。

君默的文笔非常流畅，一件件生活中的小事情经过他的眼睛与心灵之后，出来的都是哲学。文字中的君默是个满抱着悲天悯人情怀的真人，他说得如此的不落痕迹，可说已是身教而不是言教的了，虽然他用的是一支笔。

总觉得君默对生命的看法仍是辛酸，虽然在他的文字和生活中对自由、对爱、对美有那么渴切的追求，可是他的笔下仍藏不住那一丝又一丝的无奈和妥协，每看出这些心情，我也是辛酸。毕竟，还是悲剧性的君默啊。

一旦君默在现实与理想不能平衡的时候，一旦他觉得身心的压力都太重的时候，他便"度假去了"，我称他的度假叫做"逃亡"。

欣赏他的逃，起码他还懂得逃开几日，逃去做一个小孩子，忘掉一切又一切的烦恼，看见他逃了又得回来，我总是想叹息，人没有囚他，他没有囚自己，是他甘心情愿回来的，因为君默不只是为自己活，在这世上还有另外几个息息相关的人要他去爱、去负担，这份责任，君默从来没有推却过，虽然他也许可以无情，也许可以不去理会，可是他不能——因为他不忍。

世上又有多少如同君默的人，默默地受下了这副生活的担子，为了父母，为了孩子，为了亲人，这的确是一种奉献，可是生命是无可选择的，责任也是无法逃避的，也因为如此，这个世界仍有光辉，虽然照亮别人是必须先燃烧自己的，可是大部分的人都做了。

喜欢君默的是他如一幅泼墨画，再浓的画，也留了一些空白，他懂得透透气，哪怕是几分钟也好，这内心的"闲静"是一个聪明人才能把握的。更欣赏他的赤子之心，好似生活复杂，情感没有归依，整日又在生活的洪流里打滚，可是他的童心，总也磨不掉，你给它机会，它便会显出来，这是最最可贵的。

君默是个有情人，对父母，对孩子，对朋友，甚而对花草动物都是天地有情。这真是好，却又为他痛惜，难道不懂得"多情却是总无情"的道理吗？这一点，君默与我是很相似的，我却想劝他什么呢？

最近君默给我来了一封信，他说"人的不快乐，往往是因为对生命要求太多而来的，如果我们对这个人生一无所求，便也不会那么苦痛了"。当然，这是他在没有文字来安慰我目前的心情下，写出来开导我的话，我知他亦是在痛惜我。

可是君默，我们都不是那样的人，你的书，我的书，我们所写的，我们所做的，都是不肯就如此随波而去，了此一生。我们仍是不自觉地在追寻，在追寻，又在追寻，虽然岁月坎坷，可是如果我不去找，我便一日也活不下去，如果你现在问我："三毛，你在追寻什么？"我想我目前只会无言苦笑，答也答不出来，可是我在等待再次的复活，如果没有这份盼望，我便死了也罢。你亦是同样的性情中人，你呢？你呢？你教教我吧！

# 有这么一个人——记丁松青神父

直到现在我还记得，那架小飞机在着陆的时候是顺风落地的。当然我关在机舱里并不可能晓得。

我们好似要吹到海水里去了，飞机才悠然止住。

地面上的人迎了过来，笑着对机师说："今天怎么如此降落呢？"机师说："天气好得那个样子，没有危险的！"

一群人上来帮忙下行李，我提出了简单的小背包，对着机场检查官员笑了笑。这儿的人与本岛台湾的，在态度上便是不同，那份从容谦和给人的感觉便是舒坦。

机场边的办公室是水泥的长方房子，立在海边全绿的草坪上，乍见这片景色和人，那份除了安宁之外的寂静，夹着海水、青草地还有机油的味道，丝丝刻骨，这份巨大的震撼却是面对一个全绿的岛屿时所带给我的。

那是十一年前兰屿的一个夏日。

在赴兰屿之前，我已跑过了大半个地球，可是这儿不同，这儿的荒美尚是一片处女地，大地的本身没有太多的人去践踏它，它的风貌也就寂然。

女友子卿与我搭上一辆铁牛车跑到预定的兰屿别馆去，在那个岛上唯一的旅社里安置了简单的行李。

放下了衣物，急着跑出门去，满腔的欢喜和青春，经过花莲、台东一路的旅行，在初抵这片土地时已到了顶峰，恨不能将自己泼了出去，化做大洪水，浸透这个陌生地，将它溶进生命还是觉得不够。那时候的我，是怎么样地年轻啊！

景色的美丽事实上是拿它无可奈何的，即使全身所有的心怀意念全都张开了迎接它，而不长期生活在它里面，不做些日常的琐事，不跟天地在个人的起居作息上融合一体，那么所谓游客似的看山看景，于我还是空洞。

看了一会儿兰屿的山海，我便觉得有些无聊，禁不住想去跟当地的居民做做朋友了。

远远的山坡上立着一些凉亭，山坡与地面接近的地方有着本地人低矮的住宅，沿着上坡一条小径的最顶端一座天主教堂在一片绿色中十分优美地站着。

子卿和我不约而同地指着那个教堂，说走便走，沿着在当时尚有小紫花开满的斜坡爬上去。

那时候去岛上的陌生人有限，我们走路的时候，身边很快引来了一大群小孩子，我随身的布包里放满了台东买去的糖果和吉祥牌香烟。本是不怀好意，预备拿来交换兰屿手刻小木船用的。结果要糖的孩子太热烈，我又是个不忍拒绝孩子的软手人，一路上教堂，一路努力分辨孩子的小脸，给过的绝不再给重复，这么爬到半路，糖果光了，孩子们也散了。

教堂的面前一个泥巴地的小广场，淙淙的山泉用管子引了下来，不间断地流着。一个妇人蹲在那儿洗两个赤身露体的小孩。四周寂静无声，也看不到其他的人。

女友子卿是世上最合适的游伴,她很少跟我黏在一起,是个不多话又自有主张的好朋友。当我低头去喝泉水,跟那妇人说话时,子卿已经自去四处行走了。

我试着抱起那个小女孩,亲亲她美丽的面颊,她的母亲便说:"给你好不好,你给我带去台湾,要不要?"

我听了吓了一跳,微笑着赶快放下孩子,跑到教堂的大门边去。

教堂的大门没有完全关严,主人不在,不敢贸然,趴在门缝里偷看内部的情形,这一张望喜得愣了过去。

内部的圣堂墙上大幅的壁画,画着兰屿服装的同胞,戴着他们状如锅盖似的大帽子,手中捧着土地里生长的收获,活活泼泼地在向神献上感恩。

这么一座神民交融的美图,竟然藏在如此一个小岛上,又是谁的手笔呢?

可惜门缝里张望所见的角度总觉不够,我又是个酷爱美术的人,在这种理由下,便想扭开教堂松松拴着的锁,私自跑进去看个够。

便在动手的时候突然觉得身后有人,我尚喊了一声:"阿卿,我们想法子进去看画!"猛一回头发觉身后站着的是一个陌生的棕发青年。我因自己正在闯教堂,巧被捉个正着,立即飞红了脸,一句想也没有想的话脱口而出:"您是意大利神父吗?"

这完全是大窘之下掩饰自己不良行为的话语。

眼前的青年不算太高的个子,头发剪得规规矩矩,牙齿极整齐,眼神温柔友善,算得上英俊,一身舒适清洁的旧衣,脚上一双凉鞋,很羞涩,极纯净,脖上一条粗链子挂着一个十字架,没有言语,只是站在我面前。

227

他不说什么，可是透露的身体语言便明白告诉了我，这个青年，是有光辉，有信仰的，并且不是个意大利人。刚才那句问话真是莫名其妙。

这一回，是他开了门，谦卑和气又安详地将子卿与我引进了圣堂。

教堂在广场的正面，左厢另有一个小房子，里面放着一个医药柜，另外挤着一架老风琴，我试按了几个音，有些琴键下去了便不肯再跳起来，半哑的。

房间里堆着一沓一沓的儿童画，用色取景鲜明活泼，想来是岛上的孩子们涂来送给这位神父的礼物。

神父爱画，不必说也看得明白，他自己也画。

教堂的右侧也是一个小房间，里面有一张桌子，好似尚有木板床。再进去的一小间，一个如同炉灶的黑洞，旁边一堆柴火，食柜里几只锅碗，显眼的两只蛋孤零零地靠着，想来便是厨房了。

那位青年说他姓丁，是天主教耶稣会的修士，在岛上生活已经一年了，美国人。

我不会称呼一位修士，随他怎么说，仍是唤他丁神父。

我们交谈的时候，四周涌进来一大群好奇而友善的本地青年和孩子，说话的时候，修士的手便抚着身边小孩子的头，自自然然地流露出那份家族式的亲情。

参观完毕，觉得不能再打扰这位陌生人，便告辞下山去了。

兰屿之旅的第一位交谈者，便是后来结缘的丁松青神父。


我以为那种美丽的木刻小舟是有希望不花钱，只用香烟便可与当地同胞交换来的。这是传闻的失据，也是自己的如意算盘打得太不忠厚。

一路上兰屿同胞的确要去了我的吉祥牌香烟，而小船却不肯换给我。那时候在别馆的旁边有一家商店，店内的杂货自然是台湾运去的，可是他们也兼卖泥塑的小人，还有那一艘艘美丽的小木船。我一口气买下了六条。

第一日到兰屿，没有去游山玩水，心思就在那批小木船上，放在旅社床铺上左看右看，细数划船的小人儿一共有几个，当我发觉子卿船中刻的人居然有侧面孔的，而我的并没有，便吵着要跟她交换，两人忙来忙去，旅社里已叫我们下楼吃饭去了。

那时候的兰屿游客稀少，食堂中为我们开出来的居然是大盘的四菜一汤。

面对如此丰盛的食物，子卿与我却很不安，觉得菜蔬得来不易，吃不完浪费了不好。

一时里我有了主张，请子卿管桌子赶苍蝇，自己一口气奔上山坡，跑得上气不接下气，进了教堂便喊："丁神父，山下的菜吃不完，请您一同去吃饭呀！"

所谓晚饭，不过是下午四点半，实在太早了。

丁神父听了我的话，淡淡地回绝了，他的神态很亲切也很自然，并没有伤害到我。

当时的我，凡事积极，做人也太直率，已经被人婉谢了，居然不肯罢休，又说："那么将菜搬上来帮忙吃好吗？"

这真是强人所难，丁神父慌忙道谢再拒，我已掉头往山下又跑了去。回想起来，那时的体力好似再也用不尽的。

子卿真是好女孩，她的菜饭也不肯吃了，自己拨出一点点菜来，其他的全都要给神父。

这一回再上山，我找到了近路，崎岖难走，可是快捷，左手中端的一条红烧鱼在盘子里滑来滑去，很不安分。

送菜去的那个黄昏，神父的房内又挤满了小孩子，盘子刚刚放下来，那些孩子沉默的大眼睛便牢牢盯住了菜。

神父很安静地谢了我，用手拿起那条鱼，将鱼头一折，很自然地交给了他身边的孩子，然后一段一块的鱼肉都公平地分散了，眼看盘子内只有了汤汁。

"你也吃一些嘛！"我有些着急，对神父轻轻地说。

他只是微笑着，摸摸孩子的头，叫他们去广场外面玩。

那时候我们由台东上飞机赴兰屿，父亲的朋友，当时在台东任职土地银行的王毓麟伯伯，给我们备了好多水果饼干带了上路。那些水果，到了兰屿，子卿与我又舍不得独吃，觉得神父必定许久没有葡萄吃了，因此也跟菜一同搬了去教堂。

吃好了菜的孩子们，看见葡萄，又涌到神父身边来。

"神父，请你自己留下一些，你也要吃的！"我又急了。

葡萄又被一颗一颗放进了孩子的口里去。那只温柔的手怎么不知还有自己呢。

那一个夜晚，我坐在别馆面前的大海边，别馆的发电机是那儿唯一亮出灯火的地方，身边不时有大人和小孩跑上来伸手讨糖果，我的口袋里装满了在岛上杂货店中新买的水果糖，有人来讨，便交换条件，他们教我一句当地话，便给一颗糖，不是白送的。

一直坐到灯火全熄，我却无法欣赏海涛雄壮的声音，在夏日拂面的夜风里，心里想的只是教堂内那个食柜，空空的架子上，除了两个蛋之外，什么也没有的食柜。

这些同胞伸手不断地向人讨东西，那修士孩子似纯洁的灵魂，又怎么弄得过他们。

听说兰屿的山里有兰花和乌木，子卿与我起了个早，东南西北地乱走，看见了岛上的居民，便跑上去锅盖锅盖地打招呼微笑，不然就是跟着人家后面走，看看别人要到哪里去，因为我们事实上也没有目的。

人说兰花早已被采光了，山中去玩玩倒是好的。

于是我们又沿着小径往上爬，岛上的居民和气，低矮的房舍欢迎我们进去坐坐，我当真不客气，一家一家给爬进去坐坐，大家对着含笑，略略接受居民送上来的食物。还一同听了收音机，我渐渐地开始喜欢这些雅美族的同胞。

经过那座教堂的时候，又见第一日的那位修士在家，子卿与我上去道日安，说了一些兰屿的话题，那时已近正午了，不时有些居民来找修士，是来擦皮肤病药膏的。

修士忙完了，突然问子卿和我，是否愿意在教堂内同吃一顿中饭，那时候他的两位雅美族朋友也在场，其中一位青年如果记忆没有错误，应该叫王棉羊。

其实我们在兰屿别馆中所付的费用是包括伙食的，不吃也是付了，可是听见这位修士要请我们吃饭，居然一口便答应下来，也不知道客气，更忘了不如先去旅馆中搬了菜上来吃，不是省了别人张罗。

我们对修士说，他请客可以，由子卿和我来煮饭，说着便跑进了厨房。子卿和我进了那个灶间，修士却失踪了，再也不见人迹。

柴火煮饭不很容易，子卿和我被烟熏得眼睛赤红的，那些米却是不肯熟，火怎么扇也烧不旺，弄得狼狈又紧张。

食柜中找来翻去还是两只蛋，我急了，拿水掺进去用力打泡泡，希望做出来的炒蛋能够看上去多一点。

做饭的过程里我一直跑出去张望，不知请人吃饭的那个主人为什么不再出现了。

等了很久很久，才见修士由山下跑着回来，他一看见我，脸也红了，将双手一直放在背后跟我说话，他的手里藏着罐头。

看见他为了我们去添菜，我亦大窘，深悔自己的不懂事，弄得别人简单的生活秩序大乱，又令人无端破费，这都是我所不愿的。

煮了三个人量的米饭，进来的人却很多，修士与雅美族的同胞看得出情同手足，也不必留饭，那些态度极为友善而略略羞涩的青年们便与我们同桌，大家都吃得很少，修士自己可以说没有吃什么。这份特别的饭菜和殷勤，使我至今感谢在心，对于这位异国青年默默的爱心，对雅美族人及对子卿和我个人的付出，留下了深刻的印象。

住在兰屿的第三日，又结识了同住一个旅社的两位外国青年，他们带了冲浪板，说是要坐车去岛另一端的海滩，问我要不要同去。

我当日的计划是在岛上慢慢地看民舍和别村的百姓，因为喜欢走长远的路，便谢绝了他们。

子卿和我早晨出门的时候，在杂货店的门外碰到了三个穿着灰色制服，头发剃光的青年，他们问我们哪里去，我们说沿着岛上唯一的路走，想走一整天呢！

经过教堂山下的地方，自然而然地抬头看，看见那位修士和雅美青年王棉羊远远地站着，便挥着双手，神父再见神父早安地乱喊，喊完了发觉三个灰衣的光头青年还在等着我们，于是自然而然地与这些碰到的人一起上路去了。

路边的芒草在有些地方长得比人还高，天气却已忘了是不是炎热，在荒野里走着谈着，发觉那三个新朋友对台北相当熟，圆坏那儿的情形说来头头是道，谈吐却是有礼而活泼的。

"你们猜我们是谁？"其中一个突然问子卿和我。

我看着他们的制服，便说："我猜——你们是工兵。"

他们听了大笑起来，好似我说了一个笑话，神情非常愉快，彼此看来看去，有一个笑得弯了腰，还故意跌到草堆上去。

"工兵？是兵的工哦！"说完又笑起来。

这时我突然知道他们是谁了，一时里天地突然变成好大，四周的笑声也听不清楚了。

"你们是管训来的，对不对？"我喊了起来，又加了一句，"活该！"

"你们现在怕了吧？"其中的一个说，他的态度却是很好的，虚张声势之外又有些说不出的什么东西隐在口气里。

子卿与我很快地交换了一下眼神，不由得笑起来了。

"怎么会怕呢！你们来受训，期满了重新做人，大家都是有缺点的，我们也不算什么好人。"

说完这话他们沉默了，一个突然说："当初，我们是没有人了解，才因为恨，做下了许多明知不对的事情——"

"算啰！你们流氓做到甲级，总算聪明人，不被了解也不能恶到去欺侮善良的人呀！还要找理由吗？"我说。

"小姐，你说话有学问，我想请问你在台北做什么的？"

"我教书。"

"你知道，我这一生就只有一个小学老师真心爱过我，所以我过去什么人都给他打，只有做老师的人，绝对不打，老师好嘢！"

子卿是个广告设计专家，她的才能在那一方面的确突出，可是我们在那种时候，那个环境里，只有两个女子对着三个管训的人，因此将她的职业也改成了老师。他们便称呼我们老师。

那时候我才回想起来，为什么我们出发的时候，山上的丁神父一直不断地张望，距离那么远，他的不放心，在这时方才明白过来了。

四周荒寂无人，我没有丝毫抗拒管训人的惧怕心理，因为自己慢慢与他们做了朋友。当然我心里仍是防着一点的，至于如何防，也不晓得。

走着走着，那些雅美族的村落零零落落地来了，我想买把漂亮的小刀，进入政府给当地居民盖的水泥房舍中去问，那三个人也热心地替我选，雅美族同胞好耐性地拿出三把来给我挑了又挑。

一回头，修士的好朋友王棉羊就站在不远的地方，我看他来了，非常欢喜，跑上去问他："你怎么来了？上哪里去？"

他只是微笑，也不说什么。我们买了一把小刀，又往前走，那个王棉羊总也在五十公尺之外，我们停他也停，我们开步走，他也走。前面五个人说得起劲，后面的王棉羊也不上来，固执而沉默地追随着。

那一日一直走到黄昏，子卿在路上碰到另一个放羊的管训人，他手里好几个乌木图章要卖出来，子卿想要一对同样大小的送给她父亲，慢慢走细细挑，那个人有生意做，羊群也不管了，跟到太阳快西沉了，才赚到我们几块钱，拿了钱，这才哇哇大叫，说他的羊群还丢在老远，飞也似的跑了。

窄窄的路上突然来了牛群，就对着我们没处可躲的正面，带着飞扬的沙尘奔腾而来。牛群的后面叱喝着赶牛的是一个阿兵哥，他也管不住狂奔的牛。

眼看长角大牛要踩死我们了，子卿和我叫着便逃，那个跟了我们一整天的雅美青年王棉羊匆匆赶上来，我们挤得跌到茅草丛中去，他拿身体去挡我们两个吓得脸都黄了的人。

王棉羊沉默而固执地保护了我们长长的路，本是不放心其他的人和事，结果却在牛群的惊吓里救了我们一次。

他和那位修士是亲爱的朋友。


我们抵达的不数日之后，一个大学的暑期医疗服务队也乘船来了兰屿，这对平日寂静惯了的岛屿来说是一件大事，接待的军方举行晚会招待这些远客，表演的自然是他们要来医疗的雅美同胞。

那个中午，据说台风已快来了，可是正午的晴空和海洋完全看不出风雨欲来的丝毫迹象。

教堂的广场前有修士集合起来的雅美同胞为着晚会在预习表演，兰屿的年轻人唱"国语"流行曲，女人们，大半高年的了，说是将跳头发舞。

我不喜欢看预习，要看正场，修士说到了晚会时间他们经过兰屿别馆赴军营大礼堂的路上，顺便来按了卿与我。

夜间的风势突然大了，岛上的小路完全没有灯光，漆黑风高的夜里，一串串雅美族同胞，跟着修士高举带路的手电筒嘻嘻哈哈地走着，那是岛上的大日子。

那一束在完全无星无月之下的黑暗里举着照亮人群的微光，就有上百的雅美族人追随着——他们爱他，那个叫做丁松青的人。

晚会是给医疗服务队的人预备的，我们不能进去，站在礼堂外面的窗户外向里张望，当然，表演的人就进去了。

我趁着大家进场时，一挤跑了进去，一直走到一个靠椅子坐着的军官旁边，蹲在他膝下，坦承自己不是来宾，请求给我进去看。

那位长官非常客气，立刻站起来给子卿与我安排了座位，又捧来了香烟、瓜子和糖果。我的要求并没有那么多，坚持盘膝坐在水泥地上，那时表演前的欢迎词开始，窗外大雨倾盆而下，风雨的声音被扩音机所掩盖。

窗外爬满了进不来的人，丁修士没有要求进来。

我无法安然看表演，又半弯着身子去对那位长官说，里面的场地尚空，外面淋雨走远路来的同胞可否放进来。

这位长官实在好耐性，忙说："请丁神父进来！快请！快请！"

人们让出了路，挤在雅美族朋友间的修士，却是笑着不肯进来——他不能丢下他的人，情愿一起淋着大雨。

我了解这位修士，在他亲密的友伴里，不愿做一个特殊的人。于是我又去对长官请求，结果晚会场地开放，大家都进来了，每一个人都欢喜，我想我是最欢喜的一个。对于那位好长官至今感激。

台风来了，预定离开岛屿的小飞机停开，子卿和我回不了台湾，心中也不着急。

那时候，我们已在岛上七日了，最感兴趣的是跟雅美族的青年和小孩子学讲当地话，每日傍晚的海边，吹着台风，一句一句地学，双方的情感渐渐地因此建立起来。

岛上七日，世间千年，对于大海之外的世界，觉得十分遥远而不重要，没有什么理由急着要回去。

台风过去了，确定第二日的飞机便要载着我们离去，那三个受管训的人跑来旅社告别，其中的一个给了我台北电话号码，说是他母亲的，托我千万转告他的家人他在岛上的生活情形，又说请姐姐寄两百元给他。

我犹豫了几秒钟，还是答应了。

那是兰屿的最后一个夜晚，修士破例下山来，与我们同坐在海边。

"去了要不要寄英文《中国邮报》来给你，看看你自己的文字？"我问他。

"不必了，我在这儿很好。"他说。

旅社透出来的灯光十分幽暗，修士的侧面衬着一波一波涌来的海浪，他自己也不自觉的寂寞在一瞬间闪了出来，就那么一下，也就隐没了。

那时的他，实在是一个大孩子，千山万水远离故乡的灵魂，在这寂静的岛上，默默地对雅美族的居民付出了他的爱。

"这里需要人来，其实你会是合适的人选，这儿的人欢喜你，才一星期多的时间，你有了多少朋友。"

听见他说出这句在我心里萦绕了已经好多回的念头，我默然不语，膝上抱着的一个小孩子伸出脏脏的小胖手在抚我的脸。

"我能做什么？能对他们做什么？这儿的小学也不再需要人

了。"我说。

"你有爱他们的能力，这比什么都珍贵。"

这句话说出来的时候，我脑中掠过的却不是雅美族人，而是那几个管训中的青年，他们必是无恶不作才送到这儿来的，可是那一个深深记得他老师的青年，在内心的深处，必然仍有一丝善良的东西在唤醒他，至于方式的问题，便见仁见智了。

"你想，有一日你会回来吗？"

"这是一个很大的决定，人的路，走了出去，要回头便费力了，我得再想。"我说。

那时我方知，这位修士因为还得去辅仁大学念神学院，不久的将来也要离开兰屿了。

提到离开，他显得异乎寻常地悲伤，那份不舍，使得这位青年一时里哽然无语，好似他的根，他的生命，已经深植在这片荒寂的海岛上，要离去，于他是极大的茫然。

"其实，你跟雅美族的人，在文化上的差异仍是有的，这无关情感，可是另一部分的你，事实上是封闭了，起码我的看法是如此的。"我说。

讲这些时，我一直对他说着英语，不为什么，只是想他也许偶尔也欢喜听听他自己生长地方的语言。

"我不喜欢离开，台北对我陌生而遥远，这儿的人，已是我的乡亲，可是——"

我举目看见那在深暗蓝天下山的黑影，看见永不止息澎湃的海洋和那一片朦胧光影中来去的雅美族人，我的心，竟也浮起了离去的怅然。美丽寂静的岛屿和居民啊，我也开始爱你们了。

我们交换了地址，便如此告别了。

过了不久，那位修士到了辅仁大学进神学院。再过了一阵，我再度离开台湾，又去了西班牙，在那儿教了一年小学生的英文，便去北非定居，从此很少回到台湾来。

一九七九年的冬天，我的情况十分不好，丧失了生的意志，也丧失了信仰的能力，我回到故乡来养息。那时，耕莘文教院的一位陆达诚神父一再地给我开导与鼓励，接着西班牙籍的沈起元神父也用极大的爱心来帮助我度过今生今世在人间最最艰难的功课。

便在陆神父那儿，才知兰屿时的那位丁松青修士原是光启社丁松筠神父的弟弟，而今他已是神父了。

这位在我脑海中一直十分鲜明的神父，在去年我再回来的时候给我寄来了他的手稿和许多当时的照片，那便是今日译成中文的《兰屿之歌》。

我深爱这一本有生命，有爱心，有无奈，有幽默，又写得至情至性的好文。丁松青那诚实而细腻的笔调，和对当地雅美族同胞真挚的爱，使得兰屿，在他的笔下，在他的心里，成了永恒之岛。

这是一部真真实实的生活纪录，再没有什么书籍比真实的故事更令我感动。更令人惊讶的是他的才情，第一本书，如果没有一个如此美丽而敏感的诗人之心，是不容易写得如此传神的。

预祝《兰屿之歌》这本新书得到所有爱世界、爱人类、有信仰、有盼望的人一同的共鸣和赞赏。

丁松青神父，深爱我们中国的一位朋友，至今仍在台湾某地的深山里为着山胞服务，他的信仰，只有一个字便包容了全部，那便是将对天主的爱，经过他的心灵，交付给了人类。我由他的行为而得到的启示和榜样，是当一生感念的。

# 清泉之旅

记得半年以前讲过一个故事，讲到一次兰屿的旅行，讲到在那儿认识的雅美族，管训的犯人，开晚会的军方，同去的女友子卿……当然，也讲到了一位在那个偏远离岛上服务的青年，那个教孩子们画画，替雅美族擦药，将什么东西都拿出来跟他人分享而自己有时候吃都吃不饱的耶稣会修士。

那已是许多年前的一段往事了。故事中的雅美同胞王棉羊早已娶妻生子，仍然住在那个绿色的小岛上。其中的那位修士，而今成了神父，他在竹东过去的山地里有了一座自己的教堂。那个地方，叫做清泉。

路旁的芒草花在早秋的阳光里看过去发出银红色的微光。当我们进入山区的小路时，这成千上万的淡红在我们的眼前连绵不断地铺展着。午后的秋阳将万物都照懒了，没有风没有雨的路程是适意的。长长的山路好似没有尽头，四周安静倒使人想闭上眼睛，安恬地睡上一场无梦的午觉。

往清泉的那个午后，就有这一份奇幻的魔力。

终于看见了一幅"国旗"，接着洋灰色的房舍也呈现在路的右边。没有窗帘的玻璃窗擦得异常地光亮清洁，一位警察先生等着查验入山证。

看见台北以外的乡镇，尤其是火车站、镇公所和警察局，总使人感到走进了小学语文教科书里的插图。那种旧日台湾特有的寂静是感动人的，好似走进了一个梦境。

"我们进山去看丁神父。"我上车时向那位和气极了的警察先生喊着。

"路还远哪！"警察含笑说着。丁神父在这儿并不是一个陌生的名字。我真喜欢山里的人，虽然警察不是泰雅族，也是个好的。

这一回，跟我同去的是柱国，他的太太璧人没有同来，正在台北画画。所以我们当天便要回去了。

信上原先跟丁神父说是要去吃饭也要去住的。

清泉不远，台北出发是十点，竹东吃了午饭，办好入山证，慢慢开，停车看了一下路边商店挂着卖的冬菇和堆着的木材，然后进入无边无际的芒草深山。才不过下午两点多钟，世界已经完全变了。

大眼睛的山地学童也戴着黄帽子，泼着粗壮的小腿跟着我们的车子一路狂跑，一边喂喂地喊着。柱国一停车，小孩子马上逃散了。我开着窗，也学他们一样地喊，他们捂着嘴兴奋得只是吃吃地笑，不肯上前来。

几度在路边出现了人家，看到了炊烟，我的心禁不住有些情怯，就怕清泉来得太快。

这个朋友，原先属于兰屿的记忆，想起来十分地遥远，就有如某次生命中的一个片段，而今生和那一刹实际上没有任何关连。十年前在岛上见过一星期，十年后没有见到他，通过两三次

241

信，收到他一份教人惊喜的稿件，就是一切了。我为什么要来清泉？

"我们跟他谈好出书的事情就走，不要留得太久哦！"我跟柱国说。柱国是代表出版社去的，当时丁神父并不知道他的书有人想出中文本。

"老远地去看人家，总得坐一下才告辞，你不是还说要去吃饭住教堂的吗？"

"现在改了，很怕他，我们打完招呼就走比较自在，好不好？"

"不通人情的。"柱国抿着嘴笑了笑。

"现在让给你了！等一下，如果他留我们吃晚饭，我不说话，你坚持要赶回台北，你要救哦！"

"怎么那么紧张呢？"

"我很后悔来，看芦花不悔，是好的。看他——不知道讲什么才好，那样一个人，讲什么都是俗里俗气的，我是说我——"

"又不是没经过场面的人，怎么这种样子。"

还是想不明白，去了，见到丁神父，跟他交谈，再跟他告别到底是为了什么。见面难道那么重要吗？

清泉，就这样到了。

那座教堂不同于兰屿，兰屿的小，这座大。

斜坡上跑下去是一个平台，俯瞰着青山环抱的溪流。那种台湾乡间特有的宁静又一度随着微风飘了过来。

进门的时候，看见一只狗。狗的身边一台野狼机车。

我拉开纱门进去，是教堂的二楼。那一间放着一张圆形的大饭桌，靠墙立着在我童年时代家中也有过的碗柜，许多洗清洁的碗筷，一个个圆板凳，加上一排拂着凉风的大窗，就是一切了。

风吹过后面的长廊,一排房间到底,却看不见人。

"丁神父!"我试着喊了一声。

走廊上突然响起了急促的脚步声,我一回头,正看见十年前的那个兰屿人向我跑过来,没长高,神色却长大了。

"你没有什么变!"几乎一起喊起来,丁神父的脸上显然泛出了一阵欢喜。

见面还是好的,来了是好的。见到我的朋友就这么好好地出现在眼前,突然觉得人世安稳,这个世界也还有平和。

介绍了柱国,讲明了当天就要回台北,我们围着那张饭桌坐下来,各人捧着一杯冰水。

"兰屿的朋友还记得你!"丁神父微笑着说。

"王棉羊?"我问。

知道一些朋友的近况后,惊觉这一别多少光阴已经在言谈里过去了。这些年来自己的十年又是如何度过的,却一点不想倾诉。我坐在那儿,觉得一切都十分美好,包括自己的人生。

丁神父听着柱国跟他提出的中文书出版的事情,欢喜得十分真纯,这样的一个人,再复杂的俗事,经过他,也过滤得明净清澈了。

"Echo,现在不要看合同了,最怕这种文件,我们快快处理掉,去看看四周的环境吧!"

"要看的,一定要看,来,耐心点!"我笑着说。

窗外风光明媚,凉风徐来,不应是坐在桌前的时光,我也实在不想留在房子里。

丁神父还是被我们请求看文件,他的神情有如小孩子被迫做功课似的苦恼。才看了十数分钟,又忍不住说:"那边有座吊桥横在河上,我要你去走走,还有一些朋友们,泰雅族的,喜欢认识你……"

我笑了起来,我一笑,大家都笑了,文件就这么放下了。

丁神父带着柱国和我跑出教堂,走到清泉唯一的街上去。

这儿的人比起兰屿来又多了一分文气,他们不怎么害羞。每一间经过的房舍都异常地清洁,每一个人见到丁神父,总是亲切地喊他。

过去的兰屿修士,而今的泰雅神父,在这样的山水里仍是一个样子。神父在这儿已经六年了。我还是更喜欢兰屿的他。也许是,我自己对于兰屿的印象太独特了。

"这个桥,是乘凉的好地方,夏天的夜晚,村里的人都坐在桥上,有些人还整夜睡在外面呢!"

神父与我趴在桥上,脚下的溪水并没有涨满,一块块的鹅卵石散满了河床。风,呼呼地抬上来。

"想不想兰屿?"我问。

"想——"他的眼神一时里十分遥远。荒岛上的修士又一度浮现在我眼前,那个被蓝色海洋终年拥抱的寂岛刻进了这人的灵魂。

"这里,也是好的,人好。"接着又说。

为什么口气里总也有一分寂寞和乡愁?神父,你仍是怀乡的,对不对?你的故乡叫兰屿。

神父说话的时候,一手习惯性地抚着身边孩子的头发,这一个无意识的动作,十年前我也看过,现在又见他如此,我的心里觉着十分安静而温馨,就如那天下午暖和的阳光给人的感觉一色一样。

"那边是什么?"我指着桥下远方的房舍问神父。

"'国民'小学。"

"啊!"我轻轻喊了出来,"如果可以来这里教书,也许会是我在台湾长留下来的理由。"

"你想来吗?"神父笑看了我一眼。

我望着那一片房舍发愣。我的故乡在哪里?会在这儿吗?我不知道。那一阵熟悉的寂寞又大水似的升上来。

"如果我来,我会养一条土狗,还要开一畦菜园。"我随意地说,说得很慢,让一个一个字被风吹远。

许多不可及的梦,说出来心中也是欢喜,那一种宁静的梦,梦里的空气,总也是凉凉的。

好像第一次和神父谈到将来,好似又想留下来,在这里避几天的静,好似想跟他谈谈我不常说的话,好似想告诉他,我也有的悲伤——

可是,我什么也没有说。

"你说,夏天的晚上,有人在桥上睡觉?"我问。

"是啊!好凉快的,我也来跟他们一起乘凉。"

这是他选择的一种人生,歌一样的生活,歌声很淡,夏天的深夜里有人的手指,轻轻拨过吉他的和弦——

"你还是走?"

我笑笑,点点头:"离家十五年了。"

"我十七年。"

十七年在一个人的生命中占了多大的位置?家,对他是什么意义?

"家里还有谁?"我问。

"母亲,一个人在加州。"

不过是下午，吊桥上重重叠叠山峦的背后，天色却已像黄昏了。

"桥那头，绕过这座山，还有一个小村落，我常常去的，要不要去看看？"

"下次再来。"我四处找柱国，他拿着相机走了。

我们靠着桥上的粗索，又站了一会儿，四周安静，我的心也静，神父的身旁，总给人这样的感觉。

看过神父寄给我的照片；教堂门口的他和孩子们，大家高举着双臂，一群天国里的笑脸。

"看你的壁画去？"我说。

我们往回路上走，一群少不了的孩子在四周跟着跑。

教堂的门被神父轻轻推开，我跟在后面，他这一个动作，又使我想起从前的兰屿，不也是他推开了一扇里面有壁画的门，我进去——中间的十年，为什么消失了？它们存在过，又为什么不见了？

"以前，刚来的时候，这座圣堂是灰色的，我在里面祷告总是不太舒服，后来重新布置了它，花了一年的时间慢慢地画画，现在就是这个样子——"

是的，天主是在这儿，祂在这里，因为感觉到祂的和谐。诗人、画家、孩子的心灵，天主全都分给了这位中文叫做丁松青的人，不只如此，神父还有一只活活泼泼的狗。

玻璃窗外的光线静静地透进来，这座一切以泰雅族风俗安置的圣堂，是属于山胞自己的，丁神父爱他们，这儿全是已经不必说的语言。

我摸摸圣坛上铺着的山地手织布，很喜欢一个人留在里面，安安静静地坐一个清晨再坐一个黄昏，在这里面，没有悲恸，只有平和。

"我喜欢在这儿祷告——"神父又说。

我点点头，我明白，我懂。

作为一个神父，是有大福分的人，他们必然在另一个地方得到了没有家庭亲人的补偿。我对着十字架笑了笑，与它一起分享了一个天堂的秘密。

"外面有位太太，一直看你的书，她想见你。"

我往教堂外面走去，迎面一个黑板或什么东西的，上面写着："今晚山地歌舞。"

"你们今夜跳舞？"我问。

"原先是的，现在——"

"现在什么？"

"是因为你信上说要来，我们想给你看——"

原来是为了我要来？我大吃了一惊，有些怔怔的，不知怎么担当这份盛情。

"要赶路回去，下次再来。"我说。

什么时候是下次？再一个十年？下次会是哪一扇门在我面前打开？下一次，是不是你，丁神父，替我开天堂的门？

那位太太上来握住我的手，叫我的笔名。我的名字，突然很陌生。遥远的大漠里是谁的笑声那么响亮？可是这里是清泉，泰雅人的清泉啊！

"时间差不多了。赶回台北大概晚上八点。"柱国上来说。

要走了，没有行李的人，心情还是突然紧张。也是要走了，再过几天就走到南美洲去了。

"经不经过墨西哥？"丁神父问我。

"圣地亚哥就在边境,你母亲,是不是?"我问。

"我去拿母亲的地址给你,如果弯进美国,请顺便去看看她。"

语气突然急促了,这一个下午没有讲的话,为什么分别时全想了起来?

"还有新鲜的冬菇,我们早晨山上采的,你也带回台北去。"

神父转身跑到房里去,我们的身边围着许多人。

"这里有一盒我留着的糖,下午忘了招待你们。"

神父的手里捧满了东西,我不再推辞,双手接下来,手里接不完的,就存在心里一同带到千万里外去吧!

别离,对我,已经习惯,世上许多朋友,见与不见的分野实在不大,只要人长久,就是好的了。

"再见了!"我笑着说。

"中南美洲回来了再来。"

"好!一定。"

柱国的车子开得慢,那群挥手的人,总也挥不掉他们的身影。

果然没有再回清泉,再回来,丁神父去了美国,进了那边的艺术学院——他的修会派他正式学画去了。

我再没有了他的消息,旅途中,不能通信,也没有固定的地址。中南美洲之后,我又去西班牙、法国。海边再读《小王子》,想到这也是丁神父喜欢的一本书,给他去了一张明信片。

再回台湾来是今年九月中旬的事,问起柱国丁神父,说他又写了新的文章寄来,同时也往西班牙寄了影印本给我,而我当时已在巴黎,错过了稿件。

《兰屿之歌》之后,丁神父写出了他另一个故乡的人物,这一本,叫做《清泉故事》。

丁神父,我们看上去国籍不同,语言各异,一生见面的次数又那么地少,可是你说的话,我怎么全能那么方便地就能懂?小王子说,有一些东西,用眼睛是看不见的,那么有一种语言,是否需要用心灵去听?我听了你讲的故事,有关那群有血有肉的人的故事,我懂了,照你的意思,用中文再讲一遍,你喜欢吗?

# 重建家园——将真诚的爱在清泉流传下去

当我知道小红屋已经完工的时候，心跳得很厉害，几乎讲不出话来。那边又说："说起小王子，修屋时真的盘着一条毒蛇，不过已经拿掉了，不要怕。"电话那端的巴瑞并不晓得，我不会看到那个家就要走的。还乱说是会去的。那边说："我们急切地等你来，要看当你打开自己的家门时，惊喜得发光的脸孔，喂，那是一个梦啊，完全不同了——"

放下电话，我呆呆地坐着，想到那条蛇，还有《小王子》那本书里的对话，蛇对小王子说："我可以把你送到比船更远的地方去。"那条蛇，被拿走的毒蛇，应该留给我的。

事情是这样的，本来我比较欣赏兰屿，后来没有再回那个岛，去了清泉。去清泉是为了看巴瑞——丁松青神父，那是第一次。后来再去了几次，喜欢了教堂的厨子李伯伯尤帕斯和雪莉、慧珍还有许许多多青年山地同胞和清泉的那两座吊桥与群山，结果就更偏爱那块山区了。

寒假来临的时候，瑞士的达尼埃弟弟和他的歌妮来台湾探望我，我们一同去环岛旅行，第一站直奔竹东。

雪莉在清泉天主堂帮忙，是一个十分热情的泰雅女孩子，她每见到我总是凄惨地狂叫着,然后没命地冲进我的怀里来继续大叫。偏偏十分欣赏这种欢迎的方式,经过她那么出自灵魂也似的嘶喊,全村的年轻人就知道陈姐姐又回来了。

到了清泉必然是大呼小叫的,尤帕斯见到我只是抿抿嘴不说什么,可是我跳到他的身上将他抱着,如同雪莉一样地尖叫。然后才去紧紧地抱着慧珍,两人只是不出声地笑,这时候丁神父才慢吞吞地张开手臂向我迎来。他总是会说:"尤帕斯将最好的香肥皂藏着给你用,在你的房里。"

达尼埃和歌妮放下背包,问我:"你在台北很少这么疯的,怎么一来清泉山里就不一样了,很可怕呢,大家一直叫……"我说:"回家了,心里很兴奋。"笑得哗哗的,赶快去房间里放东西,再拿起洗手盆边的香皂用力闻一下。

总是吃了喝了讲了,在教堂的吃饭间,这才对丁神父微笑,说:"我们去教堂望弥撒啰!"

一群人,静悄悄地跪着,自自然然地跟天主亲近,然后照例大家手拉手,轻轻摇晃,在黄昏彩色玻璃的光影中安详平和地唱我们喜欢的圣诗。那一次,看见丁神父、达尼埃、歌妮、雪莉、慧珍、拜来、苔木和许多其他青年朋友还有我,这些人的手拉成一个环的时候,轻轻唱歌的同时流下了眼泪。都是我亲爱的人,好不容易万水千山的不容易相聚。

跳了一个晚上的山地舞,小睡了一会儿,去了村子。

一家一家去玩,山路上见面总有人和气地打招呼,绕了清泉村,走到一个小坡顶上远眺大霸尖山。其实,走过那家锁着的红砖房时,大家也就走过了,我停了几秒钟,一凛,从破了的窗户里去张望，里面一片的暗，很破；打量建料，外面是砖的，屋顶是木梁加红瓦。

"啧！干嘛不走！"达尼埃说。

我不敢响，这是一生拾荒生涯中的又一个高潮，有眼光，知道碰到了什么宝贝，心开始急着跳。

不肯走，大家也都跑回来了，一同在破洞里看老屋。

他们看屋的时候，我转去看风水，屋前山谷下一湾清流，两座吊桥，群山一路迤逦，长天碧晴如洗，轻风徐来，吹拂过站立的悬崖，对山天主堂遥遥相望，邻家的花园里开着一树愤怒的野樱，两只花母鸡在近处啄食，砍树的节奏若有若无地飘过……好一片景——色——如——画。

下坡的时候，可怜兮兮地追着丁神父，悄悄问他："喂，好巴瑞，那幢小红房子，是谁的？"他也不当心，大声问别人："破房子是谁丢掉的呀？"大孩子们马上回答了，说主人在竹东做事，根本不回来了。我不敢再多讲一句话，可是脑筋里走马灯也似的飞快盘算，几乎想成了一个事实——那房子是我的。很怪怨丁神父那么大声地喊出来，如果……如果……他太笨了，如果别人抢去了怎么办……

一路走吊桥一路步子放慢了，只有拜来跟我走在一起，拜来是我心爱的朋友，他马上去服兵役了，不防他抢破屋。这一霎间，看到远远丁神父的背影，立即明白了，对于这幢屋子，只有他，可能是如我一样动心的人。

也没再说小屋子的事，离开了清泉，一步一回头地挥手，很沉默的。每一次走都怪安静的。等到上车了，山谷才会变得朦胧又潮湿。那一次，达尼埃跟我换位子，说眼睛里出水的人最好不要在山路上开车。

去竹东的回程上，还是吐了。对着山呕吐。

达尼埃死阳怪气地说："那么激动，还哭还吐呢，胃痛就不必来，舍不得嘛，就不必走。"

也不理他，吹着风下山，心里对自己说："总不好意思每次去都赖教堂，又没个家的，不走又如何？"

环岛旅行一路住小旅舍，三个人挤一个房间，夜里总是拼命讲话还有乱笑，讲到从前的时光，讲到三个人在加纳利群岛和瑞士的日子，有时又一起掉眼泪，掉完了泪，大吃一顿水果，靠着就睡了。达尼埃和歌妮才来台湾一个月，舍不得分开，连睡也要挤在一起。

好不容易到了高雄，夜了，"救国团"的青年中心关门了，开车开到第十二天，全身发抖的累，坚持要住一次圆山饭店，固执地要住，弟妹不肯我请贵的，吵了好几架，结果住了。在圆山，我们不好意思三个人睡一间，各拿了一间，他们夫妇睡，我一个人。


看着那个电话，忍不住请拨了竹东清泉。"喂，Echo，那幢小红砖房……"丁神父一接电话开口就如我料！吓得死人。"巴瑞，慢着，那是我先发现的。"

"我们已经问了房东，他答应租三年，不过里面没有水也没有电，如果修好了，神父修女们可以来避静，我还没有去请示会长，我想叫它'山地平安之家'，你说　　"

"平——安——之——家，像殡仪馆的名字，再说，那是我先发现的，你住了清泉那么多年，就没看见过，是我，喂，喂，是我先的，你先不要开始做梦，这不公平，巴瑞，巴瑞，不要挂，我跟你讲……"

他说："你也可以来住，将来。"

放了电话，怔怔的，达尼埃从阳台上跨过来，跳进落地窗，我吓了一大跳，脱口喊出了巴瑞的名字。

"叫错人啰！哈哈！"他敲敲我的头。

"你想昏头啰！哈哈！"我回敲敲他，然后亲亲他的脸颊，一如他十三岁的时候。

"跟巴瑞在抢一幢房子。"我说。这时歌妮也爬过阳台到我的房间里来。我们不去餐厅吃东西，在豪华的房间内啃玉米棒棒当晚餐饭。

"你疯了，就是那幢门破窗烂的小红屋？"歌妮说，"没有抽水马桶，你受得了？"

"水大概都没有，电倒不要紧，可以点蜡烛。"

"还要抢？"达尼埃说。

"要。巴瑞说我'也'可以去住，可是要抢全部，只我住，别人不可以住。神父修女住教堂，两边对山，教堂跟我每天打旗语，叫来叫去也不吵人。""望弥撒啰——白旗，吃饭啰——绿旗，跳山地舞啰——花旗，戒酒大会啰——黑旗，不要来吵我——没旗，可以来吵我啦。"我拿一只玉米棒一举一举的，很开心。

"Echo，想想你加纳利的家，比比看？"歌妮说。

"清泉，有我的人，泰雅的，不同。"说着就去洗澡了。

洗完澡两个人都回房去睡了，对着圆山饭店那么好的信纸，我拔出了笔，想到争产事件，想，最好先去跟哥哥丁松筠告状，又想哥哥总是偏心弟弟的,不如去跟台湾耶稣会的会长写一封信,请他下命令,说丁松青神父不可以去管教堂以外的房子,要每天打扫自己的教堂才是好神父。可是耶稣会的地址也不知的;这么狠地对待丁松青神父,也是不讨天主欢喜的。

可是我要那幢房子。

"什么,做一个阁楼?在小红砖房的屋顶上?要做什么,一个阁楼?"电话中神父又被吵得迷迷糊糊的。

"对对对,一个Loft,就是它,我睡在上面,神父修女可以睡在下面。"

"我不知道,哪有那么挤呢?又不同时入山的。"

"已经让步了,可是给我一个角落放心爱的东西呀!我要一个阁楼,你看,已经不要全部了,请你请你,给我一个阁楼,请你……"

说着说着,想到《小王子》这本书里小王子对飞行员讲的话:"请你,请你,给我画一只绵羊……"神父也熟悉小王子,他够聪明就该听到那个微小的声音。

旅行之后,达尼埃和歌妮背着两把美浓的伞去了新加坡,机场洒泪而别不在话下。

他们走了,母亲与我再一同卷回爱护三毛电话大进击和"拒绝的艺术"里去不得翻身。至于读者来信,那是父亲与我的加班工作。

清晨的曙光里,在一张硬白纸上,用黑水笔慢慢地画,一个人安安静静地画,画两道山谷,一湾溪流,画远山,画吊桥,画一个围着长围巾的小王子坐在悬崖上,手里握着一朵有着四根刺的玫瑰花,画小红屋顶上一只斜着头站着的狐狸,画山上砍树的男人，河里嬉水的孩子，画一个尤帕斯站在对山大喊："来吃饭！"画一个丁神父从山上滚下去找眼镜，画泰雅族的亲人手拉手一冲一冲地在跳舞，画一个扩音机在放苏芮的歌，画一个醉鬼四平八稳地躺在路上睡大觉，画一个潘叔用大刀说要杀人或自杀，画了好多木干上长出的香菇……最后，左边画了一个太阳，右边一个月亮，而小王子的那颗小行星，正对着他，在静静的天上闪烁。

乡愁，如同铃铛一样，细细碎碎地飘过来。嗳，还忘了邻家那一棵野樱花呢。

画好了，收起来，塞进抽屉里，将牛仔裤折折好，丢进箱子，第二天，上飞机去了一别十二年而连一个梦也不肯回去的美国——瘦得太厉害了，想来是不大好了，豪诺医生一直催我快去呢，他有雷射刀可以割掉我身体里的七个坏东西。

在圣地亚哥，抱着一只中国炒菜锅，投入马丁森妈妈温暖的怀里——喊她妈妈，丁神父的母亲。跟她说，巴瑞有嫌疑要一个破房子——抢我的发现，她怔怔地望着我，问："你不是有你母亲给的一幢小公寓，他不是有个教堂，你们抢什么？"我说，抢一片土地的爱和归宿和根和那声雪莉见我时的狂叫与拥抱。妈妈慷慨地给了我一个石膏的塑雕——巴瑞做的一个人体。我觉得，这也不是土地，可是不无小补。算它是大地之母好了，又那么瘦的。

回来了，塑雕藏在美国一个朋友的家里，只怕一心软，又带回台湾交回给神父，毕竟那是他的心血。

也不找神父了，也不敢想小红砖屋了，文化的学生是心肝宝贝，见了他们，仍是说着一个清泉生根的梦，他们笑笑，不知除了他们,原来老师对土地的爱,也是深厚的。

西班牙邻居打电话来,说想我想断了肠子,为什么音讯全无。我说,那边的梦已是过去了。

梦,便是梦才叫梦,白天忙忙碌碌,也不画来画去了。

带回了丁妈妈亲手焙烤的水果蛋糕去光启社,给两个为了热爱中国长年离家的孩子,大丁神父看了蛋糕惊叹说:"哦——"小丁神父那天带了一群泰雅族的孩子正在光启社唱歌录影,这一巧遇,那个大嗓子雪莉也不管录影棚,照例狂喊一声——陈姐姐,冲上来抱住,拉过一旁的慧珍来,也紧紧抱住,自自然然地露出了真挚不移的爱和信任。他们,泰雅族,是一种真人,没有可能不将那颗心交付给他们。这一切给人太多的爱,丰富了平淡的生命。

别以为泰雅族不骄傲他们的血液;别以为,你拿人类学去研究他们,他们便希罕;别以为这群可贵的歌舞编织的部落没有敏锐的直觉,他们清清楚楚知道——直觉地知道,哪一种心灵,是他们的同类。

尤帕斯在二月的时候慎重地翻出一本小日历,说:三毛,五月桐树花开了,我们去爬大霸尖山。却不知,五月的三毛,在体力上已不及五十多岁的尤帕斯了。

丁神父是个慈悲的人,他说房子本来是我的。徐仁修去清泉,每一个泰雅山胞都对他指,指悬崖上的小红屋,说:"你看,那是三毛的家,她五月五日要来,我们替她拼命赶工。"神父没有再做梦了,他很安分。

水接了,电来了,浴室做了,唯一的一间房间铺了地板放了日本式的低茶几，老灶留着，漏瓦换了，衣柜买了，门窗换了，锈铁窗拆了个干净——我们不住笼子，墙上的裂缝补了，温泉接到房子里，石桩留在厨房，被褥也准备了，毒蛇从梁上拔下来，灯接了，可惊的是，山地乡亲合搬一个大澡缸过吊桥，给陈姐姐一个舒适的浴室，抽水马桶不够，居然挖了化粪池……

当我知道，连窗帘也挂上了的那一刹那，我的心，是碎了。家，是一个有窗帘的地方，而尤帕斯，正在屋前种一种小树丛避蛇的树木。邻居说，如果三毛不会用老灶起火生柴，他们可以借一个瓦斯桶。

听来容易，这一件又一件琐事，是一袋一袋水泥捐过吊桥山路给搬上去的。朋友们跟着神父做工，没有告诉我。

神父不知道，要工作得崩溃，记忆力严重丧失的 Echo 是不再留在台湾了。医生说："你可以在台湾开刀。"我笑了笑，要走，不要人探病和怜悯，要一个人去疗小毛病，在最没有亲情的美国，只为了那儿没有爱的重负。

耶稣会长没有怪责神父，他知道，神父是为了一个急需休息的朋友，预备一间安静的小屋。而梦想完成的时候，她却回不去了。这也是天主的安排教人学功课吧！

对着丁神父打来的电话，我一直放心地哭，一直说："为什么拿去那条毒蛇？它可以送我回到我的来处，那个比船可以载人去天涯海角更遥远的地方。"

神父来了台北，一个好牧羊人，深知我的梦，我重建的家园，是暂时回不去了——连一眼也不能去看，只怕看了，拼死也不离开。其实，要死也不悔的，死得其所，心甘情愿，在一个悬崖上对着那片深爱的人和山。

我的家，可以摸着泥土，踏踏实实踩着大地的家，是不能不割舍的了。唉，这也没有什么不好。

"巴瑞，世界上，最爱的就是父母手足学生和清泉，知道人生还有追寻、有学习、有分享、有兴趣、有前程，而我，却一直学不会割舍，难道割舍不重要吗？难道它不重要？请你，我的神父和兄弟，请你帮助我，忘掉那幢小屋——而我不能，毕竟我也需要一些踏实而可以摸触的实质，我要一幢小房子，一个家园，份爱友……这在清泉……"

"你说分享，Echo，你说了分享不要难过，小屋有用，它是你的，健康了可以再回来，你不会将它锁起来不分给你爱的人类，要如何快乐？那么，将小屋开放，给那些莘莘学生另一个地方可去，给了他们吧……"

一时里，我不再流泪了，我想到我文化的学生，还有千千万万个被学业压死的学生，我的爱，我的小小的梦，可以分享，我的生命，可以延续；我不穷，我有一幢卑微的山林小屋，可以开放，分给一切在压迫感下不得舒展的青年。

亲爱的称呼我陈姐姐的青年朋友，在学的、在工厂的、大学的、毕业了失业的、落榜的、上榜的青年朋友，在新竹县五峰乡清泉那个地方，有一幢叫做"三毛的家"的小屋，今后开放给你们。欢迎分享小王子的星空，在各位渴望回归大自然的情况下，请各位利用这一幢我不能享用一日的房子，作为大家的家园。在那个房子里，没有舒服的床垫，只有木板地，可是这一切不是受苦，请各位尝尝硬板地的坚实，诚心诚意留下了给各位度假，我的家，不再只是我的，是大家的。

请社会人士不要利用这个建议只去观光，我们要纯净的青年。以诚心对待山地的同胞，与他们做一个好朋友，让人类的关爱，彼此交流。去了清泉，请在离开时将垃圾放在塑胶袋中背回来，不污染环境，请在河边唱歌烤肉，不要在小屋喧哗终夜，请用完了三毛的家，打扫清洁留给下一次的同胞居住，请不要在我家的墙上刻字，请不要将硬纸丢在抽水马桶里，请用完了浴缸用去污粉洗净，请参加山胞欢迎各位的晚会，请不要拼命对着刺青纹面的老婆婆拍照，请用出自内心的爱去爱山胞美丽的心灵，请不要拼命鼓励山胞一同喝米酒伤害彼此的健康，请住一日——无论二十三十个青年，凑一日五百块台币捐给山地青年俱乐部买他们需要教育的种种器材，请照顾山区的合作社，买买他们的日用品和菜蔬，请你，请你，将三毛未尽的爱，真诚的爱，在清泉流传下去——这是我们当做的，不是慈善。

更请你，当泰雅的朋友走出山区的时候，给他们一份小小的鼓励和帮助，不要不认他们这一批泥巴做的真人。

这是我心爱的家分享给各位的条件，不再痛苦自己的离去，因为那个原先只为自己梦想的小屋，在这种处理上才有了真正的价值和利益。它是我目前最不舍的一样东西，也许微不足道，但是对我，它已是全部的梦了。

新竹县五峰乡清泉，可以先到竹东，换小巴士——每日八班进入，要在竹东警察局用身分证申请入山证，很快的，五分钟便可办妥，请与丁神父联络，电话是（〇三六）八五六一〇二六，麻烦他为着天主对人类的大爱，再做一次付出。请一定放在心上，泰雅的青年亟待支援，三十个学生住一日，合凑五百元台币给他们，是不是不为多？这又恳请丁神父的辛劳代收支配。不要以为付出的是去度假的人，事实上，清泉回报的教化和启示，是无法以金钱去衡量的。去了，自然明白这个道理。

天主教耶稣会的好会长：谢谢您的爱心和了解，谢谢天主教对同胞的爱心。

不要忘了，丁神父喜爱核桃糖——他不肯独吃的，尤帕斯身体不好，他相信维他命，山地青年需要友情的心和手，请给他们带去。各位如果喜欢去住住三毛的家，请一星期前与丁神父联络——用电话。

家园重建了，蛇也拿走了，那个梦家，放了，不再遗憾，欣慰地明白了，小小的一份分享，很微小，内心却是真诚的，而受益最深的人，是那个三毛。

（注：公开丁神父的电话，曾经得到同意与认可。）

（载于一九八四年五月二十七日《联合报》副刊）

# 工作手记之一

那天,在预备又跟他——丁松青神父再去分析这本书的时候,不是没有考虑过健康和体力的问题。

对着花费了那么多小时,日日夜夜不眠不休工作出来的稿件发了好一会的呆。

自从《刹那时光》的第一页英文稿在去年初春交到我的手中开始,眼看它一次一次加厚,跑进我的书房。去年,第二度向学校请了长假赴美居住时,这本原稿仍然被放在行李中带去了。而第二次去,因为要动手术,所以并不打算让住在圣地亚哥的丁妈妈知道。

对着清泉的流水,跟小丁神父讲了很多话,他看我对于赴美之事那么不开心,就问了我好几遍:"你到底要什么?"而我实在说不出在这世上我还要什么,这就更加难过了。

在美国交了一些不着边际的美国朋友,而真正欢悦我心的,却是社区的那些墨西哥园丁。每当他们来剪草的时候,我总会拿饮料出去,一同坐在树下,用西班牙话交换着生活中的悲喜。墨西哥人跟我是那么地亲近,就好像同胞一样。不,这绝对不是语言,这是心和心的问题。

回想起在美国那长长的几个月，生活中好似永远在看电视，将它当成一种麻醉品，来麻木那实在是不快乐的心灵。也是当时太难过了，那本属于神父的原稿一个字也看不下去。难过使人消极到除了电视连续剧的情节之外，什么也不关心。而邻居们，见面也总是热烈地讨论连续剧。

决定回台的时候，挫折感很深，什么都丢了，包括神父的原稿。在我回台之后，那再一次影印的稿件才又寄了一份给我。我跟神父说对不起，他也没有催我。

回台之后也没有译书，很投入地又看孔子和《战国策》。有一天，想到英文，想换一下语文给脑筋休息，这才拿起神父的新书来看，这一看就没能停下来。

那不是为了翻译，是用心在读一本书。

完全整理好这本书的时候，其实在内容上已经跟神父谈过很多次，他也改写了许多必须删改的细节。等到定稿之后，我又不放心起来，觉得仍然不够尽心。

如果一本书，涉及到宗教，就得再尽心跟神父去讲，而他，也认为这份"再讨论"是有必要的，不是挑剔。

如果放心草率地去做，也会是一本书，可是我们没有。

不是没有考虑自身健康的问题，会很伤身体，可是任何事情总得付上代价，虽然那不是我写的书。

于是中文稿、英文稿全都拆散了。很耐心地再做第四次增减。神父在清泉工作，我在台北，等到两边的问题在电话中讨论清楚，才见一次面，一句闲话不讲地专心对稿。从原稿二十六个章节的标题分析开始，讲到分段、语气、观念，甚至于一个用词和一个标点符号。

这么细细碎碎地做工，并不是为了技巧上的完美，而是期望经由这本书，达到一个透明、自由和爱的境界。

神父写的故事，一向是他个人真实的生活纪录，他也深信——唯有真实的人生，是最能触及人心的。这一点，我能够了解，而且同意。

本来，这本书里写出的东西还有很多。这就好比在织布，每拆一次布，编出来的花色就更单纯，最后成了一幅近乎素面的东西。由于这种割舍，那份明净才更清楚了。

看到第十八章《界外》已经又完成一次，在那一段中，神父喝醉了。我没有跟神父再去表示意见。对着一个完全属于天主的灵魂也有的内心深渊的孤独，使我心里一直联想到圣经里耶稣被钉在十字架上的那一段，那时，耶稣也曾经在断气前那一霎间，叫喊过："我的神、我的神，为什么离弃我？"这里面，有一种全然的了解使我泪上心际。

这本书，深深令人受感动的，是一个神父笔下的真诚。

这不是一本枯燥的书，相反地，它里面有血有肉又有活活泼泼的生命起伏。

跟神父一同工作，感激他给了我一份翻译之外的参与。这份认同和信任，是最大的鼓励，使我拿这本书，当成自己的手足一般尽心对待。

《刹那时光》，曾经是我的，因为里面的确有我的付出。

很奇妙的是，一些基督徒，曾经怀疑过我本身信仰的转移——那不是没有原因，那是因为我深爱中国神秘的民俗而造成的误会。但是天主教的神父们，在这一方面，始终十分明白我的心灵和不移的信，在这一点上，天主教跟我是很能沟通的。

这本看上去平凡又简单的书，是丁松青神父写作历程上又一次的进步，在他个人的水准来说，真是很好。我也一向认为，一个文字工作者，不能把自己的成绩跟任何另外一位作家去比较。终其一生，我们应当比较的是自我的突破和提升。

当然，全书要弄"完整"尚待再次的努力，在这一次的专心工作中，我学到了安静的艺术。我想，这份耐力不是出于我自己，而是来自天上。

大致是不会再改太多了，于是休息了一天。就在休息时，已有一年多未曾见面的陆达诚神父的电话号码突然由我脑中清晰地跳出来，那时我当然联想到我深爱的邓念慈和沈起元神父。

拨了电话，结果那么忙碌的陆神父给了我时间，因为丁神父《界外》那一章的话题，使我们不知不觉进入了一场灵魂深处的谈话。那一句"我的神、我的神，为什么离弃我？"又在同时讲了出来。陆神父使我，再度印证了这份不移的信。在写这篇文稿的现在，我的心那么亲密地与上天结合在一起，是"天人合一"的境界，是透明的爱，包围着我，这不会是一时的情绪，这会永远如此下去，正如从来没有离弃过我的天主。

《刹那时光》是为我而写的。做完这本书，我的灵魂又经一次洗涤。丁神父也许不明白，在他写这本书的一开始，天主其实已经在用他，用他，使一个笔名叫三毛的人，再一次顿悟到她在世上的工作还有那么多要做。热爱生命和人群是我永生的信仰，这份坚定的信，来自哪儿，我已很清楚了。

# 刹那时光

去年冬天,一九八四年二月的一个微雨天,我由竹东五峰乡的清泉小山村离开,丁神父交给了我第三本新书。

坐在车里,匆匆地看了一遍,就折好放入背包里去了。

那时候,那段话尚是独立的,已经有了篇名,叫做《刹那时光》。

里面所写的那些旅程的含意,我很明白,就如自己写出来的那么熟悉。

后来,在清泉有了一幢属于自己的小红砖房子,而我,因此没有回去看过它一眼。倒是青年学生,在山上有了一个恬睡的地方。

寄了一张照片去清泉,请丁神父代挂在"我家"的墙上,就是一切了。

不愿意去回家,只因去之前已经经历过了那份别离。

是个怕痛的人。爱悦是一种悲伤,分离是痛。时钟答答、答答的声音,比起任何神秘小说里的妖魔鬼怪都更令人恐惧。这必然的流逝,是作为一个人必须面对的真相,是接受得彻彻底底的,再没有挣扎和迷茫。

可是我不回清泉。

让清泉做它自己。让我,做另外一条一去不返的河吧。

去年三月去美国圣地亚哥看望丁妈妈,在那只有一个妇人居住的美房子里,看到了丁神父——我们喊他巴瑞,童年时弹奏的一架老钢琴。丁妈妈在宽大的厨房里为我做饭,我坐在钢琴边,用一只手轻轻按出几个音符。

那些音符,组成了一首单音的歌,飘出黄昏斜阳的窗口。就因为这几个大气里出现的歌调,说明了厨房那位妇人那么那么安静的后半生。

我忍不住跑进厨房,由后面环抱丁妈妈,亲亲她的头发,将下巴搁在她的肩上。

知道丁妈妈欢喜我的去,同样是女性,可以交换很多彼此的心事。那个晚上,我趴在地毯上,趴在她的膝盖旁边,说了一夜的话。说着说着,有时是她,有时是我,眼里偶尔闪出一丝泪光。

"我从来没有特别鼓励他们去做神父,只要孩子们快乐,我也快乐……"

听见这位美丽的妇人平平静静说出如此豁达的话语来,我默然无语。

翻开照相簿,一撮大丁神父——哥哥丁松筠,婴儿时候的鬈发被仔细放在一个玻璃纸包里,存放在照片旁边。

当时,谁知道这两兄弟往后的一生,都献给了天主和人类?

看着照片中的童年,我心里升起的感触并不是这两个孩童选了哪一条人生之路,而是那种时光一去再不倒流的如逝之感。

那两天在圣地亚哥的时光,也是一场旅程。其实,在未去之前,已经感到它的流逝了。

接着来的是法兰西斯哥,知道他早晨十一点要来,门铃一响,我便奔出去,尖叫一声,投入彼此的手臂中,紧紧拥抱在一起,好似老友重逢。天晓得,以前只有彼此看照片,那天,我们是第一次真正见面。

那正如在机场乍一看见等待中的丁妈妈,喊了一声:"母亲!"她喊了我的名字,那娇小而坚强的灰发妇人扑进我的手臂,然后,我们喜出了泪。

除了喊她母亲之外,我不能、不可能喊她的名字,或者马丁森太太。那样就不是我,也不是她了。

也是在那一个星期天,丁妈妈和我,跟着小丁神父挚爱的朋友法兰西斯哥去了那座用西班牙语望弥撒的教堂。

住在美国,第一次和那么多说着西班牙话的"自己人"在一起,法兰西斯哥的赞美诗,飞到我心深处;那如歌如画的回忆和旧梦。

也想到远在清泉的巴瑞,而今,是我,坐在他的朋友群里——泰莉在我后面一排,露丝在我左边,琳达那个胖女人在不远处的另一个小房间里看管主日学的小孩。弥撒中,听见琳达正对顽皮的小孩子们无可奈何地大吼:"你们再疯!再疯我就要上来呵你们的痒了——"这一切,就像置身在一场梦境。

弥撒的最后,一个一个人说着亲人的名字和苦痛,请求天主垂听。到了最后,几乎没有人发言了,泰莉突然在我背后说:"我们想到亲爱的朋友丁神父,他在遥远的台湾,我们请求上天特别爱他,给他平安、喜乐和健康。"

那一霎间,我快速地看了一眼身旁的丁妈妈,而她,也正好在注视着我。我悄悄将手臂伸过去环住她,我们长久地跪着,安安静静分享着一份不同的爱。

其实,都是害羞的人,丁妈妈是,巴瑞也是,我,最怕的就是见陌生人。可是,当我在台湾,碰到十万火急的难题时,必定第一个想到巴瑞的哥哥——丁松筠神父。很少见到这位忙碌的神父,也不去烦他——如果没有什么天大的事情。这一生,分隔三年,向他喊过两次救命;其实都不算我本身的事情。在电话里一次,另一次是在立即要开的大巴士的窗口,我快速扼要地讲出事情,然后轻叫一声:"杰瑞救命!"他丢过来一两句意见,心,就不在处理上迷茫了。

许多年过去了,大概十四年,从兰屿旅行中认来的那个修士,到清泉的小丁神父,到他的母亲、哥哥、弟弟全家,还有他的墨西哥朋友们,都已成了某种属于家庭的亲密。

其实还是不见面的。很少很少。

接着是我的母亲病了,小丁神父跑到医院去看她。

当时,《刹那时光》这本书的英文稿被我抱到荣民总医院的病房中去,预备一面陪伴妈妈一面翻译。那时,探病的亲友热诚,我不能在病房中工作,心神也很不安定。母亲病了是内心很大的不忍和悲伤,而无法代替她去上手术台这件事,又使我悲不自禁。

神父来,我们讲了许多事情,讲到后来,母亲吩咐我们两人一同去医院的中西餐厅吃饭。当他提起那本新书时,我说那一阵母亲生病,精神负担很重,没法专心去看,只看到他正在书中采草莓。

后来,夜间由医院回家,仔细整理了书中要用的照片和文稿。

一夜一夜专心地看下去，一共看了十次以上。

看到熟悉的人——丁妈妈、大丁神父、小弟格兰、法兰西斯哥、泰莉和那个写诗的露丝一个又一个由书的后半部出现。看到墨西哥、看到艺术学院、看到巴瑞如何去拜望他的精神导师方济老神父，看到他们如同父子一般的对话、葡萄园里的沉思、分手、方济神父的告别尘世……

最最重要的是，在这本书里，看见一个"人"诚诚实实地自剖和分析，当然，看到下决心走上宗教这条路的由来……

第三次念完全稿时，我回想到另外两本丁神父的书，《兰屿之歌》和《清泉故事》，再比较这一本《刹那时光》，心里对自己叹了一口气——作者的纱幔，终于对自己拉开。

写了封信给清泉的作者，只说了两个字，说这一本新书——成了。

"成了"这句话，使我想起耶稣被钉十字架时最后说的字。

就因为这本书的好，不能对待它如同兰屿和清泉。

这里面，涉及太多内心的自省和观点，借着一趟实相的旅程，暗中写出了一场心路历程。它涉及宗教、艺术、爱的定义，还有作为一个人的孤独、孤独、孤独……

不是为了中文，为了原著，当成比自己的作品还要留意地去分析它。是旁观者，很细心的心理分析，而且冷静。这一点，往往是原作者所不能也不该如此将自己抽理出来的。

为着书中近七八个章节，在台北和清泉的长途电话中讨论了很久。

问巴瑞，为什么在一碰到重要事件中的"转换点"时，他的笔下便开始转为隐藏和软弱。我确定他有什么不肯写出来的东西——而自传体的文稿,最可贵的是什么,他应当很明白。

电话那边的神父沉默了一会儿,才说:"Echo,我看我是瞒不过你的。"接着又说:"你很仔细,的确,提出来的部分,在一开始不是那么写的,我——改掉了。"

又问他:"为什么改呢?"他说:"我怕母亲看到那一段会伤心。"

"可是,好兄弟,母亲看的是英文稿,我要它变成中文本时的完整……"

好了,神父由山里出来,转了不知第几道车,到了台北已是下午。进了我的家,沙发也不给他坐,请他面对一个饭桌的原稿、照片、我们通信讨论的信件影印……立即开始工作起来。

知道这位神父的性情,迫他再做自己的功课可能把气氛弄成像教室——而他专门要逃课的。

这一回没有。他和我,在面对这本书时,彼此付上了惊人的耐力和用心,简直像在审人,审出了一条一条被划掉,被加进去,被打问号,被打个大叉的一本铮然作响又满含真挚、温柔和爱的好书。还有孤独、孤独、孤独……

完全是神父自己内心的东西,我的工作,是很严地审他。

只改了他两个英文字,神父把原稿一把抢过去,大叫起来:"你还动我的英文!?别啦!是打错的……"

以前的工作不算,面对面讨论了六小时以后,稿本两人不看都能背了,神父还在讲,我哀吟一声:"好啦!出去再谈吧,这些纸早在脑子里存了档——我已经两天没有吃东西了——"

那天吃饭时,跟神父说:"看了这第三本你的书之后,我根本不喜欢《清泉故事》了——"神父很委屈,说:"哪里!我还是同样爱那本的。"书的修改和内容再继续下去，那天讲了十小时，又做笔记。

突然觉得，除了大丁神父之外，巴瑞在台湾又有了一个哥哥，那当然是我。

这个叫人费心、费神一年又一年去了解的手足，是个才华和内涵全都具备的好家伙，只是我们要给他鼓励、了解、爱，还有偶尔的逼。而那种逼的方式，是温和而技巧的。不能太严，任他自由，才能给他自己——做了全然的发挥。

感谢巴瑞小丁神父，因为他，在工作上又给了我一个机会做了全然的投入和狂热。奇怪的是不在中文文字上，而在他的原稿里。

由于这本可贵的书，我再一次得到了一生又一次最好的教诲和省视。这份启发，来自书中巴瑞自己，更来自他的精神导师方济老神父和那份秋后的葡萄园里的沉思。还有，那只蝴蝶——法兰西斯哥。

几年前刚看到巴瑞寄来的法兰西斯哥的照片时，曾经吓得心跳。

"你说他乍看像不像荷西？"直到前天，我才问巴瑞。

"我也讲他像，他也看荷西照片，说根本不像。"

后来，我们见了面，才知法兰西斯哥真明白自己，我也真明白荷西。他们的确根本是两回事，两个完全不同的人——可是都很温暖，那份温暖，又散发得那么不同。

想，《刹那时光》这本书带给我深刻投入的感受，自然来自作者对于自我态度的真诚，某些具体及精神层面和我个人本质上的相互契合、写作的口气与取材又与我自己相似……可是，在这种种的了解背后，感动着我，或说我们——脆弱而敏感的大部分人类，支持着我们走过一段又一段旅程，而且尽可能"纯净"而欢悦着活下去的力量，还是来自上天赋予的生命之爱。

最主要的，是这份爱的值得付出。不然，又怎么活下去呢？

一本好书的背后，除了文字的表达之外，最可贵的仍然在于隐藏在文字和故事后面的那份精神。

丁神父的可贵，贵在他虽然是一个神父，却诚实地写出了神父也是人的一个真理，他不掩饰作为一个人——即使是一个好牧羊人，内心也有的欢喜、悲伤、空虚和疼痛。

他的文体、用字、取材，是如此地平凡、简单又活泼，他的行为和语言却是合一的。这一点是重要的，很重要。

《刹那时光》——当时原名还叫"墨西哥之旅"，这本中文书，原先因为母亲开刀，我只想替他看英文而不肯替丁神父译成中文，因为全心全意地为着母亲而无法分心。麦倩宜小姐在我那么艰难的时刻里，毅然对我伸出援手，将中文本的初稿快速地替我整理出来，也不知令她熬了多少个无眠的夜晚。倩宜的这份支持，是我衷心感激的。

《刹那时光》这本中文书中发生的具体故事部分，很少去替倩宜换字，只有在涉及感情和沉思部分的用词，特别是心灵部分的告白，因为丁神父和我有着一份不移的默契，能够更加了解，就是我目前长夜中的工作了。

可怕的是，经过一次又一次的讨论，原稿部分的加减和删改，这本书仍得再磨出数十个长夜的时间来工作。

人生，有些事情，可以率性而为。有些事情，绝对不能散漫处理，这就是我——一个工作狂的看法。

而工作快乐吗?

这要看哪一种工作。

比方说,这一本《刹那时光》的工作,是十分快乐又辛苦的。如果不那么辛苦,我倒要担心了。

# 送你一匹马

陈姐姐,"皇冠"里两个陈姐姐,一个你,一个我——那些亲如家人的皇冠工作人员这么叫我们的。

始终不肯称你的笔名,只因在许多年前我的弟弟一直这么叫你,我也就跟着一样说。一直到现在,偶尔一次叫了你琼瑶,而且只是在平先生面前,自己就红了脸。

很多年过去了,有人问起我们是怎么认识的,我总说是两家人早就认识的。这事说来话长,关系到我最爱的小弟弟大学时代的一段往事,是平先生和你出面解开了一个结——替我的弟弟。

为着这件事情,我一直在心里默默地感激着你们,这也是我常常说起的一句话——琼瑶为了我的家人,出过大力,我不会忘记她。

你知道,你刚出书的时候,我休学在家,那个《烟雨濛濛》正在报上连载。你知道当年的我,是怎么在等每天的你?每天清晨六点半,坐在小院的台阶上,等着那份报纸投入信箱,不吞下你的那一天几百字,一日就没法开始。

那时候,我没有想到过,有一天,我们会有缘做了朋友。当年的小弟,还是一个小学的孩子,天天跟狗在一起玩,他与你,更是遥远了。

真的跟你有第一次接触时，我已结婚了，出了自己的书，也做了陈姐姐。你寄来了一本《秋歌》，书上写了一句话鼓励我，下面是你的签名。

小弟的事情，我的母亲好似去看过你，而我们，没有在台湾见过面。

这一生，我们见面的次数不多，你将自己关得严，被平先生爱护得周密。我，不常在台湾，很少写信，一旦回来，我们通通电话，不多，怕打扰了你。

第一次见到你，已是该应见面之后很久了。回国度假，我跟父母住在一起，客厅挤，万一你来了，我会紧张，觉得没有在一个属于自己的地方接待你，客厅环境不能使我在台北接待朋友。

于是我去了你家。

那是第一次见面，我记得，我一直在你家里不停地喝茶，一杯又一杯，却说不出什么话来。身上一件灰蓝的长衣，很旧了，因为沙漠的阳光烈，新衣洗晒了几次就褪了色。

可是那是我最好的一件衣服了，其实那件是我结婚时的新娘衣。我穿去见你，在你自信的言笑和满是大书架的房间里，我只觉得自己又旧又软，正如同那件衣服。

那次，你对我说了什么，我全不知道，只记得临走的时候，你问我什么时候离开台湾。

我被你吓的，是你的一切，你的笑语，你的大书架，你看我的眼神，你关心的问话，你亲切地替我一次又一次加满茶杯……

陈姐姐，我们那一次见面，双方很遥远，因为我认识的你，仍是书上的，而我，又变成了十几岁时那个清晨台阶上托着下巴苦等你来的少女，不知对你怎么反应。距离，是小时候就造成的，一旦要改变，不能适应。而且完全弱到手足无措。

你，初见面的你，就有这种兵气。是我硬冤枉给你的，只为了自己心态上的不能平衡。


好几年过去了，在那个天涯地角的荒岛上，一张蓝色的急电，交在我的手里，上面是平先生和你的名字——Echo，我们也痛，为你流泪，回来吧，台湾等你，我们爱你。

是的，回来了，机场见了人，闪光灯不停地闪，我喊着："好啦！好啦！不拍了，求求你们，求求你们……"

然后，用夹克盖住了脸，大哭起来。

来接的人，紧紧抱住我，没有一句话说。只见文亚的泪，断了线地在一旁狂落。

你的电话来，我不肯接，你要来看我，又怕父母的家不能深谈——不能给你彻夜地坐。

很多日子，很多年，就是回忆起来的那段心情。很长很长的度日如年啊，无语问苍天的那千万个过不下去的年，怎么会还没有到丧夫的百日？

你说："Echo，这不是礼不礼貌的时间，你来我家，这里没有人，你来哭，你来讲，你来闹，随便你几点才走，都是自由。你来，我要跟你讲话。"

那个秋残初冬的夜间，我抱着一大束血也似鲜红的苍兰，站在你家的门外。

重孝的黑衣——盲人一般的那种黑，不敢沾上你的新家，将那束红花，带去给你。

对不起，陈姐姐，重孝的人，不该上门。你开了门，我一句不说，抱歉的心情，用花的颜色交在你的手里，火也似的，红黑两色，都是浓的。

我们对笑了一下，没有语言，那一次，我没有躲开你的眼光和注视，你，不再遥远了。

我缩在你的沙发上，可怕的是，那杯茶又来了，看见茶，我的一只手蒙上了眼睛，在平先生和你的面前，黑衣的前襟一次又一次地湿了又干，干了又湿。

今昔是什么？今昔在你面前的人，喝着同样的茶，为什么茶是永远的，而人，不同了？

你记得你是几点钟放了我的，陈姐姐？

你缠了我七个小时，逼了我整整七个小时，我不讲，不点头，你不放我回家。

如果，陈姐姐，你懂得爱情，如果，你懂得我，如果，你真看见我在泣血，我要问你——我也曾向你叫起来了。我问你，当时的那一个夜晚，你为什么坚持将自己累死，也要救我？

为什么？为什么？为什么缠死，也要告诉一个没有活下去意念的人——人生还有盼望？

自从在一夕间家破人亡之后，不可能吃饭菜，只能因为母亲的哀求，喝下不情愿的流汁。那时候，在跟你僵持了七个小时之后，体力崩溃了，我只想你放我回家——我觉得你太残忍，迫得我点了一个轻微的头。

不是真的答应你什么，因为你猜到了我要死，你猜到了安葬完了人，陪父母回台之后，我心里的安排。

你逼我对你讲："我答应你，琼瑶，我不自杀。"

我点了点头,因为这个以后还可以赖,因为我没有说,我只是谎你,好给我回去。

你不放过我,你自己也快累疯了,却一定要我亲口讲出来。

我讲了——讲了就是一个承诺,很生气,讲完又痛哭起来——恨你。因为我一生重承诺,很重承诺,不肯轻诺,一旦诺了便不能再改了。

你让我走了,临到门口,又来逼,说:"你对我讲什么用,回去第一件事,是当你母亲替你开门的时候,亲口对她说:'妈妈,你放心,我不自杀,这是我的承诺。'"

陈姐姐,我恨死你了,我回去,你又来电话,问我说了没有。我告诉你,我说了说了说了……讲讲又痛哭出来。你,知我也深,就挂下了电话。你知道,你的工作,做完了。

在我们家四个孩子里,陈姐姐,你帮了两个——小弟,我。相隔了九年。

三年前,我在一个深夜里坐着,灯火全熄,对着大海的明月,听海潮怒吼,守着一幢大空房子,满墙不语的照片。

那个夜晚,我心里在喊你,在怨你,在恨你——陈姐姐,为着七个月前台湾的一句承诺:你逼出来的,而今,守的是什么样的日子。

第二天,我写了一封信给你,说了几句话——陈姐姐,你要对我的生命负责,承诺不能反悔,你来担当我吧!

当然,那封信没有寄,撕了。

再见你,去年了。你搬家了,我站在你的院子里,你开了房子的门，我们笑着奔向彼此，拉住你的手，双手拉住你，高声喊着："陈姐姐！"然后又没有了语言，只是笑。

我们站在院子里看花，看平先生宝贝的沙漠玫瑰，看枫树，看草坪和水池。你穿着一件淡色的衣服，发型换了，脸上容光焕发。我，一件彩衣，四处张望，什么都看见了，不再是那个只见一片黑色的盲女。

那天是黄昏，也是秋天，晚风里，送来花香，有一点点凉，就是季节交替时候那种空气里转变的震动，我最喜欢的那丝怅然——很清爽的怅然，不浓的，就似那若有若无的香味。

过去，不再说了。

又来了，这次是小杯子，淡淡的味道，透明的绿。我喝了三次，因为你们泡了三次。

陈姐姐，你猜当时我在想什么？我在想沙漠阿拉伯人形容他们也必喝三道的茶。

第一道苦若生命，第二道甜似爱情，第三道淡如微风。

面对着你和平先生，我喝的是第三道茶。这个"淡如微风"，是你当年的坚持，给我的体验。

我看了你一眼，又对你笑了一笑。

谢谢你，谢谢你，谢谢你。

不能言谢，我只有笑看着你，不能说，放在生命中了。


耶诞节，平先生和你，给了我一匹马，有斑点的一匹马，在一个陶盒子上。盒子里，一包不谢的五彩花。一张卡片，你编的话，给了我。

你知道，我爱马，爱花，爱粗陶，爱这些有生命才能懂得去爱的东西。

有生命吗？我有吗？要问你了，你说？

我很少看电视的，或者根本不看，报上说，你有自己的天空，有自己的梦。我守住了父母的电视，要看你的天空和梦是什么颜色。

你看过我的一次又一次颜色，而我，看过的你，只是一件淡色的衣服。而你又不太给人看。

我是为了看你，而盯在电视机前的，可是你骗了我，你不给人多看你。你给我看见的天空，很累，很紧凑，很忙碌，很多不同的明星和歌，很多别人的天空——你写的。

而你呢？在这些的背后，为什么没有一个你坐在平先生旁边闲闲地钓鱼或晒太阳的镜头？

我看过你包纱布写字的中指，写到不能的时候，不得不包的纱布。

孩子，这还不够吗？你不但不肯去钓鱼，你再拿自己去拼了电影，你拼了一部又一部，不懂享受，不知休息，不肯看看你的大幅霓虹灯闪在深夜东区的台北高墙上时，琼瑶成功背后那万丈光芒也挡不住的寂寞。谁又看见了？

戏院门口的售票口在平地，那儿是你。

大楼上高不可及的霓虹灯，也是你。那儿太高，没有人触得到，虽然它夜夜亮着，可是那儿只有你一个人——嫦娥应悔偷灵药，高处不胜寒。

好孩子，你自己说的，你说的，可不是我——不要再做神仙了。

我知道你，你不是一个物质的追求者。我甚而笑过你，好笨的小孩子，玩了半生那么累的游戏，付出了半生的辛劳，居然不会去用自己理所当然赚来的钱过好日子。

除了住，你连放松一下都不会，度假也是迫了才肯去几天，什么都放不下。

这么累的游戏，你执著了那么多年，你几次告诉过我："我不能停笔，灵魂里面有东西不给我自由，不能停，不会从这个写作的狂热里释放出来，三毛，不要再叫我去钓鱼了，我不能——"

常常，为了那个固执的突破，你情绪低落到不能见人。为了那个对我来说，过分复杂的电影圈，你在里面撑了又撑，苦了又苦，这一切，回报你的又值得多少？

个性那么强又同时非常脆弱的女人——陈姐姐，恕我叫了你——孩子。

写，在你是不可能停的，拍，谁劝得了你？

看你拿命去拼，等你终有累透了的一天，等你有一天早晨醒来，心里再没有上片、剧本、合同、演员、票房、出书……等了你七年，好孩子，你自己说，终于看见了《昨夜之灯》。那一切，都在一个决心里，割舍了。

今夜的那盏灯火，不再是昨夜那一盏了，你的承诺，也是不能赖的。这一场仗，打得漂亮，打得好，打得成功。

那个年轻时写《窗外》《烟雨濛濛》的女孩，你的人生，已经红遍了半边天，要给自己一个肯定，今天的你，是你不断的努力和坚持打出来的成功，这里面，没有侥幸。

放个长假好不好？你该得的奖品。

休息去吧！你的伴侣，一生的伴侣，到底是什么，你难道还不知道？

你一生选择的伴侣,你永恒的爱情,在前半生里,交给了一盏又一盏长夜下的孤灯,交给了那一次又一次缠纱布的手指。

孩子,你嫁给了一盏无人的灯,想过了没有?

你的笑和泪,付给了笔下的人,那盏灯照亮了他们,而你自己呢?你自己的日子呢?

不要不肯走出可园,那个锁住了自己的地方,改变生活的方式,呼吸一些清晨的空气,再看看这个世界,接触一些以前不会接触的人群——不要掉进自己的陷阱里去。

在一个男人永生对你付出的爱情里,你仍是有自由可言的。跟他一起自由,而不是让他保护你而迷路。

不拍电影了,真好,戏终于落幕了,那是指电影。

现在你自己的戏,再没有了太多的枷,你来演一次自己的主角好不好?不要别的人占去你大半的生命,不要他们演,你来,你演,做你自己,好孩子,这个决心,可是你说的,我只不过是在替你鼓掌而已。

你是自由的,你有权利以自己的方式表达自己的路,他人喜不喜欢你走出来的路,不是你的事情,因为毕竟你没有强迫任何人。别说强迫了,你根本连人都不肯见。

最喜欢你的一点,是你从不在朋友欢喜的时候,锦上添花,那个,你不太看得见。

这一生,我们也不常见面,也不通信,更不打电话,可是,在我掉到深渊里的那一刹那,你没有忘记我,你不拉我,你逼我,不讲理地逼我,逼出了我再来的生命。

是你,陈姐姐,那个不甘心的承诺,给了我再来的生命。

283

我不谢你,你知道,这种事情,用这个字,就不够了。

昨夜之灯,任凭它如何的闪亮,都不要回头了,你,我,都不回头了。

我们不嫁给灯,我们嫁给生命,而这个生命,不是只有一个面相,这条路,不是只有一个选择。

戏,这么演,叫做戏,那么演,也叫做戏,这一场下了,那一场上来,看戏的,是自己,上台的,也是自己。陈姐姐,你鼓励过我,我现在可不可以握住你的手,告诉你,我们仍然不常见面,不常来往,可是当我们又见的时候我也要送你一匹马——我画的,画一个琼瑶骑在一匹奔驰的马上,它跑得又快又有耐性,跑得你的什么巨星影业公司都远成了一个小斑点,跑到你的头发在风里面飞起来,这匹马上的女人,没有带什么行李,马上的女人穿着一件白色的棉布恤衫,上面有一颗红色的心,里面没有你书里一切人物的名字,那儿只写着两个字——费礼,就是你丈夫的笔名。

跑讲费礼,和你的穹苍下去吧!

其实,已经送了你一匹马。现在。

祝你旅途愉快!

# 孤独的长跑者——送高信疆

信疆，你走的那天，没有去机场送你，要离开的那一阵，也没有请你吃一次饭。告别的时候，是在欢送你的酒会里，隔着一层层的人，向你道了再见。

那天，从阳明山下了课，匆匆忙忙在阴暗的雨天赶到大理街的《中国时报》去，酒会时间已经快过了。进去的时候，诗人管管正在麦克风前说书，仍有许多许多你的朋友留着。人群里，看见住在中部的宪仁，我讶然地问他怎么在台北，他说特地北上来这个酒会，来送你的。说完淡淡地一笑。

知道在那样人多的场合里，是不能说什么话的，也没有什么真正想说话的心情。我们聚在一起，就是到你的面前，来给你看。信疆，你看见了，在这儿，有多少朋友爱你。

酒会走出来，是傍晚了，我的车里坐着一个不常见面的好朋友和一个学生。已是晚饭时分了，车子开到重庆南路，看见朋友没有带伞，在大雨倾盆的路口下车，冲到水里面去，而我，因为赶赴另一场饭局，无法与他多说两句话，在开走车子的那一刹那，心里方才升起了很深很深的悲哀。

那种无能为力的悲哀，竟因为看见一个心爱的朋友在雨中离去，将我弄成不能排遣。

有时候，对于朋友或亲人，我们能做的实在是太少了，因为不能。

对于信疆你的离去，也是这样的怅然。

许多人以为，我们是因为投稿的原因才认识的。《人间》副刊的主编和一个文字工作者。很少人知道，我们原先是学校里的同学，当年大学的那一段生涯，回忆里，有时模糊，有时鲜明，一刹那，已近哀乐中年了。

二十岁，你说它算不算童年？我是那么看它的。青青涩涩的一颗颗果子，疯狂地念书，拼命地恋爱，执著于一场又一场夜谭，那份对于未来和知识的痴恋，将不同系的那十几二十个人拉成了学校里的一张网。

当年的我们，啃了多少多少本课外书，已经不复记忆了，只知道，后来这一批志同道合的同学，被人视为异端的一群，毕业之后，多多少少，在生命的承受和表现上，都是不凡的。

那时候，信疆，你大我们一年，是新闻系最杰出的学生，身边的俏妞——沅馨，是我们女孩子欣赏又羡慕的对象。大学同学的恋爱，有结果的并没有几对，而沅馨和你，始终很团结，不但成了家，这么多年来，在事业上也是好搭档。一对校园里的金童玉女，就那么走了出来。这在学校的时候，已经了然了，并没有看走眼。

许多年过去了，再见面，你告诉我一个故事——校园里的。念书的时候，你陪着另外一个男同学，在公用电话亭外面绕了一夜，那个同学手里握着一枚铜板，怎么也提不起勇气，去拨我家的号码,告诉当年哲学系的那个女孩子,他心中的情感。

这个故事,没有开始,也没有结尾,而你,是唯一的见证人,时间也就这么流掉了。

每当想起这个情景下的你,还有那位已经是做了父亲的男同学时,学生时代的那份情,变得很亲密,不浓的一种亲。正如当年的我们,看来相似,事实上却并不十分合群,而每一个人,在这条心路上,又是孤单的。

说不亲吗,仍是亲的,毕竟,大学同学,在这个社会上来说,已是不可多得的了。有时候,我们这一群,仍是护得紧,而且团结。

李子他们,听说你放下了编务,要远离台湾去进修,三天两头打电话催我,说同学们要再聚一次,送送你,看看沉馨。我没有安排这场同学会,替你推托,替你挡,只因为,私心里,希望你多留一些在台的时间,将每一分钟,都付给妻子和家庭,虽然明知这不太可能,但是我不敢再去占你的时间。

你就那么走了,同学们拼命骂我,说我不合世俗,没有人情味。我知道,他们也不是执著于那顿饭局,他们珍惜一次难得的重聚,忙忙碌碌的一群,再相聚又会是什么时候?


新加坡的南发写信来,说到来台之事,竟然说:"虽然台北仍有你在,可是信疆走了,感觉里少了一个重要的朋友,不一样了。不想去台湾,如果想我们,还是夏天你来吧!台北没有了信疆,对我很不相同了。"

不止是大学同学,新加坡,我们也有一群好朋友在,你和沉馨的,我的。分别认识,结果又成了不必通信的死党。新加坡,代表了很多事情,它是朋友的代名词。

台湾，也是朋友的代名词，对某些人来说。

许多年来，眼中的信疆，是一支两头燃烧的蜡烛，十二年的心血和生命，付给了一份理想，展现在销售一百万份的报纸上。台湾的副刊，因为高信疆这个大将的参与，变得如同战场。水准的直线上升、崭新观念的启发、一次又一次的突破与竞争，使得每天纸上风云际会，千万读者日日注目，整个文坛朝气蓬勃，那股充沛的活力，将副刊弄成不再只是每天报纸上的一个版；这和信疆的投入，有着决定性的因素。

不常看见信疆，每见到他，往往已在深夜。他的人，总给人巨大的压迫感，看见他，不容易舒畅，闷热又紧迫的感觉，那份报纸，压在他的背上，好似燃烧着一生的爱情。

信疆是一个反应敏锐、行动快捷的狠家伙，言谈间，许多构想，许多梦，几天之内，可以付诸行动，展现在他的版面上。那份副刊，看不厌它，信疆是一脉活水，永远不会停歇。他是狂热的行动者，这里面，没有睡眠和休息。

我喜欢这个人，又因为他的那份真。

信疆的口才是第一流的，几次讲演中的他，事过数年，听过的人回想起来，仍然赞赏——言之有物又风度翩翩，不愧是一个大将。

其实，在朋友的聚会里，信疆的话并不算多，他肯听。听了一个晚上，朋友们散了，他将话题分析组合一番，又是一场付诸行动的表达，交给社会大众。信疆，是陈若曦笔下的拼命三郎。

信疆不是一个好玩伴，轻松的时候，他不懂得放开一下自己的工作，有时候，很讨厌他对于事业的过分执著，拿命去拼的那份认真，使得十二年中的他，成了孤独的长跑者。那份成绩，就是这么跑出来的，永远不会停。

长跑里，没有我们的影子，只因为每一个人，跑的道路并不尽相同，坚持的生命里也有偶尔去度假的人如我。我不觉得羞耻。

前几个月，沉馨在一个星期天的午后，捧了好多盆花，上阳明山宿舍去看我，问起信疆，淡淡地一笑，说在忙。其实，不必问的，信疆什么时候不忙过了？

又过了一阵子，沉馨和我抱着孩子和食物夫花园新城他们避人的小屋。信疆过了好几小时以后才来，三更半夜了，同来的是一群朋友，避不掉的人；我自己也在内。

那时候，猜在想什么？在想，美艳如花的沉馨也是一个孤独的长跑者，她的寂，很漫长，付给了她自己选择的一生。

这一阵，许多文友写信疆，因为大家爱他，这份友情，不止是单纯的友谊，更有必然的对这个人在工作上的欣赏和赞叹，信疆，是绝对杰出的。他的真，对新闻和副刊那份近乎痴狂的真情，仍然常常深深地感动着我。而为什么，那么忙碌的一个人，总觉得他寂寞？

如果，每一个人做事都像信疆，如果每一个人在事业上都有这一份投入，如果每一个人有他这样的专情似海……那么，会是什么样的一个局面？

那么，许多人，都成了孤独的长跑者。

自己难道不孤独吗？虽然，那条路，并没有如同信疆的那种跑法，虽然，跑跑停停的，没有尽全力。

那么尽全力地跑，又是什么样的滋味？

信疆，我们没有如同其他朋友一样地送你，这一群你的大学同学，只因为我不合世俗。

离开台湾的你，不会有信来的，这一点十分明白了；也没有必要。你的暂时离开，其实是很令人羡慕的。

威斯康辛的夏天会是怎么样，我们不晓得，可是那儿也有一个校园，对不对？一个不同于华冈的校园，这又有什么关系呢？

很怕你在美国的朋友也多，怕又不能安静下来，过两年全然不同的进修生活。新的天地，对于你这样的人来说，不可能是一场歇息，因为很久以前就明白了，你是不会停步的人，这一点，对我们来说，极好，因为回来的时候，必有新的东西带回来展示给我们。而你自己呢，休不休息？这样问你的时候，好似看见你的苦笑，你也不休息，还有同样一条漫长的路要跑下去，对不对？

前几天深夜里，停电了，我变得很慌张，工作不能停，摸黑点起了蜡烛，就着烛光，一份又一份学生的作业仍然批改下去，改到警觉那支烛泪已经流到天明，这才愣住了，静静的大气里，只有那支残烛慢慢地在燃烧。

这时候，想到许多往事，想到远方的信疆和《人间》副刊十二年的那个主编。

李商隐的诗句，悄悄地爬了出来，在闷热的黑暗里软软慢慢地来，春——蚕——到——死——丝——方——尽……蜡——炬——成——灰——泪——始——干——

后来，我没有能再做什么，吹熄了那支烛火，上床睡觉去了。

(载于一九八三年六月《皇冠》三五二期)

# 杨柳青青——诗人痖弦的故事

要说的是——
　　老家本在河南南阳城外四十里
爷爷半生赶驴车
　　爹爹做了庄稼郎
三代单传得一子
　　我娘长斋报天恩

那家园
白露前后看早麦
　　小麦青青大麦黄
总记得
老娘纺纱明月光
　　放下娃儿急急忙忙做鞋帮
忘不了
老爹天方亮喝便上耕
　　晌午打罢东隅又四桑
辛苦苦

巴到日落上了炕
计算算
　　今秋能拿几个洋
再想想
　　到了下年好歹加盖两间房
苦盼盼
　　娃儿长大讨个媳妇儿好兴旺
舍不得
　　小子细肩把锄扛
只期望
　　省城念书好风光


小子上学堂
　　爹娘向着师傅打躬屈膝泪滂滂
孩儿灯下琅书声
　　喜得爹娘睡不沉
寒冬上炕让暖被
　　炎夏铺席打扇备凉床
只求娃儿不灾不病写字忙
　　爹娘白汤粗馍也是香


小子十六作文章
　　村里人人面容光
看信代书把人拉
　　那今世秀才便是他

休道爹娘做牛做马费了学钱不管用
　　只盼来年似锦前程祭祖告天耀门宗


那年兵荒马乱方才起
　　唬得爹娘心惶惶
小子不及定亲家
　　慌慌张张打发他
说起同学结伴走
　　老娘漏夜赶行装
厚厚裤子肥肥袜
　　密密鞋帮打成双
不言不语切切缝
　　油灯点到五更矇
老爹墙角挖出现大洋
　　老娘缝进贴身内衣裳


小子不知离别伤
　　怨怪爹娘瞎张忙
只想青春结伴远
　　哪知骨肉缘尽箭在弦
才听得
　　更鸡鸣叫天方亮
就来了
　　同学扣窗启栓噗
三五小子意气佳

不见爹娘乱发一夜翻芦花

门前呼唤声声到
　　灶上油饼急急烙
油腻腻
　　粗纸包着递上来
气呼呼
　　孩儿不耐伸手接
老娘擦眼硬塞饼
　　哽说趁热路上带了行
推推拉拉几番拗
　　饼散一地沾白霜
娘捡油饼方抬头
　　孩儿已经大步走
娘呼儿可不能饿
　　人影已在柳树大桥头
娘追带号扶树望
　　孩儿身影已渺茫
那柳树——
　　秋尽冬正来
寒鸦惊飞漫天哗
　　爹娘哭唤声不闻

三十年大江南北
　　离乱声讯终断绝

南阳城外老爹死也没瞑目
　　睁眼不语去向黄泉路
孤零老娘视茫茫
　　日日扶墙门前苦张望
树青一年
　　娘泪千涟
我儿不死我儿不死
　　只看那青青杨柳树
我儿必不死
　　我儿在他乡


那一年
村人讨木要柴烧
　　老娘抱住杨柳腰
只道这是我儿心肝命
　　谁抢我拿命来拼
村人上前拖又说
　　老娘跪地不停把头磕
那——一——年
　　树砍倒　娘去了
　　死前挣扎一哽咽
叫声——"我儿"眼闭了


江湖烟雨又十年
　　他方孩儿得乡讯

只告你爹你娘早去了
　　爹死薄棺尚一副
娘去门板白布蒙了土中是一场

　　杨柳青青　杨柳青青
南阳城外四十里
　　小麦青青大麦黄
昔日一枕黄粱梦
　　今朝乍醒儿女忽成行
养儿方知父母恩
　　云天渺渺何处奔
眼前油饼落满地
　　耳边哭声震天淘
悔不当初体娘心
　　而今思起——
眼不干
　　泪成河。

# 走不完的心路——蔡志忠加油

前几年的一个盛夏,我恰好回台。就在同时,新加坡的好朋友,当时《南洋商报》的董事总经理黄锦西、莫雪黛伉俪也来了台湾。

锦西和雪黛是多年好友了,知道他们抵台,我迫不及待地跑去旅社探望他们。

因为当天下午锦西约见了许多公务上的朋友,所以外间的客厅让给了他,雪黛和我躲在旅社内室中,讲也讲不完的话,东南西北地扯。

雪黛靠在床边给我弄水果吃,我抱了一个大枕头盘脚坐在地毯上——就坐在电话旁边,因此顺手替他们接电话。电话好多,典型的中国式热情欢迎远方来的朋友。

就在接了好多次电话之后,又来了一个。

对方客气地在电话中自我介绍,说是蔡志忠。我将话筒捂住,轻问雪黛接是不接?雪黛听到这个人的名字,跳起来抢过电话,说锦西在忙,什么时候一同吃饭要等会儿才知道,请蔡先生过几分钟再打来。

挂了电话,雪黛看我表情漠然,才好吃惊地问我:"刚才是蔡志忠来的,你不认得他?"

我茫茫然。她说:"亏你还是漫画迷来的,《大醉侠》难道不晓得?"这才轮到我尖叫起来,把枕头用力一打,怪她怎么不在电话里给人介绍。

"反应慢来的,现在才明白了?"雪黛笑着敲了一下我的头。新加坡的人,用华语和我们有些不一样,他们的口头语"来的、来的、来的"什么句子上都用,听了十分有趣。

后来电话又响,我就在电话里向蔡志忠叫喊:"我是三毛来的,久仰大名了,你们要什么时候聚餐,我也要去,你请不请呢?"

想去认识一位心中仰慕已久的画家,却因为自己俗务缠身,结果没能参加一场渴望的晚餐。

许多年,就这样流去了。


今年中秋节回到台湾,下决心不再远居,其中最大的原因还是为了年迈的父母。

就在去年夏天,事实上我已购下一幢楼中之楼,外加屋顶小花园的陈旧公寓,将这个家,布置得极为乡土又舒适,就坐落在父母家几条巷子相隔的地方。当时,我与父母天天见面,可是总在深夜回到自己的小楼来生活。

这一回,父亲主张将那幢属于我的小楼卖了,搬回家去与父母同住,省得两边跑路又得费心打扫花园。一时里,我答应了父亲。

于是,小楼要卖的消息就传了出去。

有一天,我回家去,母亲说有一位蔡自忠先生打电话来,说"如果三毛卖房子,请先通知"。我看见母亲留下的字条写着"自忠",一时反应不过来,立即回了电话,那边说起黄锦西先生,我这才又尖叫起来:"蔡志忠、蔡志忠——"连名带姓地喊他,好似一个老朋友一样。原来,又是"大醉侠"。如果房子能够卖给他,我的心里不知会有多么高兴,可是一时里又舍不得卖,因为明年的樱花还没能在屋顶花园上见面,而我,正在热切地盼望着。

蔡志忠说没有关系,他也并不急着找什么房子。后来在电话中我们谈起别的事情来,才发觉,他的漫画已经走上了另一个方向——将中国的经典名著搬上了漫画的舞台。

没过几天,我收到了一本美丽的书,书名叫做《自然的箫声——庄子说》。

在那个深夜里,我捧着一本漫画书,看见我心深爱的哲人——庄子的思想,经过漫画,成为了一本人人可读、可懂、可赏、可观的图画故事,内心的快乐和激荡是无可言喻的。

我也同时在想:为什么前人从来没有想到,中国看似艰深的哲学思想,可以透过漫画的管道,走向一条更通俗、更被人接受的路上去?

就是蔡志忠的智慧,使一些视古文如畏途的这一代中国人,找到了他们精神的享受和心灵的净化。

没过几天,我去了忠孝东路的一家书店,发现这本漫画书高居"畅销书榜首",我的心,再一次默默地在欢喜。毕竟,中国人还是爱中国的,这本好书的诞生和畅销,就是一个最好的证明。

于是,我悄悄地去探讨蔡志忠这个人的一生,发觉,他的必然成功,其中没有偶然。

蔡志忠在念完了初中以后就放弃了学校模式的教育,他,不再上学，将自己的心怀意念完全投注到一个在少年时就已肯定了的兴趣上去。他的自我教育和手中的那枝笔，在成长的路上，可以说借着不断的尝试和摸索，一步一步、日日夜夜，就为着一个理想——没有怀疑过的理想，带着他走向未知。

十六岁的少年，在当时，已经画了两百多本武侠漫画，不但如此，十七岁的年龄，已经出版了这么多书。就算是我们口中由一数到两百就得花上好几分钟的时间，更何况那不是数目，是两百本实实足足的漫画。光凭想象，就可以晓得作者近乎痴迷入狂的那份努力。

我觉得，一个人无论做什么事情，如果少了那份痴心和热爱，终是难以成就的。而这份"痴迷"，如果不在一开始就坚持下去，时间过了，也会冲淡。只有在不断的追求里——"一步也不离弃"的追求中，人，才能在付出了若干年的血汗后，看见那个可能进入的殿堂。

本以为，蔡志忠画了那两百多本漫画之后，接着而来的三年兵役可能使他就此放下画笔，可是他的心，还是在漫画上。

半大不小的青少年，服完了兵役，还是两袖清风。

也在那个时候，天主教"光启社"招考美术设计的人才，这个广告上明明写着必须具备大专程度的学历，可是蔡志忠这个初中毕业生偏偏跑去报名。因为他的学历不合要求，于是志忠跑去向光启社的鲍神父恳求，请神父无论如何给他一个参加考试的机会。

那一次，蔡志忠考赢了好多好多大专生，进入了光启社去工作。我认为，志忠的获准考试，除了他本人的努力之外，鲍神父的爱心，也是令人感动的。

蔡志忠虽然画了许多年的漫画，可是对于卡通片的绘作技术还是陌生的。当他进入光启社，接触到许多卡通片的资料和片子之后，以志忠这么好学又好画的个性来说，等于进入了一座宝山。虽然完全没有人教导他如何制作卡通，可是他自有方法和苦心，一张画面又一张画面锲而不舍地去追求、去研究、去尝试、去失败，再去分析、探讨、改进……

这一段又一段心路历程想来是艰苦而磨人的，可是我相信志忠并不以为苦，在他的学习过程中种种经历过的琐事，在他那份忘我舍命的追寻里，必然给了他相同代价的回报。这份长长的路途，终于在一九七六年"远东卡通公司"和"龙卡通公司"的诞生下，给了蔡志忠另一个新天新地。

蔡志忠去画卡通片了！

一九八一年，一个初中毕业的青年，抱回了一座"最佳卡通影片金马奖"。

如果当年我在台湾，如果我在电视里看见蔡志忠去领奖，我一定会快乐得又要擦泪又要替他鼓掌，这条路，是他——一个痴心人所走出来的。

由台下到台上的那条路——很长。

以后的蔡志忠漫画，不止在台湾，他的作品同时出现在新加坡、马来西亚、香港、日本……跟读者见面。

发表的作品：《大醉侠》《肥龙过江》《光头神探》《西游记38变》《盗帅独眼龙》……使我这个爱看漫画的人一回国就想找书来看。

一九八五年，我大半不在台湾，当时我知悉蔡志忠当选十大杰出青年的消息时，内心深深地为他感到光荣与骄傲。虽然，那时候我们并不相识，可是我一直注意着他，内心也曾想过，以后的蔡志忠，会再画什么、写什么呢？他能不能够再有另一个突破呢？而这种突破，作为读者的我们是绝对不可以写信去给他压力的，毕竟他才是最明白自己的人。

当我的手中拿到《自然的箫声——庄子说》这本书时，不必他对我讲什么，我自然而然地又看见了蔡志忠更上层楼的成绩和进步。

在电话中，我问志忠："除了庄子，下一本你画哪个'子'呢？"他说："老子也画了。"我再追问："那下一个是什么'子'呢？"

志忠说："是列子。"

列子、列子？当年我的"中国哲学史"考到九十九分的，却不甚明白列子说什么。于是，自己查、托人又去查，都只有时代、作者，并没有关于列子这本书更进一步的说明，直到昨天晚上。

当我匆匆忙忙赶回父母家去的黄昏，我看见一本安排得整整齐齐的笔记夹放在茶几上等着我，翻开来一看，竟是蔡志忠的新作《列子说》的稿件。

当天晚上，不必再查书了，就将这本精致的原稿《列子说》由《汤问篇》开始慢慢地看起来。

我看其中的思想、故事，当然也看漫画，更看那些文字和图片的布局与安排。

一个念哲学的人如我，一面看一面觉得汗颜，原来还有那么多引人深思的故事自己都不晓得。如果不是志忠请人送来原稿，我的常识不会再宽广一点，这是要深深感谢他的。

又在电话中,我问志忠:"你怎么选了比较冷门的这本书来画呢?"

志忠回答得好,他说:"心里喜欢的书,就去画,没有什么特定的理由。"

我觉得志忠是一种林怀民所说的"自由魂",他的谈吐、绘画,以及"古书新说"的方式都是出于一种自然。也曾跟志忠说:"这份工作很苦。"他笑着说:"忙、累都会有的,可是我不以为它苦。"

世上许多事情,只要甘心,吃了多少苦头都不会受到伤害,它们反而成就了一种可贵的印记和生命的痕迹,成长中不可少的经历与磨练。这种体认,我本身也有过,以此去类推,蔡志忠这条漫长的心路,就很能体会了。

《和先圣并肩论道》是蔡志忠收入《庄子说》这本书中写的一篇前言,我的看法与他不谋而合,都写在本篇第二小段里去了。

我喜欢志忠在文章中与先圣"并肩"那两个字的含意,也看出他在这一阶段中所着手绘画的大计画和苦心。他的确正在"并肩"与古人一同工作。

目前《庄子说》《老子说》都已结集。志忠的新作《列子说》也开始在这一期的《皇冠》杂志上与我们见面。

我禁不住要为这一位勤力、勤思、勤学、勤画的杰出青年,在这儿喝彩、鼓掌加感谢。但愿经过这一本又一本漫画,使我们在观看漫画——赏心乐事的时光里,自然而然悟出先贤的思想和人生的哲理。

蔡志忠,好朋友,请问你听见了我们为你"起立鼓掌"和那一声声"加油!加油!"的响声吗?

注：《列子》是一本书名，共有八卷。过去的人认为是战国时周国一位叫做列御寇的人所撰。到了晋朝，张湛又为这本书做过注。又有清人姚际恒说，《列子》一书中的故事并不完全是列御寇所原著，而是后世的人加进去的。总而言之，如果这本书中所写的一些道理能够激励蔡志忠用心去画，那么我们就去读一读吧。到底是谁写的又有什么重要呢。

（载于一九八七年一月《皇冠》三九五期）

# 暗室之灯——送别顾祝同将军

敬爱的顾伯伯，当那天，电视新闻中播报出您逝世消息的当时，我正在厨房中帮忙母亲洗碗。父亲高声叫我快去客厅，我冲到电视机前，正好听见新闻的尾声；证实您已走了。

证实了您的远行，我将双手清洗干净，回到自己的房中，将门轻轻关上，在暗室里静坐了好一会儿，然后开始在心中反覆为您默念——阿弥陀佛、阿弥陀佛、阿弥陀佛阿弥陀佛阿弥陀佛阿弥陀佛阿弥……

顾伯伯，知道您府上虔信佛教，而我却生长在一个基督教的家庭里。在这个时刻——您的灵魂还不远的时刻，我唯有将全心全意的念力，以这四个佛家的字，反覆诵念，只愿在这不断的梵音里，使您这条路走得更安稳更安详。

念了几千句"阿弥陀佛"之后，想到此时顾伯母的心情，还有您孩子的心情，我跪在地上，将脸埋在手中，唯有向沉默不语的上天哀哀祈求，请他在这最艰难的一刻，安慰顾伯母、安慰这一群从此失父的孩子，也安慰跟随了您——顾伯伯一辈子的那些老部下忧伤的心灵。

那一个晚上，想念着您们全家，彻夜不能阖眼——那个朴素而有着深厚教养的可敬之家。

不，我不要在那时候立即打电话过去。这种时候，是属于你们最亲密的全家人，绝对不能打扰。而我，只有在心中默默地悲伤，不停地把今生对您的敬和爱，在诵念中传递给已经上路的您。顾伯伯，也许，您已经不记得我了，可是让我——一个渺小的小辈，也悄悄伴送您一程吧。

过了十天左右，这才打电话到您府上去，接电话的是八妹的女儿，我跟她说："请妈妈来听电话。"八妹接听的当时，我们在电话中哽咽不能成声。问她："顾伯母怎么样？"八妹哭说："妈妈很伤心。"又问："那我的老师呢？什么时候回来？"妹妹说："就是这几天，哥哥会赶回来。"

"八妹，请你告诉我，我可以做什么？"问出来这句话时，内心是那么地感到无力，明知做什么也取代不了丧夫、失父的剧痛，这明明是白问的，虽然出于一片至情。

挂上了电话，想到我的恩师顾福生，想到他乘飞机赶回来向父亲告别的心情，我又疼又惜。只恨自己受恩一辈子，对于这家人，却完全不能报答于万一。

想起小时候的情形，那些日子和长长的岁月，就如电影一般地在眼前再次流过。

自闭症，我的，经过了多少心理医生都治不好，是我的老师——顾福生，在每周一次的画室里用耐心和爱心，经过了一年整的时间慢慢开启了我对外面世界的窗、门，还有路。

当时，总是在星期五去学画画，有时，心理障碍又来，就走不出去，老师也没有逼过我。也是在一个星期五的黄昏，那天，我一个人在画室中画一堆静物，天暗了，已近黄昏。老师平日并不守在我背后一笔一笔地钉住我，那会使我紧张，老师总是到其他的房中去，每隔几十分钟，才来看一下我的作品。

那个黄昏，在一幢日式房子后院搭出来的画室中，顾伯伯，我第一次看见了您。

画室的光线暗了，我一个人静静地坐着，是您，顾伯伯，推开了纱门，进来，含笑着对我点点头。当时，我见来的是老师的父亲，立即站了起来，向您轻轻弯了一下身。不知要说什么，心里吓得不得了，而我面对的却是一个如此可亲的长者。

"为什么不开灯呢？画完了吗？"您问我。

我想告诉您，顾伯伯，如果一开灯，那堆静物的光影会改变，可是我不敢说。您又对我笑一笑，把画室的灯，替我点亮，然后走了。

四颗星星的上将，为着一个十六岁的小女孩，点亮了一盏灯——那生命中第一盏引路的灯。

一年之后，恩师去了法国，本以为这一来又要长门深锁，再也不出门去。没有想到，老师的妹妹：一对双胞胎——七妹八妹，主动地伸出友爱的手，在我没有一个朋友和同学的闭塞日子里，做了我少年时代的好友。

再见到顾伯伯您的一次，已是七妹八妹高中毕业的时候了。那天，我也被邀请去参加那场毕业典礼。当我打扮好自己，坐三轮车赶去您府上的时候，正听见顾伯伯您说："可以去了吧？"而顾伯母在回答："还有陈平没有来呢，再等一等。"那时，我走进门，看见顾伯伯您穿上了神气万分的军装，七妹，站在父亲面前为您轻轻做最后的整装。那一次，我好似是您们全家活动中唯一的外人，而我所受到的爱护和照拂却是极友爱又亲切的。

七妹、八妹高中毕业之后进了辅仁大学，虽然我们三个非常渴望一起去做同学，结果命运却将我安排去了文化大学——当年的文化学院。从那时开始，我的心理障碍慢慢地减退，没到两年半，我离开了台湾，由一朵温室中的花朵，彻底改变成为一个克勤、克俭、刻苦的青年。

许多年住在国外，心中常常想念顾伯伯您们全家。这份想念，与其说是思念，倒不如说是今生今世心中默默的感恩，因为这份感恩无以回报于万一，常使我在异国的深夜里怅然而自责。

几次回台，来去匆匆，没有顾伯伯您们家的消息，也去过当年的泰安街，寻找、打听。只听说搬家了，寻找不着。

直到前数年，恩师顾福生，首度回台举行画展，才知道了顾伯伯您的新地址。那一日去拜望老师的时候，再见到顾伯母、七妹、八妹还有我姐姐的少年好友顾永生——该是六妹吧。那种恍如一梦的感触中掺杂着多年不见的悲喜和激动，什么时候，除了我，这批当年的女孩子，都做了母亲。可是我们见面时，仍然快乐得好像当年的一群小孩。

而直接救过我生命的恩人：我的老师，我还是对他情怯又敬爱。顾伯伯，也是那一日，我在您的新家，您当时正在接受一场电视访问，大家在另一间轻轻低声说话，唯恐出了高声影响收音的效果。

您，顾伯伯，在那时候仍是那么地健朗，您的孩子——我的老师，又把我向您提了一句，说是二十年前的学生。您对我含笑点点头，就去客厅录影了。我不敢问您，顾伯伯，当年，您替我点过一盏灯，也给过我生命中启蒙的那另一盏灯——您的儿子。这是您的善心，您一生行善太多，不可能去想起。而这对我来说，您的一家人，影响了我半生的发展，这份恩情，我不能就此忘怀。

在您过世十日以后的那一天，我在电话中对八妹说："没有你们全家，没有今日的我。"说时热泪盈眶，追问顾伯伯的告别式是在哪一天。八妹问我：做什么？我说要去灵前跪拜。再说了一次："我的恩人，是顾伯伯的孩子，没有顾伯伯，就没有顾老师，没有顾老师，没有后来你们的友情，没有这一切因果，没有今日的我。您们全家，都是我承恩的人。"说到这里，才痛哭出来。

顾伯伯，今日您远走了，撇下了热爱着您的家人、朋友、部下和您尽忠了一辈子的"国家"。我要去您的灵前向您下跪，向您在今生也是最后一次，在心中、在最最真诚的跪拜下，再一度表示我无以回报的感恩。

顾伯母，丧夫之痛，痛如澈骨。死者已矣，生者何堪。我们爱您，深深地爱着您，可是这份剧痛，没有人有资格与您分担。亲爱的顾伯母，请您切切节哀，一切安慰您的话，在这个时刻都没有太大的效果。顾伯母，请为着爱您一生的丈夫、儿女，坚强起来，这个家，需要您做支柱，需要您，把这份亲密的家庭之爱再绵延下去。

二月八日是我们向顾伯伯在这世上告别的时候。有一天，我们在另一个空间，必然再度和亲爱的人相会。一旦我们存着这一种信仰，生离、死别，都不能将我们对亲人的爱隔离。顾伯母，请您节哀，请您坚强啊！

顾伯伯，虽然您是我恩师的父亲，在称呼上不应称您伯伯。可是自小跟七妹八妹做朋友，在这份友情的根据上，就喊了您伯伯。想来您是不会怪责我的。

小时候，常常在您府上吃点心、吃饭。在当时，您的家，是我唯一肯去的地方。也为着您全家人对我的关爱，使我看见了一个朴素、有礼、绝对长幼有序、井井有条而又亲密和气的中国家庭。这份潜移默化，是我一生的影响，至今受用无穷。

那些深爱着您的部下，一生追随您，不肯离去。那份军中之忠，多年之后成了家族之爱。顾伯伯，如果不是您一生做人宽厚慈爱，不可能有那么多的子弟忘我地紧紧跟住您、爱您、敬您、惜您、忠心于您。这一切，都因为您的行为和操守，令人不肯舍您而去——他们太爱您。

您一生的事迹，您的回忆录——《墨三九十自述》正在《传记文学》这本杂志上开始连载。

当我读到第二章——《童年生活》时，才知在您的童年已经是一个没有母亲的孩子，依靠着祖母相依为命。顾伯伯，您的一生，是一篇刻苦、勤学、向上，没有一丝家庭背景而成为一位成功人物最明确的见证。

在这儿，我想借用《传记文学》中对您的介绍，做为这篇送别您远行的结束。

顾伯伯，英灵不远，在这儿，在一盏灯下，请让我默默的用心陪着您，一同走一段永生之路吧。

\* \* \*

陆军一级上将顾祝同将军，字墨三，江苏涟水人。顾氏保定军校毕业后，自基层排长起，逐步升至军长、集团军总司令、战区司令长官等，后曾多次出任行营主任、行辕主任、绥靖公署主任等要职。

来台前集"国防部长"、"参谋总长"及"陆军总司令"于一身。顾氏出生寒素，无任何凭借。顾氏治军（无论"中央部队"或所谓"杂牌部队"均服膺其指挥）与从政（曾两任江苏省主席、一度兼任贵州省主席），为人与处世，均有他人所不及之特长，口碑与人望俱佳，有"军中圣人"之誉。

将军一八九三年生，一九八七年元月十七日逝。享年九十六岁。

（载于一九八七年二月七日《中国时报·人间》）

# 又见笨鸟

笨鸟王大空的确飞得不算快,平均每四年左右飞出一本书,是比较慢的一种飞行法。

我喜欢王大空的人,也喜欢他的书。这一次,看到他的新书《笨鸟飞歌》,心中说不出有多么高兴。回忆起来,如何认识王大空的,偏偏怎么也想不起来。有一回别人问我:"你如何识得王大空先生的?"我顺口说:"他好像是我的同学。"

这句话乍一听上去像是开玩笑的,事实上自有它的因素和情结在。一直把王大空当成好朋友和同学。这种关系,是怎么产生的也不知道。总之,在任何很不有趣的场合,一旦见到那只笨鸟朝我微微一笑,我的心情立即会快活起来,也从不加上"先生"两字,总是连名带姓地喊得很亲近。

我总认为,一个人,文好当然重要,可是"文如其人"就更可贵了。王大空就是这么一个人。

有一次,在一场很不好玩的酒会里,我必须要到一下,给主人看清楚,然后才能够开溜。

那天预测会碰到一位收集小玩意儿的文友,所以在皮包内放了一组苏俄木娃娃给那个朋友带去。为了周全,在皮包内又放了另一组同样的娃娃，万一有人在酒会里向我讨，那么这套候补的就派上了用场。

再也没想到，是那个西装笔挺的王大空，跑到我身边来，轻声问着："你那套木头娃娃还有没有？"

我悄悄把那一组后备娃娃塞给他，他往口袋里一放，就没事人般的跟别人讲话去了。

当时，我心里吃了一惊，这个大空，在骨子里有着那么一份固执的顽皮，那份童心未泯，令人震动。他，来讨的竟然是娃娃，请看看这只笨鸟不老的秘密。在他面前，什么叔叔之类绝对喊不出口，就因为他给我的感觉那么年轻，只能把他当同学，可是在心中，却是十分敬爱他的。

王大空会说话，而且说得好，是谁都知道的事。却很少有人注意到，笨鸟心思好细，做人也洒脱极了，在他身边，没有不自在的人。

有一次，也是在一场大聚会里，一群长辈极善意地问起我："三毛，听说你有喜事了，是不是快请我们喝喜酒了？"

我愣了一下，笑说："没有呀！"

旁边的人一直认为我是在躲问题，接着又追问了几次。当时王大空站在我旁边，接口就说："没有的事，如果三毛要结婚，她第一个告诉我。"

就这么轻轻一句话，王大空把我的"围"给解掉了。这些小事，他天天在做，我却真正把他的那份细心，放在心里感激。一个人会说话并不是件易事，王大空说话，天时、地利加上他的 人和，就不简单。

在王大空要出第三本书时，我跟他说，那个"笨鸟"两字不可以拿掉，因为"王大空是笨鸟，笨鸟是王大空"，已经是路人皆知的事，不用这两字太可惜了。

笨鸟果然一笨、再笨、三笨，真是深得我心。不但笨，这一回笨得连飞带唱的，看上去十分快乐，可见笨鸟飞行技术越来越高。

《笨鸟飞歌》这本书我一共看了三次。在这本书出版之前，个人正好叶落归根，回返到这片离开了二十一年的土地上来定居。看见王大空写的"是归人，不是过客"中的几篇文章时，我的眼眶发热，心里翻腾，那份与他一式一样的情怀——对于自己家园的爱，全都被王大空痛痛快快地讲了出来。当我看见王大空想发起一个"死在台北"的运动时，恨不能在深夜里打一个电话给他，对他说："对啦！对啦！就是这样啊！王大空，好家伙，我真是喜欢你。"

这样精彩的一个人，你能不对他喝彩吗？

笨鸟说他自己笨，刘绍铭说他不笨，我觉得笨鸟还是真笨。那份纯真、那份爱心、那份至今淡泊的胸怀、那份勇于讲话的气度、那份又执著又包容的宽厚，都是"若愚"的笨人才具备的条件。王大空特别提出的"诚实"，在这个人人成精的社会里，竟也有那么多人——如我，在这个字上跟他深深地认同。因为我也笨得很可以了。

更可喜的是，看见另一个不同的王大空，在同一本书里，给了我们属于他的一些爱情故事。

在《笨鸟飞歌》里，有一篇《人生最苦是忏情》，说到当年在上高中的王大空，爱上了一个打篮球的女孩，通了几封信之后，利用极短的假期，乘船、翻山，走了几百里山路跑去看那位女孩。

我以为，经过这番折腾，到了见面的时候，必然另有一番起伏，没想到那个少年的大空，只把身上毛衣脱了下来，在空中挥舞，挥完了，两个人没有讲话，而王大空带着"我已经看见她了，已经见到她了！"的狂喜，就这么走了。

这个故事虽然在结局上是令人怅然的，然而看了那一篇之后的好几天里，无论我在忙着什么事，眼前浮现出来的总是那一个高中生，狂跑在操场上，挥舞着那件蓝色的毛衣，把那份纯真得如同明月一般的情，不说一个字地挥了出去。

那个少年，为什么在我的脑海里活生生地一遍又一遍地出现呢？那份感动里，有一些东西，纯净的东西，在这个社会里已是难求了。偶尔看见这份纯，心里总有那么一丝弦被人轻轻拨出几个寂寞的音符——嗳，也是好的。

笨鸟在这本书中做了好几次的逃情者，那不止是他个人的问题。处身在当年那个动荡的局势里，许多生离就如死别一般地身不由主。可贵的是，笨鸟就笨在他的不能相忘和怀情。许多年过去了，如果王大空完全否定了那某一阶段的感情，才叫是个冷漠的人。

笨鸟也不完全做笨事的。昔日的女友，明知住在美国洛杉矶，王大空几度路过，从来不再去看她，只对自己说"相见争如不见"，也就算这一生。他的那个"争如不见"是真理，也是看透了人生之后的一种怅然。如果，如果两人再相见，那才叫画蛇添足，就不美了。

所以说，王大空还是个有分有寸又懂得情的人。那分寸之间，捏拿得恰到好处，一般人看笨鸟有没有看出这点来呢？

再看这本《笨鸟飞歌》，发觉王大空在一篇《风浪马祖行》

中，居然提到一本我个人深爱的书籍——《幽梦影》。这又是一惊，亦是一喜。原先，只有一个朋友，可以并谈此书，而今发觉王大空亦提这本比较冷门的书，心中深感欣喜，只是没有时间与他共话。有着这份同感，已经很不容易，在一个忙着赚钱的时代里，还有人如他如我，在那儿幽梦影，可是够笨了吧！

最后看见王大空在书中对于这个社会，这片家园，提出的爱和责任，读来深以为是。看得出王大空对这片土地的热爱是至死方休的。他可以走，他不走。他可以去移民，他不去。他住在一个并不算好的社会里；甚至可以说，一个总往他头上倾倒垃圾的环境里，还在狂爱着这片属于我们的大地。倾倒垃圾不是形容词，是王大空一篇叫做《芳邻不芳》的文章中真实的故事。

最后王大空留给一个读者如我的，是一个强烈的——"我们的"观念。这种观念，作家晓风有，王大空有，另外千千万万个我们，也有。

这本书，说出了许多不同而像的观念和行为，也许它并不如此的文学，可是在字行之间，使我们处身在一个看似升平，其实不然的社会里，着实需要这一类的笨鸟多付些苦心，多写些文章，使我们不能再自我陶醉下去。

笨鸟，笨鸟，请你再飞吧！就算一辈子笨下去，而有那么多笨人跟你一起飞，我们这个暴发户的社会，会不会因此起飞到另一个更高的层次上去呢？

我肯定，那是会的。

(载于一九八七年二月二十日《中央日报·中央》)

# 戏外之戏——为《棋王》戏剧公演而作

那天，去得稍稍晚了一点。走下新象艺术中心的阶梯时，正好看到一个年轻人在报名。那张桌子边贴着海报："棋王歌舞剧征求演员。"

站在略远的距离看住那位年轻的报名者。他，一件长到膝盖的大衣，质地很柔软，可能是全棉的。走到他的身旁，看见了外套里面恤衫的配色：鲜绿配海军蓝。

头发稍稍庞克，配着那松垮的长裤，正是个好看的时代青年。

报名处的小姐对他说："你是二十六号，请下楼去等候。"

我对这位极懂得打扮自己的青年微微笑着，就先走了。

楼下应试的一大群人挤在屋外。另一厢，热烈地正在讲说"相声"。不时有那么一阵一阵笑浪，一波一波地传到等候应试的那个角落来。

这一个角落的人也跟着笑，看不出应征这回事对于他们来说，存在着太大的压力。

轻轻推开铺着木质地板的舞蹈室，看见了导演华伦先生、歌舞编舞华伦太太，看到了音乐人师李泰祥、《棋王》制作人吴静吉，当然看到了那台湾的梦幻骑士——唐·吉诃德——许博允。

拉了一把椅子坐在评审的桌后,新象的李白琼递上来一沓要写评语的空白纸张。

今天的日子,不是自己的。歌舞剧评审的条件,是每一个应征者当场唱一首歌、再跳一段舞。歌,属李泰祥审得严,舞,自然是莆劳伦斯·华伦的眼光。我的参加,在那一个下午,与其说是评审,不如说是去看戏。那份心情,愉快得好似放假。

没有过了几分钟,李白琼打开隔音的厚门,开始叫号。恍惚中,好似坐在戏院里,而这场剧,即兴短剧:人物单独上场。

细看站在地板上的一个青年人,笑笑的,递上一卷录音带,大概预备好了要配他自己的舞蹈。是个男孩子。

吴静吉说:"请你先唱一首歌吧!"

那位应试者,咳了几声,清好嗓子,放声唱了起来。有趣的是,在放声之前,他讲了一句:"我可是随便挑一首的哦。"他骗人,骗得可爱。

唱呀……唱呀,他的声音已经了然了,评审的一群请他停了,这个唱歌人好似意犹未尽,略略拖到一句唱完,才停止。

"现在跳一段舞看看。"静吉又说,"你脱不脱鞋子?"

那个大男孩自自在在地蹲下来脱鞋、脱袜。音乐一响,人变成一把弓似的,双手好似被一条无形的橡皮筋拉住,收放之间,充满了张力——是个好舞者。比较之下,那唱的部分就弱了。这也是难的,又要人演、又要人唱,这都不够,还要人能跳,三项俱全?又是多么不容易。

当我看到莆劳伦斯·华伦站起来向这位应征者示范几个舞步请他跟着跳时,我猜:这个人,是入围了。

临走的时候,这位大男孩提着他的鞋袜,吴静吉问他做什么,他说，是文化大学什么系的学生，接着又说："我个人很喜欢舞蹈，可是父母反对——"

听见他最后一句话，使我几乎想笑出来，没有人问他父母如何，他是问一句答三句。同时也使我想到《棋王》剧本里一首歌，叫做《钱是自由》。在那首歌里，男主角程凌一开始也是在唱着："当我小的时候，我忘记了父母的期望，要做一个画家……"

在中国，在父母巨大的期望中，大概没有几个父母希望子女去做艺术家。做孩子的，往往一生屈服在父母的期望下做人，而结果，就如作文簿子上最后必然出来的陈腔滥调："我要好好读书，才不辜负父母的期望。"

见到那位——"可是我父母反对"的男孩子走了出去，我的心里又浮出一点点心酸。

接着而来的是一位头发烫成炸弹开花一般的女子。这一个很厉害，穿着高跟鞋跳舞，一下前一下后，最后用右手把头发拍一翻，左手叉腰，扭来扭去地往评审走过来——直迫我们。那股风骚劲，十足是个好家伙。她放。

这时候，坐在旁边的许博允一直推着我，欢喜地喊："你看！你看！这一代跟我们当年不同了。"

听见许博允这么说，看那开得如同孩子一般纯净的笑容，心里再怎么也怨不起他来。前几个月，当他逼我改编《棋王》时，几乎要哭出来。心里对他又爱又恨，一直向自己喊："有这样一个朋友，你还需要敌人吗？"

又来了一个略略羞涩的女孩，一站好，眼神含情脉脉地投向李泰祥，轻轻地说："我要唱一首大师作的歌。"这时，疯狂的许博允立即插嘴："什么大师呀！？我们这里全是大师哩！"那个女

319

孩朝李大师一点首，开始唱。还在听呢，身边那个梦幻骑士又用力推我，说："快看，快看，看李泰祥的表情——"我横过视线，去找坐在那一端的"大师"。我们的大师，半仰着头，半张着嘴，好似要笑，又陶醉在半笑的神情里——凝固住了。

这一回，轮到许博允和我，闷着笑了个够。李泰祥，这《棋王》剧的音乐灵魂，值得一看再看。

每当有希望入围的应征者表演结束时，弗劳伦斯总是站起来，不厌其烦地再重新做一次示范。她的丈夫：导演华伦，拍拍这位合作无间的妻子，笑说："今天是你的日子，去吧！"

我看着这一对艺术工作者，想到华伦夫妇在百老汇编导的几个上演数十年的大型歌舞剧：《国王与我》《窈窕淑女》《俄克拉荷马》……心里对他们又一度产生了感激之情。这一对夫妇，不看我们场地的贫乏，从去年那场大地震的当日开始，默默地为我们中国台湾付出了一次又一次的心血。如果不是导演华伦这么地支持，那个剧本改编是我独自一人绝对做不出来的东西。是他，给了我全然的帮助，也可以说，是他，帮我做掉了那么多繁重的工作。而我们的信心，就放在这位经验饱满的艺术家手里。

应征者一个一个地上，男的、女的。每个人风貌不同，表演的手法各异，可是那份勇于呈现自己的意愿，却是相同的。注视着这一个又一个新生的一代，我的心里涨满了莫名的喜悦和兴奋。就如同许博允所说："你看！你看！这一代和当年的我们，有了多大的不同。"

的确看见了这份全然的不同，当年，我们没有他们那份昂然的自信。我们摸索，摸索得漫长而艰苦。他们懂得立即掌握住自己要的东西，这，也许就是一个现时代的台北吧！

当，那位才十五岁的小女孩，站在评审面前吱吱喳喳如同鸟儿唱歌一般唱出了她优美又活泼的灵魂时，我的喜悦，几乎就要化做那么温柔的眼泪，将这份乡土的爱，对住这一个自己跑来报名，不请父母陪伴的小女孩身上，倾尽我欢喜的泪。

接着再来的是一次记者招待会。匆匆赶去，欣见聂光炎老师也在座，聂老师的灯光布景效果当然是我们的视觉灵魂，不然这个一九八七年的大台北如何呈现在舞台上？微笑着向聂老师行个礼，眼光转向那匹我们千挑万选的"狼"——好小子齐秦，恨不能上去拥抱他，感谢这位好弟弟的参与。

那天，第一次看见齐秦的眼睛，在这之前的电视上，他老是戴着黑黑的眼镜。他的那双眼睛，用来注视女主角丁玉梅的时候，就该当带着那一点点羞涩和忧伤，这个角色，非他莫属。

那天，没有跟齐秦说到话，一位美国记者跑上来拦住人，要我说，说最喜欢的台北餐馆是哪一家。我的心只在《棋王》身上，餐馆的事怎么跟《棋王》混在一起问呢？她偏偏要餐馆。

没过了几天，编本里的另一个重要男主角的名字，使我们写剧的急着又加了两三首好歌。来者不是别人，剧中齐秦的情敌，居然得到了前师大音乐系主任、声乐家曾道雄的肯于加入。他肯了，天晓得，曾教授也参加了！

看那广告——《棋王》开始售票。左边照片是齐秦，右边又是个美男子、好嗓子——曾道雄。那份快乐，只有农夫大丰收的心情，可以比较。

这份大结合，正如弗劳伦斯·华伦在记者会中轻轻说出来的句话："我们这些人，各做各的工作，如同一个大家庭一般，相和气气，尽力地做好台岛第一场大型歌舞剧。"

就这样，排练开始了，最累最苦的华伦夫妇、李泰祥、聂光炎老师，还有那批对戏剧热爱的演员，日日夜夜，开始将一个不可及的梦，一步一步，走成现实。

而我们的小妹——张艾嘉，风尘仆仆地赶回台湾，她在做什么？她做了《棋王》的女主角。看一看这批人的爱，看一看张艾嘉的参与，对于这场还没有上演的《棋王》，我的心里，充满着期待和希望。

原著张系国，到目前为止还在美国，我们急切地等待着他的归来。那时候，大家在"中华体育馆"见面吧！这一场《棋王》的戏外之戏，其实对于每一个参与的人，都具备了多多少少的感动和教化……我们的心，是连在一起了。

（载于一九八七年四月二十九日《中国时报·人间》）

# 我看《凌晨大陆行》

不久以前听说凌晨、王明雄和他们的女儿小咪已由中国大陆回来，做为朋友的我按兵不动。所谓"兵"就是日常生活中的电话。

之所以不急着去闻问，实在出于一片体谅之情。台北人太忙，凌晨更是个勤劳极了的女人。在她洗尘期间，我们做好友的理当了解——尘这种东西她自己去洗的，不必强请吃饭反倒教彼此更沾尘埃。

我等着读她的文章。

同住在一个城市里，竟然甘于只在文章中看看朋友的经历，这种君子之交真是其淡如水。我倒不认为有什么无奈。朋友之间，三五年见一回就很够了。十年也可以，一辈子不见，也没有什么好坏之分。总之不能先失约，双方慎重其事地预先订时间，再订地点，然后牢牢记住不可失约的那种事情，只有在婚礼中的新郎是必要的，其他无大事的实在不必。

写文章，取材是难的。惊涛骇浪开不易写，日常生活难道更容易吗？

凌晨胆子大，有关中国大陆，目前台湾那么多人在动笔，她不避开这个热门话题的原因，我猜，还是在于她有把握。或说，起码她要试一试。

凌晨学的本行是新闻，她的电台节目早已变成了台湾人的生活习惯之一——听着也是听着，不听嘛，好像没看当日报纸似的，有那么些不放心。

她先是说话人，后来加了一项身分——写字人。

现在的凌晨，文字没可挑剔，那支新闻快笔这才派上了用场，又快又准。

凌晨看大陆非常实际，读者也许少部分关心文史、地理，但是凌晨最常在文章中提到的就是价格。这就跟美国《国家地理杂志》里的报导取向不同了。

中国人，包括凌晨和我，对于价格都感兴趣，这并不是表示我们爱钱——我们其实也很爱钱不错——而是，价格是一切生活的基本。如果凌晨下了飞机，服务业加了价格而凌晨文章中不提抗议之事，那就虚虚幻幻不好看了。这一点，不是凌晨迎合读者而这么故意去写的，那是因为，她就是这种据理力争的人，也很看重价格这种事。写来生动的原因，在于不多讲她的本身心情。她报导本身遭遇，这叫艺高。

旅行的随笔，是一种写作的挑战。

旅行的冲击，事实上比起日常生活来要高得多。旅行该是好写才是，其实不然。

旅行就像一盘炒杂碎，吃起来什么都有一点，看上去色彩也算丰富，就算还是刚刚起锅马上端上桌敬客——变成文章，看那一片的乱，怎么讲起？

一不当心，把盘色香味俱全的好菜，写成了一张风景明信片，就给人退稿啦！

凌晨的大陆行，是盘杂碎。

她请读者同游的技巧，是个高明的剪裁师——这和她某一年狂热地去学做衣服，有着不可分割的相连关系。她知道取舍的分分寸寸，一点也不浪费。衣服垫肩目前那么流行，她却不给文章垫什么——她不夸张。

写文章，在某些时候，某些人身上，主观意识强，可能是一种魅力。在"报导文学"上如果也如此这般，那就得把报导那两字拿掉只叫它文学了。文学到底是什么，这看上去深奥，一般谦虚的人不敢说，一说就怕错，国王的新衣，就是这类的故事。

凌晨不穿新衣也不拿国王出来考人笨不笨，在她的旅行里，读者看见了一个活蹦乱跳的中国大陆。别忘了，她目前还是"说话人"当正业的，请看凌晨的文中那些人，多么会说话呀！

她的文章，何止是视觉报导，她使人好似就站在她的身边，听那售货员正在向她怒叱："我没长耳朵，你还没长嘴呢！我就不爱卖给你，你敢怎么样？"

同样的情形，去过的人回来写，就写少了那份十二亿人共挤一片海棠叶子的骚动感。凌晨抓住了中国最大的人口问题，却都只用旅行中小遭遇的小情况，写活了那块大地。

凌晨旅行时，看、听、想，都替读者服务周到。她的听，是一绝。大陆同胞用语与台湾同胞看似相同，其实不大相同。看那小段"紧张世界"，人人口中说紧张，看得我这个读者也紧张万分。这种顺手抓来的耳边话，只有她和张大春。可是，这是报导必要，少了其实也无可奈何，那我也只好不紧张。报导大陆不报

325

紧张，就缺了一种紧张精神，谁要看。

上面说过主观写作，那种写作法，作者写一个事件，一个社会，到头来不留余地给读者本身下结论。作者不客气，写到最后，借着书中人物，讲起自己人生大道理以及是非、道德、价值……把话题尽讲透，读者如果不点头好似就是作者的仇人。这种文章市面上多得是，魅力在哪里呢？魅力在于对付那种不看艺术生命只愿甘心被洗脑的"识字人"——那不是给读书人看的。

我们热爱张爱玲的原因在什么地方，热爱的人当然知道。如果不知道讲了也没有用。

话好像讲远了，其实没有。这个地方，不提张爱玲不行。

一本大陆行，里面洋烟讲了、饭吃了、车坐了、亲也会了、东西终于买成了。争辩、抗议、沉默、欢乐、感伤，什么都有，当然，大陆"民族花朵"——小孩子，也没给忘掉写上那么一群。请看，要忍不住讲大道理下结论的地方，凌晨留下的是好几个小标题的问号。

她把空白留给读者，她请看书的人自己去寻找答案，或说，她不给答案——因为没有答案。总而言之，作者的这支笔对读者很高估，她不洗脑。

讲起小标题，处理杂碎这盘菜，世上只有张爱玲不必用小标题去分类清扫，这是一代大师。凌晨没学张爱玲，是她的聪明。她用小标题，是必要，用得针针见血。

我们看凌晨大陆行，也许可能忘掉那个随行的小孩子——咪。这不是凌晨的粗心，看那小咪不是安安全全跟回台北来了，可见做妈妈的十分尽责。我们在这趟旅行中为什么看不见太多的小咪呢？这是作者故意的。小咪已有两本书了，她的天空、她的成长，如果再续写小咪那也欢迎之至。但是如果大陆行中凌晨笔下不"清场",那十二亿人口之中又加一个小咪东钻西掉,文章搞不好就会乱。

这涉及主题取舍,这一回小咪不是主角,就不要她跑出来。小咪爱讲话,一路讲个不停,但在文章中,作者妈妈捂她的嘴,没给她讲个痛快。这个不许小孩插嘴,文就凝炼。

凌晨的大陆行带回来的世界丰富,读者有若置身在三百六十度的大银幕中,前后左右、声、光、色、彩全在哗哗地流动,身历其境。

最可贵的是,这不是那种以主观价值动不动就要去同情大陆同胞的文章。我们生活与大陆绝对不同——不错。可是大陆是大陆,台湾是台湾,我们不能以极单纯的表面批判去给大陆人民定位。他们之所以生活在今天的局面,背后有着太多历史的因素。光是比较而不去分析原因,是太主观了。

同情有时隐藏着一种优越感——并不完全如此解释,可是一不处理好这个字,分寸之差就使人讨厌。台湾同胞请不要自以为是,在大陆上拿物质去跟人显炫实在肤浅可笑。伤害他人自尊万万不忠厚。

这一点,凌晨、王明雄、小咪,都没有犯毛病。

我们看凌晨在大陆常常去抗议,这就是她的公平之处——要是这种情事发生在台湾,她也抗议。如果,她在大陆不抗议,碰到不合理的事情只是笑笑,那她其实心中就有优越。她的去讲销售员"不长耳朵吗?"正显出她心中的平坦之处。对于中国人,凌晨其实很爱很爱。

凌晨绝不讲政治,她却一定不躲开制度,这又是她的高明。

她是报导者,不是批评者。批评,是看过这本书之后可能引起的情况,那就不是她的事了。这个人的笔,有守有分。

有守有分会不会失去文中的活泼?可能。就怕太当心,写来五花大绑、老气横秋。但是我们看见了,这本书是一场电影,连食物的香味都快溢出来了,它活。

以上只是浅谈我对大陆行这本书的心得,其实我所看见的,何止作者技巧,要说还有一车的话可以说。而我为什么要再说呢?把一本书讲得透透的,读者看什么去?那不是又低估了读者吗?

凌晨的先生王明雄也同妻女去了大陆,形影不离的。回来他也写。我们来看看这个读书人又打得一手好网球的他。他对大陆的角度取舍和妻子又完全不一样了。

他写的,也是人,他的触角有时伸向明确分类的文化,而不是生活中一般食衣住行的文化——这两种文化,其实都得观照。

王明雄写庙宇——不是死的庙宇,是那逃得了时光逃不掉庙的捕捉。这些年来,他潜究中国命理,心得甚多。不要误会他乐意替你算命——买左边那幢公寓好,还是挑右边那幢会发大财。他讲的,近乎哲学。

看庙其实还是看人——庙里的人。王明雄爱人,他光看香火旺不旺?是不可能,那他去了也不会满足。他要的是喇嘛、和尚、尼姑的内心世界——在一个社会主义的国家。大陆说话常用社会主义,也用共产主义,民间用语社会主义偏高。

我看凌晨,觉得她用报导文学看大陆的实际生活。细阅王明雄,他用内心世界自我的观照投入庙堂中去,与千年的民间风俗信仰彼此呼应。

在王明雄的大陆行脚中，他滤掉了外在世界的杂质和骚乱，他的心神如此明净而虔诚，他将自己毫不紧张地付与苍天、大地、人子，以及那十年浩劫也拿不去的中国性情。在这次的某几个探访中，他得到了天人合一的交融。

我近年来看人看事，深觉历史的极重要。在这一个观念上，跟王明雄是不谋而合的。我们在王明雄的文章里，可以发现这种历史源流的相连关系在他的思想中时常出现。

也就是说，凌晨看山是山，她走这种方向。王明雄看山也是山，那山已不是这山，这中间，又回转了一步。他们夫妇之间合一本书，分工有默契。

凌晨好看，在于她有一份女人的实际。她的丈夫看他人好看，包括那些烧香拜佛求钱求子求富贵的众生，都带着悲悯和包容。

我们经过王明雄的笔下，跟他踏入"归元寺"，看他慢慢挪动脚步，安安静静挤在人群里，由一到五百，数遍所有罗汉。

在他的过程中，他以特有的慢调子笔触，先安静了读者的紧张，再带我们进入那一个在此不能分析一句写作技巧的无涯内涵。当我看见作者叙述到他站在一尊吊在空中的罗汉面前时，他不由自主地向上伸出双手，想随之跃入无限狂喜的世界时，我的心神，慢慢跟随飞入，我好似站立在一种有着浮尘空气的光束之下，在跟那五百尊罗汉轻轻交换信息。我的灵魂被王明雄的这篇文章，带去了大陆。

王明雄眼中的中国，再想提醒读者一遍，充满着敦厚的历史源流以及宗教情操。他也是报导，他用他的心在向读者诉说人间一切的可悯——这也是同情，又同情得那么贴切。

我们看那街头变魔术的老人，如何叫人给小钱猜姓。我们看当时王明雄几乎就要流出来的眼泪,我们看他追着人去塞钱。我们会告诉自己,对了、对了,我也要去追那个人。

再来看看王明雄笔下的大上海。那时的他写出了一场一千多万人共同演出的戏剧。这时候,庙宇不见了、纯净的宗教情操隐藏了。那大上海的电车,响着当当的铃声开来了,那近代史上的人物鲜明地再度跑到我们眼前,他们炒股票、唱戏、跳交际舞……那徐志摩、那陆小曼、那黄金荣、那杜月笙、那个犹太人哈同和他的中国太太……

那张爱玲笔下的大都会,经过王明雄的提示和读者本身的回响,一场一场华丽舞台出将入相地出来啦!这时候,做过读者的我,看书中的现在,想城市的过去。好像看见"百乐门"舞厅的那些女人和舞客。他们深夜里打烊出来时的轻笑,滑落到我耳边。

王明雄这次置身的大上海,是一种超现实的时空混乱。我们南方人——我父母的出生结婚之地上海,自小听得太多。那种乡愁,不是一片湖水的诗情,那是一个"魔幻城市"的呼唤;用出炉面包的气味、风月场所的歌声、梅兰芳的《贵妃醉酒》、法租界英租界的私运鸦片、抢地盘的黄包车夫、白相人的"闲话一句"、骚人墨客的吟诗喝酒、姨太太打麻将时手上的钻戒、小学徒文诌诌的上海话、华洋夹杂的各色建筑、上海滩、跑马场、静安寺路、先施公司、国际饭店、舞台、文明戏、男人、女人、钱、钱、钱……滚滚红尘中那一场一场说不尽的繁华——

这是王明雄的《上海梦回录》,把读者的我,再次吸入幻境,不能自拔。那份狂喜,是生命中真正有血有肉活着的滋味。

我们看《京华烟云》想到北平。

我们看大上海,不可能忘掉张爱玲。

王明雄是怎么去的？他甚而手里拿了当年张爱玲笔下静安寺路方位的资料。看他。

做为一个中国知识分子，我们必然深爱那个四合院的北平。但是如果有人不喜欢张爱玲笔下的上海，那我拒绝跟这种人讲话。

王明雄的上海；现今的上海以及往昔的上海，如何在他心中澎湃，这篇"梦回录"写来真教人恍如一梦。他是艺术的。

看完凌晨部分，我们喘口气，休息三十分钟。

然后，调适我们的情绪——讲入王明雄。

（载于一九八八年五月《皇冠》四一一期）

# 看这个人

他要的不是掌声,他要的不是个人的英雄崇拜,他不要你看热闹。

请你看他,用你全部的心怀意念看看这个高贵的人,看出这一个灵魂的寂寞吧!

你当然看到了他,因为这一场演讲会你去了。

请问你用什么看他?用眼睛,还是用心灵?

演讲会散了,闹哄哄的人群挤在走廊上,气氛相当热烈,好似上一分钟才从一场宴会里散出来。

一张又一张脸上,我找到的不是沉思,我听到看到的只是寒暄和吵闹。

那么多张脸啊,为什么没有一丝索忍尼辛的光影?而你正从他的讲话里出来。

你为什么来?他又为什么讲?场外那么多哀哀求票的人,你为什么不干脆将票给了他们?

是哪一位过来问我:"三毛,你听演讲为什么泪湿?"

我无法回答你这个问题,你根本在场,看见了这样的一个人,听了他的讲话，想到他的一生，却问我为什么堕泪，那么你跟我，说的不是同样的语言。

我流泪，因为我寂寞，你能懂吗？孤臣孽子的寂寞，无关风月，一样刻骨。

你又说："你是情感丰富的人，当然是如此反应的。"

那么我跟你说，你冷血，这儿一半听讲的人都冷血，全台湾一半的人冷血、自私、懦弱、短视……你无感，因为你没有爱，没有心，没有热血，也没有灵魂。

是的，我们是一个自由的世界，我们自由得慢慢烂掉，烂在声色犬马的追逐里，死在浮华生活的彩色泡沫中而洋洋自得。这便是你对自由的了解和享受，是不是？

你是不是将索忍尼辛的来，又当做一场空泛的高调，你听见自由的呼唤，听见一个真诚而热烈的灵魂喊出了你常常听的东西，也喊出了大陆同胞的声音，你便机械地鼓掌，就如你一生拍了无数次想也当然的手一样。

你只是拍手而已，你的眼底，没有东西。

我们僵掉了，我们早已僵化了，我们有的只是形式和口号，我们不懂得深思，因为那太累人了。

你不要喊口号吧，口号是没有用的，如果你不调整自己的生活，不改变自己的理念，不珍惜你已有的自由，不为你安身的社会担负起当有的一份使命，那么你便闭嘴好了。

有的时候，我们将物质的享受和自由的追寻混为一谈，我们反对极权便加强渲染那个不自由世界里物质的缺乏。却不知道，有许多人，为着一个光明而正确的理想，可以将生命也抛弃。物质的苦难和自由的丧失事实上是两回事，后者的被侵犯才是极可怕可悲的事情。

我并不是在跟你讲国家民族，我只跟你讲你自己，我们既然将自由当做比生命还要可贵的珍宝，那么请你不要姑息，不要愚昧，爱护这个宝贝，维护它，警惕自己，这样的东西，你不当心，别人便要将它毁灭了。

请你看这个人，看进这一双悲天悯人的眼睛，看出他心里的渴望，看清楚他个人血泪的遭遇，看明白他的语重心长，也看见他心底那一股如同狂流般的焦虑和得不到自由世界回响的寂寞。

听了索忍尼辛的话，但愿你心里有一点被刺痛的感觉，他如此地看重每一个珍爱自由的灵魂，我们不当轻视自己，更不能将这份卫护自由的使命交在他人的手里，而忘了自己也是一份力量。

# 我所知所爱的马奎斯

马奎斯是近年来世界性受欢迎的作家。他的作品不只在西班牙语地区得到普遍的欢迎，同时在世界各地只要对近代文学略有涉猎的人都不应该不知道他。很可惜的是在中国，他的名字还不能被一般的读者所熟悉。

我大概是九年以前开始看这位先生的作品。第一本看的是《没有人写信给上校》，第二本是《大妈妈的葬礼》。他的书在任何一个机场都可以买到，所以说他是一个受普遍群众所喜爱的作家。直到五年前我看到《一百年的孤寂》，我的看法是除了中国《红楼梦》之外，在西方作品里，它是这百年来最有趣的一本书。它可以让每个人阅读、了解和欣赏，念他这本书，如入幻境，痴迷忘返。

我认为今天以一个写短篇小说起家的作家（不能说专写短篇小说），能够得到诺贝尔文学奖的荣誉，也是相当的特殊。我最受感动的两篇文章，台湾好像没有介绍，一篇叫做《星期二晌午》，一篇叫做《鸟笼》，都是很短的，而里面说的东西是很平凡的生活上的故事，可是又那么深刻。

《星期二晌午》是说一个贼在镇上被打死了，他的母亲带了个小女孩坐火车到那个镇他的坟上去献朵花，镇上的人觉得打死这个贼有一点羞耻，就把百叶窗都关下来了。这个女人下火车时就跟女孩讲要振作起来，然后她们走下去，走到教堂的门口敲门；教堂的神父打开门接待她们，带她到坟上去，在上面放一朵花。离开镇的时候，百叶窗后面很多眼睛看着她们。神父说："真可惜啊！你当初为什么不叫你的儿子做一些好事？"母亲答复说："他本来就是个好人。"

《鸟笼》是说一个做鸟笼的人，很渴望做一个美丽的鸟笼去卖给镇上一个富翁生病的小孩，希望能赚一点钱。他做了很多幻想之后，把鸟笼很辛苦地做好拿去，最后的结局是把鸟笼送给了那小孩，走了，没赚到钱。很辛酸的一个故事。

《大妈妈的葬礼》写的都是很平凡的故事，但有很深刻的一种人生的悲剧感。他的作品在整个气氛上很像福克纳的东西，很沉而不闷，很满，要说的话不说出来就结束了，有回味。他有些作品短，而且非常短，在西班牙本土，前两年几乎每一个星期都把他的短篇小说编成电视剧演出，非常好看。

我从来没有受过这样深的感动，希望把西班牙语系文学作品译出来，直到看到马奎斯的作品。我认为他的作品在当今这些文豪来说，他得奖实在是晚了一点，早该得奖了。

对于马奎斯这样的看法可能是因为对西班牙语文有着太强烈的情感，同时与他们的人民、土地、民族也有认同。马奎斯在世界各地已是十多年来最受欢迎的作家，作品深刻而悲哀，他有着悲天悯人的胸怀，写的是全人类的情感，文学浅近不晦涩。

他得奖我非常兴奋。但愿因为这个人的得奖，使我们中国不再只注意欧美文学，事实上西班牙语系文学到今天还是非常灿烂，可是对我们中国人来说，引介的工作还有待努力。

# 罪在哪里——导读《异乡人》

卡缪的第一部小说《异乡人》于一九四二年出版,是以年轻的法国人莫梭以及他所居住的法国殖民地阿尔及利亚为背景,叙述出来的一个故事。

这本小说分成两个部分,第一部描述莫梭母亲的死,以及他杀人以前的生活。第二部描写狱中生活和审判的情形。两部的构造,是用对照的方式表示两种不同世界的不同看法,那也正是莫梭视"直接感动"为真实的人生态度。

在第一部中,莫梭所过的生活,以母亲的死而明显地表露了他那冷漠的反应,是与一般社会惯例绝不相同的。葬礼过后,莫梭去做海水浴,和偶尔相遇的女朋友玛莉去看电影,当天晚上和她发生关系。那以后的两三个礼拜,他一如往昔,上班、下班、工作,星期六和玛莉约会。他的公司派他去巴黎,莫梭却以——随便在什么地方都可生活,而予拒绝。他虽不爱玛莉,却也答应跟她结婚。

莫梭这种平静的生活,终于因为结识了一位毗邻而居的年轻人雷蒙而告终止。雷蒙是个皮条客,他发现自己的阿拉伯情妇移情别恋,处心积虑想要惩罚她,莫梭偶然地卷入这场争端。他答应替雷蒙想办法让他会见情妇。当雷蒙殴打情妇时，邻居召来了警察，莫梭又为雷蒙说谎，毫无动机地介入这件纠纷。

有个星期天，雷蒙叫莫梭一同去海边游玩，那时，包括雷蒙情妇弟弟在内的一群阿拉伯人跟他们打架，雷蒙因此受伤。后来莫梭再度只身外出，想在灼热的海滩附近找个阴凉的地方休息，就在这个时候，迎面碰到了一个阿拉伯人。莫梭身上恰好放着雷蒙托给他保管的一支手枪，再加上令人头昏目眩的阳光，使得莫梭神志混乱，他误把阳光的反射当成刀刃的锐利光芒，他扣动扳机射杀阿拉伯人。而后，再向尸体连发了四颗子弹。

莫梭被捕、受审、判处死刑。陪审员做这种判决，与其说是基于犯罪行为的事实，倒毋宁说是由于深恶莫梭的性格——特别在于他对母亲死后种种所谓放荡行为的深恶。

对于杀人，莫梭除了对预审推事表示是由于"太阳的缘故"之外，并不说明任何犯罪的动机——事实上，他的动机的确并不存在，除了太阳的缘故。

检察官向陪审员指出，莫梭没有一般人的情感，也没有罪的意识，是个"道德上的怪物"。莫梭在狱中等待受刑时，也的确扮演着一个社会怪物的角色，包括神父劝他忏悔、投向永生。莫梭除了大怒之外，不肯向宗教认同，他说，他的人生到目前为止，与任何先验的价值无关。这种人生虽然荒谬，却是他唯一可以遵循的人生。他接受生，接受死，这使他奇异地寻获了和平，并且发现到自己和宇宙，终于合而为一。

我们阅读《异乡人》，应以故事的形式和风格所表达的莫梭性格为中心。以传统自传形式而言，《异乡人》中的莫梭，正是一个在任何社会形态下所谓的"异乡人"。卡缪用在以第一人称莫梭的文字，一向只提示事件，并不说明他对事件的反应；他不分析自己的感情，只是叙述琐碎的细节，或一些"感觉上"的印象。

莫梭在表面上看来，并不具有一般人的感情。他虽然认为母亲不死比较好，却未曾对她的死感到特别的悲哀。他欢喜玛莉的笑容，对她产生情欲，却没有爱她。他缺乏雄心，也不接受升迁的机会。他认为——"无论如何，什么样的生活都一样，毕竟目前的生活，并没有让我有什么不悦的地方。"他甚至对于受审，都觉得不是自己的事，他只想快快审完，好回监狱里去睡觉。

我们透过"异乡人"这么一个人物，可能看见某些自己也常有的性格，那就是：许多人——包括我们自己，常常生活在无意识的生活习惯中而至麻木。莫梭是一个不知道本身人生意识的人，是一个没有意识的主人翁。他对于生，既无特别的狂喜；对于死，也并不很在乎。整个的生命，不过是一场荒谬的过程。在这里面，除了"感觉"之外，人，没有其他的思想，包括杀人，也只因为那"阳光的刺目"而已。

莫梭，在基本上，是一个普通人，对于社会，事实上并没有露出明确的反抗——他只是放弃。或者说，他活得相当自在却又不在乎。

当莫梭自觉到他无法对人生赋予任何有意识的形态时，他很自然地放弃了一切，留下的生之喜悦，只是能够带给他直接反应的"感觉"。例如："夏日的气息、我热爱的住家附近某个黄昏的景色、玛莉的微笑与洋装。"以上的种种，成为了他所感受的真实生活，而不想再去超过它们。

莫梭把这些事情都放在生活里，却不给予自己一个说明，正

339

如他并不想从他和玛莉一时的肉体快乐中，导出以爱为名的永恒感情。

卡缪以间接的方法表示出莫梭那种若有若无其事的叙述态度，实际上，这种表达手法，包含着比想象更丰富、更复杂的感情。莫梭有他自己生活的法则，他不是道德上的怪物，也不缺少常人所具备的感受力，他只是一个不愿深究一切而存活的某种——人。即使可能在法庭上救自己一命，他也拒绝成为一个习俗上的孝子。他不肯说一句虚伪的话。

莫梭不是一个虚伪的人。这，使得整个的社会，反抗了他，误解了他，将他孤立起来。造成悲剧的事实上并不在于他的性格，而在于他和这个社会上其他的人类如此不同，因为这一份不相同，社会判了他死刑。

虽然，杀了一个阿拉伯人可以判死刑，这是无可非议的，可是判决莫梭死刑的方向，并不在于这个事件，而在于他的不肯矫情。

对于莫梭而言，道德就是遵循感觉的行动。所以他为了自己，也为了别人，必须忠实地、毫无夸张地表现这种感觉。《异乡人》是人与外在世界的纠葛，也是人与社会冲突的纪录。卡缪所谓的"人的欲望"与"世界的不关心"之间的对立，就在这本小说里。

事实上，经过莫梭，我们可以看见人的基本特质：对生的欲望以及对真实的欲望。但是他的欲望如此的不明显，使得他囿于世界所设定的极限里。监狱中的莫梭，象征着被敌对世界所捕获的人，他逐渐失去自信，他无法对他人表达思想，他已成为自己的"异乡人"。而莫梭没有征服外在现实的方法。

事实上，莫梭只是一个单纯的人，单纯到看上去一无知性，只以接近动物性的感官在存活。而这真真实实的生活，从任何一个角度看去，都是属于他主权之内的生活方式，却不被社会上其他的人所接纳——一旦这个人，发生了某种事件，例如说，杀了人，他的结局，除了唯一死罪之外，没有别的可能。

莫梭单纯，其实他的朋友们也很单纯，这些朋友——亲切而略带感伤的谢列斯特、笨到看不懂电影的艾马纽、粗心大意但是快乐的玛莉，甚而殴打情妇的雷蒙，以及整天虐待一只患皮肤病的狗的沙拉马诺，都是一批单纯又普通的人。他们并不是冷漠的，他们是一批生活在强烈感情中的人，只是平凡地存活在社会最基层的地方，使人漠视了这些人存活的意义。而这一些围绕着莫梭而生活的小人物，事实上并没有排斥莫梭，他们甚而是善待他的。他们接受他，但不审判他。正如他们对待自己。

其实，"异乡人"又何曾没有审判自己，从第一页开始，我们可以发现，莫梭在内心中一直在审判自己。就在向公司老板请假奔丧的同时，他就已经在茫然中感到了罪的意识——那别人加在他身上的罪的意识。

全书中，守灵、杀人、审判这些过程中，在在地提出主角对于刺目光线的敏感，这份完全属于官能反应的现象，都是情节变化时一再出现的。莫梭在阳光下的感情容易变得亢奋，这一方面固然表示他的精神状态，另一方面他已感到有一种比杀害一个阿拉伯人更神秘、更可怕的存在——宇宙。莫梭激怒于神父，将神父赶走的当时，是他情绪上再一次的激动——第一次在于杀人。而这第二次的激动，因着死刑将临，反将主角引上了最后不得不做的妥协；在死亡之前，将自己与宇宙做了最终也是最完美的结局。

分析一本书籍，重要的其实并不在于以上引用的比喻、象征或推测。这种方法，虽然有它知性上的意义，但是，在艺术以及人性的刻画上，如此解剖，不但无益，反而可能破坏了阅读一本世界名著的完整性以及直感性。分析，并不能算做唯一导读的方式。

我们与其对《异乡人》做更多的分析，倒不如依靠故事主人翁自己的叙述，使我们更直接地感到身为一个"异乡人"而不能见容于社会的那份刻骨的孤寂。更重要的是，对于这样一个"异乡人"我们所抱持的心态，是出于悲悯还是出于排斥，是全然的沟通与了解，还是只拿他当为一个杀人犯？我们不要忘了此书的最后一页，如果没有那一份莫梭临死前心灵上的转变，那么人生才真是荒谬的了。

莫梭，是无罪的。审判他的人，也是无罪的，问题出在，莫梭是一个不受另一阶层了解的人。

# 乡 愁

这总号第一百二十期的《艺术家杂志》，夹在大批信件和报纸里，挤满了小小的信箱，当然，急着先拆《艺术家》。

才拆开信封的一角，心里就欢喜得喊了起来。只看那露出来的一个边，就知道这一回用了"夏卡尔"（MARC CHAGALL）的画作了封面——终于。

夏卡尔是我心挚爱的一位大师。

说来说去，好似没有一位画家是不喜欢的，其实事情并不如此。世上许多成名画家的画并不欣赏的也怪多的。

例如说，西班牙大画家米罗的画，就看不长。初看是喜欢的——只能看一阵。这不是艺术评论，不过是个人的观点和性向而已。

在我少年的时候，除了书店之外无处肯去。因此父亲便在台北市中山北路的敦煌书局放了一笔钱，只要去拿书，就可以走，不必付款。

当然，拿的全是画册。

也因为进口的画册价格昂贵，从不敢拿那些大册的。一次又一次去都只拿小本的，有如"口袋书"那种尺寸的东西。其中就有一本是夏卡尔的。

《艺术家》刊在一百二十期的夏卡尔专辑目前一个字也不敢先去看，怕受到他人文字的影响而写不好这篇属于自己的心得。

说来很惭愧，夏卡尔的真迹一张也没有看过。有一年，如果没有记错的话，好似夏卡尔在日本举行了一次回顾大展。当时，我不知在哪个国家，听到这个消息，心中有着那么一丝隐痛，知道是没有可能去看的——日本很远，而我并不在亚洲。

听夏卡尔是"乡愁派"，大概是自创的。

要说艺术的画派，总认为它们只是十分概括性的一个名词。事实上每一个画家无论采用的技术如何相近，在精神上都是不同的个体。例如说后期印象派里面的一群画家，他们被区分在一个画派里，却又是多么的不相同。

如果说起夏卡尔，主观地仍想说：在他的作品里，看见的是一幅又一幅梦、乡愁、神秘，还有爱和宗教。

最奇怪的是，夏卡尔的真迹没有看过，倒是在西柏林的一场歌舞剧里看见了一个活的"舞台夏卡尔"。

当然而然，那场戏剧叫做《屋顶上的提琴手》。

是以色列的剧团在二次世界大战之后——这一群犹太人艺术家第一次踏在自由德国的土地，以一个犹太民族的流浪史，做了这为期一年的巡回演出。

在当年，我是一个穷学生，每次听音乐会，可以去买最便宜的学生票。四马克一张，位置在乐团的后面。这也没有什么不好，因为一般听众看的是指挥者燕尾服的背影。而我，恰好可以从头到底看到指挥的正面表情。有一次是大指挥家卡拉扬的一场。嗳，终生难忘。并没有听，一直在看他。

扯回来说《屋顶上的提琴手》，这又得扯到俄国去了。一生里，尤其在少年时代，除了中国白话小说之外，看得最入迷的就是那批旧俄时代作家的名著。而夏卡尔，是一个原先住在俄国的犹太人。他不能算法国的，绝对不能。

这些事情，在我心里上的串连，都是不可分割的。

好，现在回来写舞台上的夏卡尔。前面许多乡愁，在这位画家的作品里，都能找到根源，是不能省笔的。

《屋顶上的提琴手》有电影也有舞台剧，两者都看了。

比较之下，舞台剧的"震撼"，还是因为夏卡尔。

也是当时运气好，我有一位德国朋友，念大学时在替西德政府新闻局做工读生。每当西德政府邀请了世界各地杰出人士去访问时，便由懂得那"受邀者"本国语文的工读生代表新闻局做接待。这个工作待遇高，有司机驾驶的礼车给贵宾乘坐，来访的贵宾大半是他们本国最优秀的人物，因此教养也好。自然，接待员也是千挑万选的优秀学生。

总而言之，接待到夜间的西柏林文化活动时，我的朋友就将入场券和贵宾都交给我，由我陪伴。当然，只翻译中南美洲或亚洲来的几位。于是，利用这个机会，一共看了三个晚上的《提琴手》。是前排最好的位子，第七排中间。

《屋顶上的提琴手》的故事，在多年前也曾以电影的形式在台湾上映过。讲的是一群世居俄国的犹太人如何离散。唱片至今仍然买得到，故事部分便不再多谈了。

要讲的是布景——舞台剧的。

一幅一幅彩色的纱分割了时、空、现实、梦、幻、白昼和夜晚。服装、道具、房舍、演员站立时的组合，在在重现了夏卡尔

"画中的一切"。

当然，是因为与夏卡尔有着同样背景和身世的一个民族在演出他们的血泪流亡史，才用了这位大师的气氛。

第一次看这部戏的时候，灯光由暗到明，舞台上开始传来歌声，我轻喊了一句："呀！是夏卡尔的画，立体，活的——"

坐在身边的贵宾是一位新闻从业人，墨西哥来的，他不明白我提到这个名字时的激动。看一看他的表情，就知他实在不晓得夏卡尔是谁。接着我只有一面看，一面将情节小声地用西班牙文译给他听。原剧虽是以色列剧团演出，演员都用德文。

当那些梦与梦交织着活现在一个舞台上时，我想起许多事情，想起夏卡尔一张又一张人和动物在天空中飘浮的画。而那些犹太人，他们真的在舞台上用了什么方法，叫人就在天空里飘升。当然也不是这些特技感人，而是那个如梦如幻的乡愁刻骨。

这不是一场偶然，事后报上评论同样说，布景成功感人，来自画家夏卡尔的巨大影响，用了他画内的色彩、形式和天衣无缝精神上的密切配合。

其实，我喜欢的是电影形式，一向不很接受舞台剧。就怕人和舞台太接近，反而融不进去。但是《屋顶上的提琴手》不同，它选了夏卡尔。这位大师的气氛呈现时，人入梦境——舞台消失。

夏卡尔的作品看上去如此难以解释，在取材上它朴实又乡土。在表达上又这般的瑰丽和奇幻。在意境上——温柔、包容、爱的里面，又深藏着一份解不开的神秘、隐疼和真纯。

它们——那些作品，乍一看，是甜蜜的，故乡在回忆中该当有着这样的情怀。其实，夏卡尔的取材——房舍、婚礼、白纱新娘、牛、羊、花束、天使、时常出现的提琴手……它们最容易被人误解成为一种极度感性的表达，而里面没有太深的内涵。这一点，夏卡尔本人难道不明白吗？他自然是晓得的，可是坚持了他的风格。

以文学的比方来说，如果一个作者写的东西非常生活化，而不在文章中明写一丝一毫大道理，一般人所看见的，往往就是那些生活，而看不出生活背后放手交给读者自己去思想的讯息。同样一件事情，写来如果笔下稍加"明显的深奥"，读者可能更尊敬这位作家。

在我看来，夏卡尔的画，拿上段的比方来说，是属于前者。

喜欢一种写实画，用现实的题材，画出来的明明又不是现实的那个模样，而它又是现实的一种精神体。

夏卡尔的感人，在于他的以现实交织梦幻，而那些颠颠倒倒的形象组合，还有灿烂色彩的大胆应用，除了马谛斯的色彩之外，无人可及。

虽是色彩，马谛斯和夏卡尔又不相同。真要比较，我的心又偏了马谛斯。这么拿画家比来比去又是不公平的。

当我第三次去看《屋顶上的提琴手》那场戏时，正是剧团在西柏林的最后一场演出。舍不得将时间交给向身伴的一位亚洲贵宾去做翻译。而他，一位新加坡夫的客人，也因为白日的参观太紧凑正在剧院中闭目养神。

我专注地不肯放过任何一丝一毫微小快速的一切转换，融入戏中，以致与故事、演员、声、光、色……一同在我的呼吸和心跳里起伏。它们在那永恒的一霎间，成了生命的部分。

谢幕时，我站立着鼓掌又鼓掌，流着眼泪也不知道，直到应该由我照顾的贵宾递上来一条手帕。

夏卡尔的作品，里面深藏着复杂的东西，它可以被称为甜蜜，可以被看出悲伤，可以说是回忆，可以讲是梦境……最最主要的，在我主观看来——是那份广涵的挚爱。这份情爱的里面，竟然找不到一丝尖锐的讽刺或抗议——对人生的。

"包容"的含义，竟也如此明白地以温柔和美表达了出来。

这个字，难道还有其他更好的方式吗？

其实，这么讲也错了，讲得太文字。而一张好画的好，是不能以文字来取代的。画就是画，不是字。

这一生，为着夏卡尔，跟酷爱美术的朋友们争执过好几次——他们对这位大师的了解和批评与我的看法是那么不相同。而我，总替夏卡尔感到委屈和不平。

艺术毕竟仍然是一份见仁见智的事情，当然，也得水准以上的创作才能一谈。

一位朋友说，在我的文字中，好似很少因为挫折而落泪，反而在讲起艺术和美的境界时，总用流泪来交代。

我说那也不一定，"蒙娜丽莎"是心中极品，而我对于她，就不是眼湿的那类了。

不能否认的是，夏卡尔的作品，文学性仍是极强，这是超现实画派的特色，又有何不可呢？

夏卡尔是一个对自己十分真诚的画家。这份真，并不完全是每一个画家或画派所执著的方向，可是夏卡尔应该算是一个。

为着他的真诚，就喜欢。更何况，还有别的。

# 不负我心

一次看刘墉散文，说到白日工作完毕，家人也都睡了，在夜晚的时光里，他喜欢一个人写写毛笔字，作几笔画，看本好书等等。其中最欣赏的，就是刘墉将这些自得其乐的时刻称为"以求不负我心"。

这句话说得那么贴切，多年来，自己找的也就是这几个字，苦于说不中肯，刘墉一语道出，真是不亦快哉。

自得其乐这回事相信每一个人多少都能体会，独处的时光如果安排得自在，境界想来十分高妙。

无论我住在哪里，总有邻居来说，说睡眠安然，因为我的孤灯一向点到清晨，可以说比"守望相助"站岗亭里的看更人还要值得信赖。

我喜欢过夜生活，每当黄昏来临，看见华灯初上、夜幕开始低垂，心中也充满了不厌的欣喜和期待。过夜生活的人，是不被了解的一群，有人专将夜和罪恶的事情联结在一起关想。早起的人说出来理直气壮而且觉得自己健康优秀；晏起的，除了报馆工作的少数外，一般都被视为生活糜烂等等。起初，背负着这种自卑罪恶的感觉活了许多年，父亲不上班的日子，起晚了必然面有愧色，觉得对他不孝。知道我的朋友，在早晨十时以前是不打电话来的，万一生人来找，母亲不好说天亮才睡，总说已经出门去了。对于我的作息，母亲的观念中也认为晚起是懒散的行为，我猜。

明白了自己之后，勤不勤劳这两个字已没有了负担，只要不拖累旁人供给衣食，生活如何安排经营都与他人无关，只求无负便是。

说起不负，当然想到《红楼梦》。黛玉之不讨贾府众人喜欢，无非是她坚持为了自己的心而活，不肯做人周全——倒不一定是不会。宝钗从来不提心字，廉洁寡欲，只恐人前人后失了照应——这颗心才叫真苦。人都说黛玉命薄，我却不如此看法，起码对于自己，她是不负的。

说到不睡的人，大半用"熬夜"两字来形容。那个熬字里面四把心火，小火炉炼丹似的，不到五更丹不成。这个字，能用在被聚光灯下照着疲劳审问的嫌犯身上，也可以是那些挑灯苦读为升学的一群群乖孩子。在被迫情况下想睡而不能的人，是受慢火煎熬的，煎熬两字用得吓，中国字有时的确骇得死人。

喜欢叫自己黑暗的生活为"消夜"，消字属水部，意思中包含着散的本质，散是个好字，其中自带舒展，毫无火气可言，与熬比较起来，绝对不同。

我的消夜由来已久，小时看诗人李白吟唱生涯多半在夜色中度过，最后水中捉月而去，也当然发生在晚上，便觉得他是个懂得生活的夜人。

夜睡的人，大半白日艰辛，也有嫌疑是现实生活中的逃避者，白天再不好过，到了全世界都入睡的时光，独醒的人毕竟感觉比较安全。起码我个人是如此的。

说到现实的问题，一般亲朋好友总拿针对现实生计的条件来给这事下定义，说："不要不顾现实呀！生活是现实的，很残酷的，你不现实，饿了饭谁来给吃……"我一直在等，等有一天，有一个人会跟我说，说日常生活固然是一种必经的磨练，可是如果老想着经营衣食，而忘记了心灵的滋润，那也是不圆满的人生，这"心"和"形"本来可以兼美共存的。

一般胆小的人，以为照着内心的向往去行事，就会饿饭，随心而行便是不落实也会没有成就，这是假明白真胆小。

在白天，我也是做事的人，当做的事，当负的责任自然处理掉，而且尽力做得周全。责任是美丽，它使人的生活更有意义，同时也使人产生自尊自爱的推动力。责任的背后往往接承传流着千万因果，这份衍生，层层叠叠，繁华艳丽，如同七宝楼台，拆拆建建，其中暗藏多少玄机又是多么奇妙而有趣。想到三千大千世界中居然藏有微尘如我，是天律运转中人之大幸也。

佛家强调忘我无我，也或许并未强调，是本身悟错了，因此难以做到。对于自己，常是若即若离，可进可出，白天没有忘我，有时在消夜之旅中，又全然忘了，这都不很强求，对自己不忍深责甚且满意。

说回来讲晏起的事，晏起大半属于夜间不寐的人才有的现象。有趣的是"晏"这个字，一个单元来看，明明有着"晚"的意思，分开上下来念，就成了"日安"。一日之计在于晨，无计之人不起床，日当然安了，真是了得。

固然很喜欢责任，可是也不讨厌不负责任，不承担的事情，因为胆子也小，只敢做在与他人及社会两不相涉的情况下，例如说——全世界都睡了的时候。

习惯夜深人静时泡一杯好茶、点一支淡烟、捧本书、亮盏灯,与书中人物花草秉烛夜游而去。只要不为特定考试,书的种类不很当它太认真。易经老庄三国固然可以,武侠侦探言情又有何不可。报纸杂志最是好看小广告,字典无论中西不单只是发音。生活丛书那个丛字就自由,这本不耐另有一丛任君选择。晚清小说固然繁华似锦,唐人笔记也许另有风味。《封神榜》的确好看,传记文学难道不及?宗教哲学探它如何运字表达看不见的神理,《六法全书》有味在于怎么创造条律约束人性。

《史记》好看,看司马迁如何着墨项羽;《水浒》精彩,随鲁智深一同修成正果。就是《资治通鉴》媚在险诈,才知《小王子》纯得多么简单。至于说到《红楼梦》……妖书嗳一部。

倚马说书,但闻大海潮音奔腾而来,千言亦不能止,真正畅快,可狂笑而死也。

书在某些境界中又绝不可看。古今中外诗词歌赋描写夜色词句多不胜举,最是《枫桥夜泊》一首常驻我心。此时此景,夜半钟声,如果客船中人突然剪烛看书,在我看书族类中,该当唯一死罪。

常常怨怪邻人通宵麻将扰人,自己浸淫书本不是同样沉迷?乍看极不相同,其实声色犬马的骨子里难道没有痴迷与三昧?想说的是,痴迷是醉,"醉里颠蹶,醉里却有分别"这句话的确不差,可是醉的表面与那个醉法,在本质上没有太多区别。

人叫书呆子书呆子听了总觉不是唤我,呆是先天性的食古不化,痴是后天来的甘心领悟,不同。

常常也听到一些朋友说近况,其中一人说起正在埋头苦读,举座必然肃而起敬。如有人说嗳呀熬夜卫生麻将去啦,反应便有些淡然。这叫多管闲事。

所欣赏的一些人，倒不要他苦读求功名，苦字像人脸，双眉皱着加上鼻子嘴巴。苦读表情不美。欣赏看见各人享受生命中隐藏的乐趣，兴趣深的人，活来必然精彩，不会感叹人生空虚乏味无聊。自得其乐，乐在其中，只要不将个人之乐建立在他人的苦痛上，这个社会必然又和又乐。

很敬有目的的读书人，敬而远之。存心做学问之人，老以为不存心而也读书之类必然浪掷光阴。有目的读书人最怕别人将他们看不清楚当成同类，往往强调看的是正派严肃有为之书，能够得救上天堂的只有他们。焉知只将念书视为人生至乐的另一批便完全没有收获？

一夜拥被沉迷侦探小说，耳边忽闻叹息又轻笑，笑说："我惭携宝剑，只为看山来。"这句话本是曾国藩一位王姓幕僚自认怀才不受重用而发出的感叹，偏偏就在此时蹦出来唬人。想到这句话，停看书，过了几秒钟便给答了一句："不携长剑短剑，只看山妩媚。"心安理得一路追踪，书到一半，凶手便被钉牢，结局果如所料，作者又输一局。大好识字本领，用在闲书上就算全然无用也是不惭得很。

当然，任何事情都得付代价，包括稍稍过分的自得其乐。再忙再累的日子里，明知睡眠不足是欠着身体的债，欠多了债主自会催讨。可是一日不看书，总觉面目可憎，事实上三日不睡眠，容颜惨淡，半生不睡足，提早长眠，这个道理谁不明白？问问上瘾的君子们，人人说惭愧，认真想戒者稀，宁死不回头者，多也。

前一阵子身体向灵魂讨债，纠缠不休，病倒下来。医生细问生活饮食起居睡眠，因为诊费高贵，不得不诚实道出前因后果，医生说切吧，欣然同意签字。早苦早好，早好早乐，不一会儿春去秋来又是一番景色。道别医生自有训话一场，例如烟不可多抽，神不能太伤，心不可妄动，书不能狂看，又将"夜必早寐"这四字反复说了三次，然后等着病家回答。

当时情景本是《杏林春暖图》，可是眼前看去的大夫竟成了《水浒传》中那位正与鲁智深摩顶受记的智真长老，长老正说一不可、二那不能、三更不许、四必要戒……说了半天就是要人答应才给放行，于是诚恳道谢真言，说："洒家记得。"医生拥抱告别，却忽略了病家暗藏心机，只说"记得"，没答"能否"。

人生最大快意在于心甘情愿，是为甘愿。活着连夜间都得睡觉不如去死。书少看或改为中午看才叫做醉生梦死，难道白天生计换成晚上去做？白日夜晚再一次兼美，健康小小让步不是大事。人生百年一瞬，多活少活不过五十百步微差，只要不负此心，一笑可置也。

古人今人读书大半为求功名，运气好的不但不病，破庙中读着读着尚有女鬼投怀送抱，那些身体差的就只有拿个锥子刺股才能不打瞌睡。这种苦读求的是金榜题名，洞房花烛，说不定招为驸马那更锦上添花。书生从此鲜衣怒马，戏文中就不再提起继续读书，这写得太好，不然就成败笔。

《红楼梦》里贾宝玉镇日在女人堆里瞎混，事实上也没做过什么正经事情。看宝玉，吟风弄月自我陶醉，痴痴傻傻不似个读书人样子，偏偏姐姐妹妹都爱他。说起宝哥哥，却有现世女子一样情有独钟，只为了为了他那颗啊最初的心。读不读书，什么要紧？

话说回来，贵族子弟不知冷暖冻饿，比不得庙里穷愁潦倒瘦书生。不读书没饭吃，你读是不读？

心之可要，倒又不是什么奢侈，这个东西人人都有，不然流行歌曲里负心的人不会那么受欢迎。自己的心负责看管好，任谁来也负它不去。就如衣帽间里寄存衣物，那个凭号取衣的小牌子总得当心保管，失落了，取不回衣物怨不得别人。世上赞人好，说："好！是个有心人。"这句话只有中文那么说，不要去做别国人。

说到正负之心问题，心之快乐平安，便为不负，不负必然放心，放心又回返快乐，真是奇妙。

最近权威心理学家发表一篇报告，说的是——一个人抱着将日常工作当成娱乐去享受，成效不但更大而且产生精神病态的可能性能够减至最低。这是权威学者说的话，不是我编出来的。想，用中文意思来讲这篇报告不就是——恭敬地玩世吗？又可乐，又有薪水拿，还能睡觉，将不好玩的工作创造出可玩的兴趣加成绩来，是本文第三度兼美也。

总有一个观念很少得人注意——当年爱迪生因为痴迷发现才有了那么多发明；诗人荷马要不是吟唱游走传不下希腊史诗；仓颉造字拼拼拆拆玩出了伟大中国文明思想工具；居礼先生夫人寻寻觅觅推翻左右电流对称定律确立钴实验；相对论最重要的证据来自水星岁差；民间故事流传在于市井小民茶余饭后……这些又一些与生计无关的痴迷玩耍，转化为人类文明流传的基因与动力。

只因世人不识痴中滋味，以为荒唐，上段那些痴迷梦想其实根本一一展现。就连只爱看书之人，其中多少而今靠笔乐饭。痴到深处，三宝必现，迷到终极，另有天地。世人不敢深究，唯恐避之不及，庸庸碌碌亦是福寿人生，钟鼎山林，虽说不可强求，小负一场人生，终是稍稍可惜。

负人固然不可刻意，负己太多便是亏损。一次朋友换笔名，取为"无心"，看他神色凄凉，以无心许自己，如何得着欢颜？劝着改个名吧，只是黯然一笑，聪明人因伤心而弃心算不得大聪明。佛家要人忘我忘我，世人真能做到忘我，还需劳烦佛爷如此舍身相劝？可见我佛慈悲亦存苦心一片，是个有心之佛，并非无心

心是人之神明，所以具众理而应万事。《辞海》字典中，光是这个心字例引出来一共九十个由心而生的情境。九十只是被赋定的词句，其中可以幻化千万兆个情情境境，如此重要的东西，世人连讲起它来都觉不识时务。赚钱人人感兴趣，赚心没有听说过。

由于刘墉的一句话，生出那么多心得来，总是闲闲走笔，消夜又一章。

心之何如，有似万丈迷津，遥亘千里，其中并无舟子可以渡人，除了自渡，他人爱莫能助。此心谈何容易，认真苦寻，反而不得。拉杂写来，无非玩味生之欢悦快意，值此寒雨良宵，是为自乐，以求不负我心而已。

# 求 婚

"请你讲给我听,当年你如何向妈妈求婚?"我坐在爸爸身边,把他的报纸弹一弹——爸在报纸背后。

"我没有向她求婚。"爸说。

"那她怎么知道你要娶她?"

"要订婚就知道了嘛!"

"那你怎么告诉她要订婚?"

"我没有讲过。从来没有讲过。"

"不讲怎么订?"

"大人会安排呀!"爸说。

"可是你们是文明的,你们看电影、散步,都有。大人不在旁边。"

"总而言之没有向她求婚,我平生没有向人求过婚。"

"那她怎么知道呢?说呀——"

"反正没有求过。好啦!"

等了两小时之后,爸爸要去睡觉,我又追问了同样的问题,答案还是跟上面的对话一色一样。这时间妈妈喊着:"好丁,你也早些睡吧,求不求婚没关系。"

357

我还是想不通：他不跟她讲，怎么她就会知道要订婚了。

我们这一代是怎么回事？就去问了弟弟。

弟说："神经病，讲这个做什么嘛！"

那是大弟。也问了小弟，当时他夫妇两人都在，听见问求婚，就开始咯咯地笑个不停，弟妹笑得弯腰，朝小弟一指，喊："他——"小弟跳起来拿个椅垫往太太脸上用力一蒙，大喊："不许讲——"脸就哗一下红了起来。

"反正你们都不讲，对不对？"我点起一支烟来，咬牙切齿地瞪着他们。

"我们是保守派，你是周末派。"弟妹说。

他们不肯讲求婚，表情倒是很乐，美得冒泡泡，可见滋味甜蜜。

求婚这种事情，其实并没有那么伧俗，虽然目的只有一个——结婚，可是方程式太多，说说也是很有趣的。

我的第一次求婚意向发生得很早，在小学最末的一年。这篇童年往事写成了一个短篇叫做《匪兵甲和匪兵乙》，收录在《倾城》那本书中去。

总而言之，爱上了一个光头男生，当然他就是匪兵甲。我们那时演话剧，剧情是"牛伯伯打游击"。我演匪兵乙。匪兵总共两人，乙爱上甲理所当然。

为了这个隔壁班的男生，神魂颠倒接近一年半的光景，也没想办法告诉他。可是当时我很坚持，认定将来非他不嫁。这么单恋单恋的，就开始求婚了。

小小年纪，求得很聪明。如果直接向匪兵甲去求，那必定不成，说不定被他出卖尚得记个大过加留校察看什么的。所以根本不向当事人去求。

我向神去求。

祷告呀——热烈地向我们在天上的父去哀求，求说："请你怜悯，将来把我嫁给匪兵甲。"

这段故事回想起来自然是一场笑剧，可是当日情怀并不如此，爱情的滋味即使是单恋吧，其中还是有着它的痴迷和苦痛。小孩子纯情，不理什么柴米油盐的，也不能说那是不真实。

等到我长到十六岁时，那个匪兵甲早已被忘光了，我家的信箱里突然被我拿到一封淡蓝色信封信纸的情书。没贴邮票，丢进来的。

从那时候开始，每星期一封，很准时地，总会有一封给我的信。过了好几个月，我在巷子里看见了那个写信的人——一个住在附近的大学生。没有跟他交谈，只是看了他一眼，转身轻轻关上大门。

那个学生，寒暑假回到香港侨居地时，就会寄来香港的风景明信片，说："有一天，等我毕业了，我要娶你，带你来坐渡轮，看香港的夜景。"

我的父母从来不知道有这么一个人存在过，信件我自己收起来，也不说什么，也不回信。

偶尔我在黄昏时出门，他恰好就站在电线杆下，双手插在口袋里，相当沉着也相当温柔平和的眼神朝我望着。我直直地走过他，总是走出好几步了，才一回头，看他一眼。

这半生了，回想起来，那个人的眼神总使我有着某种感动，我一点也不讨厌他。

359

两年之后，他毕业了，回港之前的那封信写得周详，香港父亲公司地址、家中地址、电话号码，全都写得清清楚楚。最后他写着："我不敢贸然登府拜访，生怕你因此见责于父母，可是耐心等着你长大。现在我人已将不在台湾，通信应该是被允许的。我知你家教甚严，此事还是不该瞒着父母，请别忘了，我要娶你。如果你过两三年之后同意，我一定等待……"

那时，我正经过生命中的黯淡期，休学在家好几年，对什么都不起劲，恋爱、结婚这种事情不能点燃我生命的火花，对于这一个痴情的人，相连地没有太多反应。

后来那种蓝信封由英国寄来，我始终没有回过一封信，而那种期待的心情，还是存在的，只是不很鲜明。如果说，今生有人求过婚，那位温柔的人该算一个。

等到我进入文化学院去做学生的时候，姐姐出落得像一朵花般地在亲戚间被发现了。那时候很流行做媒，真叫"一家女，百家求"。我们家的门槛都要被踏穿了。

每当姐姐看不上的人被婉转谢绝的时候，媒人就会说："姐姐看不上，那妹妹也可以，就换妹妹做朋友好啰！"

我最恨这种话。做了半生的妹妹，衣服老是穿姐姐剩下来的，轮到婚姻也是："那妹妹也可以。"好像妹妹永远是拿次级货的那种品位。每一次人家求不到姐姐，就来求妹妹，我都给他们骂过去。

那一阵子，三五个月就有人来求亲，反正姐姐不答应的，妹妹也不答应。姐姐一说肯做做朋友，那个做妹妹的心里就想抢。

那是一个封闭的社会，男女之事看得好实在，看两三次电影就要下聘。姐姐就这么给嫁掉了。她笨。

我今生第二次向人求婚还是在台湾。

那是我真正的初恋。

对方没有答应我。我求了又求,求了又求,哭了又哭,哭了又哭。后来我走了。

到了西班牙,第一个向我求婚的人叫荷西,那年他高中毕业,我大三。他叫我等他六年,我说那太遥远了,不很可能。

为了怕这个男孩子太认真,我赶快交了一些其他的朋友,这其中有一个日本同学,同班的,家境好,还在读书呢,马德里最豪华的一家日本餐馆就给他开出来了。

这个日本同学对我好到接近乱宠。我知道作为一个正正派派的女孩子不能收人贵重的礼物,就只敢收巧克力糖和鲜花——他就每天鲜花攻势。宿舍里的花都是日本人送来的,大家都很高兴,直到他向我求婚。

当我发现收了糖果和鲜花也有这种后果的时候,日本人买了一辆新车要当订婚礼物给我。当时宿舍里包括修女舍监都对我说:"嫁、嫁。这么爱你的人不嫁,难道让他跑了吗?"

我当然没有收人家的汽车,两个人跑到郊外树林里去谈判,我很紧张——毕竟收了人家的小礼物也常常一同出去玩,心虚得紧,居然向着这个日本人流下泪来。我一哭,那个好心的人也流泪了,一直说:"不嫁没关系,我可以等,是我太急了,吓到了你,对不起。"

那时候我们之间是说日文的,以前我会一点点日文。半年交往,日文就更好些,因为这个朋友懂得耐性地教,他绝对没有一点大男人主义的行为，是个懂得爱的人，可是我没想过要结婚。我想过，那是在台湾时。跟这日本同学，也不知道是怎么回事，他在恋我，我迷迷糊糊地受疼爱，也很快乐，可是也不明白怎么一下子就要结婚了。

为了叫这个日本人死了心，我收了一把德国同学的花。我跟德国同学在大街上走，碰到了荷西。我把两人介绍了一下，荷西笑得有些苦涩，还是很大方地跟对方握握手，将我拉近，亲吻了我的面颊，笑道再见。

当年害惨了那位日本同学，后来他伤心了很久很久。别的日本同学来劝我，说我可不可以去救救人，说日本人要自杀。切腹其实不至于，我十分对不起人是真的，可是不肯再去见他，而两个人都住在马德里。他常常在宿舍门外的大树下站着，一站就好久，我躲在二楼窗帘后面看他，心里一直向他用日文说："对不起，对不起。"

学业结束之后，我去了德国。

我的德国朋友进了外交部做事，我还在读书。那时候我们交往已经两年了。谁都没有向谁求婚，直到有一天，德国朋友拉了我去百货公司，他问我一床被单的颜色，我说好看，他买下了——双人的。

买下了被单两个人在冰天雪地的街上走，都没有说话，我突然想发脾气，也没发，就开始死不讲话，他问什么我都不理不睬，眼里含着一汪眼泪。

过了几小时，两个人又去百货公司退货，等到柜台要把钞票还给我们时，我的男友又问了一句："你确定不要这条床单？"我这才开口说："确定不要。"

退了床单，我被带去餐馆吃烤鸡，那个朋友才拿起鸡来，要吃时，突然迸出了眼泪。

过了一年，他在西柏林机场送我上机，我去了美国。上机的时候，他说："等我做了领事时，你嫁，好不好？我可以等。"

这算求婚。他等了二十二年，一直到现在，已经是大使了，还在等。

我是没有得到堂兄们允许而去美国的，我的亲戚们只有两位堂兄在美国，他们也曾跟我通信，叫我留在德国，不要去，因为没有一技之长，去了不好活。

等到我在美国找好事情，开始上班了，才跟堂兄通了电话。小堂哥发现我在大学里恰好有他研究所以前的中国同学在，立即拨了长途电话给那位在读化学博士的朋友，请他就近照顾孤零零的堂妹。

从那个时候开始，每天中午休息时间，总是堂哥的好同学，准时送来一个纸口袋，里面放着一块丰富的三明治、一只白水煮蛋、一枚水果。

他替我送饭。每天。

吃了人家的饭实在是不得已，那人的眼神那么关切，不吃不行，他要心疼的。

吃到后来，他开始悲伤了，我开始吃不下。有一天，他对我说："现在我照顾你，等哪一年你肯开始下厨房煮饭给我和我们的孩子吃呢？"

那时候，追他的女同学很多很多，小堂哥在长途电话里也语重心长地跟我讲："妹妹，我这同学人太好，你应该做聪明人，懂得我的鼓励,不要错过了这么踏实的人。"我在电话中回答:"我知道,我知道。"挂下电话,看见窗外白雪茫茫的夜晚,竟然又哗哗地流泪,心里好似要向一件事情去妥协而又那么的不快乐。

当我下决心离开美国回台湾来时,那位好人送我上机先去纽约看哥哥再转机回台。他说:"我们结婚好吗?你回去,我等放假就去台湾。"我没有说什么,伸手替他理了一理大衣的领子。

等我人到纽约,长途电话找来了:"我们现在结婚好吗?"我想他是好的,很好的,可以信赖也可以亲近的,可是被人问到这样的问题时,心里为什么好像死掉一样。

我回到台湾来,打网球,又去认识了一个德国朋友。我在西班牙讲日文,在德国讲英文,在美国讲中文,在台湾讲德文。这人生——

那一回,一年之后,我的朋友在台北的星空下问我:"我们结婚好吗?"我说:"好。"清清楚楚的。

我说好的那一霎间,内心相当平静,倒是四十五岁的他,红了眼睛。

那天早晨我们去印名片。名片是两个人的名字排在一起,一面德文,一面中文。挑了好久的字体,选了薄木片的质地,一再向重庆南路那家印刷店说,半个月以后,要准时给我们。

那盒名片直到今天还没有去拿,十七年已经过去了。

说"好"的那句话还在耳边,挑好名片的那个晚上,我今生心甘情愿要嫁又可嫁的人,死了。

医生说,心脏病嘛,难道以前不晓得。

那一回,我也没活,吞了药却被救了。

就那么离开了台湾，回到西班牙去。

见到荷西的时候，正好分别六年。他以前叫我等待的时间。

好像每一次的求婚，在长大了以后，跟眼泪总是分不开关系。那是在某一时刻中，总有一种微妙的东西触动了心灵深处。无论是人向我求、我向人求，总是如此。

荷西的面前，当然是哭过的，我很清楚自己，这种能哭，是一种亲密关系，不然平平白白不会动不动就掉泪的。那次日本人不算，那是我归还不出人家的情，急的。再说，也很小。

荷西和我的结婚十分自然，倒也没有特别求什么，他先去了沙漠，写信给我，说："我想得很清楚，要留住你在我身边，只有跟你结婚，要不然我的心永远不能减去这份痛楚的感觉。我们夏天结婚好吗？"

我看了十遍这封信，散了一个步，就回信给他，说："好。"

婚后的日子新天新地，我没有想要留恋过去。有时候想到从前的日子，好似做梦一般，呆呆的。

我是一九七三年结的婚。荷西走在一九七九年。

这孀居的九年中，有没有人求过婚？

还是有的。

只是没什么好说的了，在那些人面前，我总是笑笑的。

去年，我的一个朋友来台湾看我，我开着车子陪他去旅行。在溪头往杉林溪去的那些大转弯的山路上，不知怎么突然讲起荷西死去那几日的过程，这我根本已经不讲多年了。

说着说着，突然发现听的人在流泪。那一日我的朋友说：

"不要上去了，我们回去。"回到溪头的旅馆，我的朋友悄悄进了他自己的房间。到了晚上我们去喝酒，在寂静的餐馆厅，我的朋友说："很多年没有流泪了，包括我父亲的死。今天中午，不知怎么搞的——"

我静静地看住他，想告诉他属于他的心境变化，却又没有说出来。

一个中年人，会在另一个人面前真情流露，总是有些柔软的东西，在心里被碰触到了，这是一个还算有血肉的人。

就在今年旧历年前一天，一张整整齐齐的信纸被平放在饭桌上。字体印刷似的清楚。我的信，不知谁拆了。

信中写着："回来以后听你的话，没有写信。这三个月来，我一直在思考一个可能的生活方式，属于你我的。我没有一切的物质条件可以给你享受，也不算是个有情趣的人，我能给你的只有平平实实的情感，还有我的书。夏天如果你肯来这儿——不然我去台湾，我们再相处一段时间，然后结婚好吗？现在我才发觉，在往杉林溪去的那条路上，当我不知不觉流下眼泪的那一刻，已经——"

他说的，我都知道，比他自己早了三个月。

爸爸在我看信时走过，说："什么人的信呀？"

我朝他面前一递，说："一封求婚信。"

爸看也不要看，说："哦！"就走开了。

吃年夜饭，全家人挤在一起，热热闹闹的十几个人。

我宣布："各位，今天有人来求婚。"

没有人回答什么，大人开始替自己的小孩分菜。夹着零零碎碎的对话。

"我说,今天有人来向我求婚。"

"拜托,把你面前那盘如意菜递过来,小妹要吃。"大弟对我说。

我讲第三遍:"注意,今天有人来信向我求婚。"

姐姐大声在问弟妹:"那你明天就回嘉义娘家啊?"

"我——"我还没说别的,妈妈看了我一眼,说,"你不要多讲话,快吃饭。"

那封求婚信不知被谁拿去做了茶杯垫子,湿湿的化了一摊水在上面。

我看着眼前这一大群人,突然感到有一种被自己骗了的惊骇,我一直把自己看得太重要,以为,万一我决定早走一步,他们会受不了。

"有人向——我——求——婚。"我坚持只讲这句话。

"那你就去嫁呀——咦,谁吃了我的春卷——"

"你们——"

"我们一样。小明,吃一块鸡,天白,要黄豆汤还是鸡汤?"

捧着一碗汤,觉得手好累好累。心情,是一只鬼丢上来的灰披风,哗一下罩住了大年夜中的我。

这时候,是哪一家的鞭炮,等不及那欢喜,在暮色还不太浓的气氛里,像做什么大喜事似的轰轰烈烈地响了起来。

# 欢喜

小时候被带去戏院，别人叫做听戏，我纯粹是去看颜色，尤其是花脸出来的时候。我认为要是没有缤纷的颜色，我们人生就不会这样美丽。

我从小接触到的颜色就是白色，白其实包括了所有的颜色。小学六年的时光所接触到的只有白衬衫、白球鞋，大不了一块小小的蓝是学校和班级的符号。那时候，我非常喜欢那片大操场，每天下课，走进那片土黄，就觉得好快乐。当时我并不懂得这就是大地的厚实，还只是为了喜爱一块黄色，一片色感罢了。

快要毕业那年，我忽然发现居然还有红色在老师的嘴唇上。我期待着，盼望自己快快长大，让我的嘴巴也能涂上口红，变得鲜艳美丽。

这三个对色的印象几乎就是永不能忘怀的童年。到了少女时代，我的衣服是单色的，除了米色、白色、咖啡、灰以外，没有其他的颜色。当时，女孩子只知道要素雅，并不晓得配色，以为素雅就是美。现在想起来，才明白青春是不需要颜色来装饰的。

我喜欢一系列的色调，其实都是哀伤的色调，属于秋的颜色。我绝对不会要单纯的原色，如鲜红、浓绿、明黄。因为少年不知道人生的沧桑，所以喜欢的尽是哀伤、强说愁的。人家问我喜欢什么颜色，我便说喜欢所有秋天的颜色，尤其是秋香绿。

至于房间的装饰，那全是没有概念的，随便怎么装饰就怎么住。到了二十多岁，还是脱不了用配色的框框，像米色配咖啡、黄配绿，跳不开传统的方式。直到有一天，我突然发觉，所谓配色是你猛一看它并不相配的，穿上身子却配了，这才缤纷了起来。我开始懂得一种杂乱之美。

从前，我不能忍受台湾被子的大剌剌的花色，觉得好土好土。但过了二十年后，回头来看中国的东西，觉得古人真是比我早知道了几千年，而我现在才晓得呢！柳绿配桃红，苹果绿配云蓝，橘红配宝蓝，白配墨绿……这些颜色都是我不会配的。

当我到了西方，我看见他们那么穿，起初仍不敢接受，接着自己慢慢融进去了，再回头来，我才发觉中国人在配色上比他们不知早多少年。

中国民间的扎纸人、纸马，以及布袋戏的小人衣着，粗看很土气、俗昧。但是现在我晓得那是几千年文化累积的缤纷。

这是我对基本色彩的看法，我不能说出来我最爱哪一种颜色。过去我会说，我喜欢白、喜欢黑、喜欢灰蓝，但今天除了白色我一天到晚穿它外，其他都被淘汰了。我能说，我现在喜欢一种比较明亮的颜色，这种改变是因为一个人的生命里，一旦缺少这种颜色的时候，你就会去找一个代表那欠缺的东西的颜色，来填补你潜意识上的空虚。

我住在加纳利岛上的某一年春天，走过一片绿色的田野，当时树还是枯的，刚刚发芽，我看到一家漆成淡粉红色的农舍，由于那淡粉红配在翠绿之中，看来实在是奇怪突兀的。但刹那间，我知道什么叫做"诗"了。我望着那一溜淡淡的淡红色从墙上过去，眼泪都激出来了。

另外一次是走过一个工人区，看到工人正在盖一幢房子，他们盖房子没有请工匠，完全是自己动手，父亲、儿子、亲戚、好友大家一起帮忙。等过了几个月，房子落成了，一楼漆成明黄，就像梵谷画向日葵的颜色，加个白框框。第二层漆成鲜紫，又是白框框，第三层是桃红。就在一个灰色的工人区里，矗立了一幢这么多色且活艳至极的三层楼房。荷西看了就一直笑；那颜色不搭配到令人吓一跳，可是我看了却非常感动。我认为他们像儿童画一样，把他们所有的骄傲，他们一生的血汗，在一个可以呈现给自己的时候，他们就用了儿童最赤诚最原始的色感来告诉你：我们多么快乐，我们多么欢欣。

回到台湾来，在迪化街、万华一带，我看到很多人家，他们的神桌上都点着一盏红灯。我是个深夜逛街的人，走在寂静的街道上，往往可以看见二楼或三楼的窗子亮出一抹红光，在巷弄拐角停一个小面摊，摊担的贩子头上飘起两只黄灯，上面还涂有斗大的黑字，这些在别人眼中也许是一种风景，我看到的却是颜色的感动，惊喜与流丽。

跟顾福生老师学画的时候，他一直教我画素描，但我总是画不好。我知道在素描上黑白两色包括了几千几万的颜色层次，但我到底还只是个孩子，我喜欢更具体的东西。因此，当老师说我开始能用色作画，我立刻快乐起来，敢画了。从小对色彩敏锐的我，在此得到很好的基础。后来去了西方，在认识上更有了转变，他们用色大胆，随时随地都可以接触到他们的色感。在台湾则很少看到明快的色彩，我们毕竟是经过了战乱流离。如果是唐朝的人，相信就不是一片灰色的世界吧。

颜色到底还是一种奢侈，当一个人吃不饱穿不暖的时候，是不会想到颜色的，我发现全世界配色格调最低的似乎要数瑞典人了，他们家庭的布置喜欢用太阳的颜色，一屋子是金黄、桔红，沙发、窗帘、地毯全是，又是用得极伧俗，绝不是像中国人那种具有民俗味的黄，他们相当人工化、西方化。后来我想通了，瑞典是一个冰天雪地的北国，他们所缺少的就是太阳光，所以需要用颜色来添补。可是反过来看非洲人，他们非要穿大红大绿，尤其是死了人的时候，他们绝不能穿素色，这又是儿童画的感觉了。瑞典毕竟是高度文化人，而非洲原始的人对颜色的色感只纯然是种儿童的喜悦，他们除了颜色外就是音乐，都是直接感官的东西，不能再接受层次高一点的。他们穿大红花衣，配在浓浓的森林、浓浓的热带，加上鼓声，使他们生出一种气氛，形成特有的民族色彩。

印度则有着神秘主义的色彩，和泰国相同，从袈裟到庙宇处处是一片明黄，这大概跟佛教有关吧。反观我们的宗教信仰则是一种民俗，我们是要拜才拜，拜完了还是回来过自己的日子，没有他们那种宗教的"明黄"。日本人沿用唐代的风采，我一想起来，就是一种日头的味道、木头的色，他们用色向来素雅，但小家子气。日本的"能剧"中，演员穿得好缤纷，五颜六色，但那是凝固的，一如他们和服上画出来的东西一样，不如中国的活泼。就算他们已达到了艺术上的极致，但仍是模仿性的，没有创意的。

因为素雅很容易做到，缤纷则非常困难；单纯容易，复杂而又调和就不容易了。其他如印地安、墨西哥等民族，他们的颜色真叫缤纷，显现出他们还有生命原始的喜悦。而我们中国，到底五千年了，我们沉淀下来了，把这个交还给天地，让天地去缤纷。

不论怎样，色是我们生命的东西，连佛家讲到人生的问题时，都说色在前，相在后，相是色造成的，人没有肤色，花没有色来衬托，形相就出不来。所以色实在太重要了，是代表欢喜，代表生命的层次。

（载于一九八九年四月《谈色》）

# 我的快乐天堂

基本上,我之所以在成长期间老是不肯稳稳当当地去固定爱稳一个人的原因,是近十年来,方才整理出来的。

二十多岁的时候,我的男朋友们总是说——你小姐好大脾气——我自己也被这句话的方向所误导,以为自己是个不讲理又常常失去耐性的人。

的确,对于那个时代的恋爱方式,无论在中国或者在西方,我总要一不控制好,就生起气来。那是什么模式呢?男朋友准时来接,女朋友小小迟到十分钟——我都是早到的,也改变不了大局。一同去看一场不能够专心的电影,散了场当然什么咖啡馆再去赖一下之后,两个人打把伞,在家门口的巷子里走来——走去——走来　走去　如果在国外,前景是一色一样的,那"走来走去"的　场,就换成女生宿舍的大铁门了,而且一定是修道院附设的——那种——那种好人家女儿——九点准——一定得回家,以示贞洁的地方。

我每一次恋爱的终结,百分之七十五以上的原因在于——那种花前月下——它们费了我的鞋子不说,还得磨破脚也可以了吧——时间的浪费在青春期倒是没有在乎过——好在可以挥霍——但——是，爱来爱去的结果——每天都有着同样的问题和答案。

答案是——我送你回去。

问题是——那我们下次什么时候再见。

人，是可以换的。

电影，当然改片子。

街道，随便你怎么横着竖着左着右着走，最后还是——我送你回去。

恋爱给我的经历，等于永无止境的流浪。

流浪的意义在于每天面对新的挑战和喜悦——或说苦难——这十分引诱人。但——是，交男朋友是种一成不变的文明戏，里面乏善可陈、枯燥不堪、陈腔滥调、周而复始——如果，恋爱的双方——没——有——一——个——屋——顶——和——四方的——墙。我是说——对我。

有，有人有的，就在那种学生时代的情况里。有人一旦有的，那——么——交往或许可以拖长一点——直到有一天，我——意识到——那是你的屋顶嘛，我每天到时候还是得——回去。于是，也就小姐你脾气好大——吹掉好了。

原来，我的脾气并不大，原来我的忍耐成了不知不觉的爱恋，原来我也实在不是什么小姐，原来我可以永远不再在换男朋友上叹气——哦——又是一样的——看透明了——太阳底下没有新鲜事。

原来，以前的我，那——"生命感伤"——出自于——没有自己的房子。

好。我的看法是——父母家的房子，在某种特定年龄之下——可以是自己的房子。

等到已经被允许去看电影、上咖啡馆、逛街、交朋友——无论性别——的时期——我们生长的触角已经探向了家门和学校之外的界限。那——时——候——父母大概开始骂我们——把家当成旅馆，整天看不见人影，你以为翅膀硬了——等等的话——时。

起码在我的心理状态下，已经真的把父母的家当成旅馆了。我意识到这一件事实的时候，内心的歉疚实在很深很深，深到无力感也浮了上来，好似捞也捞不完的浮萍，一大片一大片地滋长起来。

对待国外修女们倒是没有浮萍的。她们夜里查房间，我用枕头加外套做成的——人形，如假包换地被蒙在已经熄灯的宿舍里的——一条毯子下面，于是——修女放心，我也放心去跳舞。

这种放荡的行为，其实不是我的本性。当时实在年纪小，也以为——是的。是的——使我一不小心，就要空虚得去向随便哪一个走在我身边的男性，大发脾气，好使他把我——大风——吹掉——吹死好了——又不在乎——

原来，在我的一生里，最爱的——东西，被我理了出来。

衣裳。布料。

房子。建筑。

衣裳包裹我的肉体。房——子，将我与外界隔绝。——造就我那——紧张兮兮的——灵魂。

对，我就是那种，那种灵肉一定要合一的人。

衣裳是今天不许进格子的题外话，于是——注意——就不给

375

它们跑出衣柜。

好。

房子最可贵的特质在于,它就像是空的——是空的——才有那份——功能——将东西,给一样一样放进去。

房子有墙、房子有门、房子有窗、房子有锁——哦——我还有四道门栓——房子的别名——叫做——咦——"防止"。

真好。

于是,我将自己,在有了防止外界一切的安全意识下,在"我的房子"里——不做什么见不得人的事情——看书、吃饭、睡觉。而外界——根本没有欺负过我。

不过,你试试看——如果说——如果这三件最平凡不过的小事——在街头——进行——你看看能看几页书吃几顿饭睡几秒钟的觉?你去试试看。

不,我不是在说"租来的买下的"这种事情,我只是在说——人,跟房子的关系。

有一些事情——生活中必需的小事情——没有见不得人的——例如说——人人都剪的脚趾甲——好像大多数的人,总在——房子——里——完成。咦——

房子,是一切隐私——没有见不得人的——最好的帮手。房子,是另一个风貌向自我舒展开来时,唯一的证人——好在它从不说话。

房子不说话?!

房子说尽了所有的话。

看——一幢房子、一排房子、一批大楼、一个乡、城、小——镇、荒——郊——野——外——海——角——天——

涯——只要房子一出现——那情调——的——定义——才落了——实在。

房子是情调、房子是价值、房子是心态、房子是地位、房子是性向、房子是记忆、房子是创造。房子是文化、房子是经济、房子是社会。

**房子，是历史的纪录。**

房子是——人。

我——所——惊——异——的——生——老——病——死——爱。

好。房子是人。

有人住房子，当然。

从这个方向去推理——或说——感性一点嘛——去感觉——那就好玩啰——

嗳——我的太太一只盘子放在地上，里面的剩菜都干成发霉了还不收掉，实在很懒——我喜欢回家时家里干干净净的，偏偏她——

你给我当——心——哦——你的太太恐怕不是懒，她很不——快乐。

三毛你怎么知道？！吓死了！

我的家呀——永远是干干净净清爽如洗的，连一根头发都不留在梳子上，你看，这么爱惜它——那个死人——还是不肯回家。

当然嘛！你先生回家来像个仰望你伟大成就的客人，他回来干什么？你是不是老举着一块干净的抹布，往他脸上刷？

三毛你——

于是，我们要讲求风水风水了。

他是不是公司太忙，又没有自己隔开的办公室？他是不是回来话也懒得跟你讲，即使礼拜天可以休息，也只是租来一大堆录影带坐在沙发上像典型的"沙发马铃薯"般变成植物？不是？他好像四肢百骸都没处放，吃完饭就抓了钥匙出去乱转？他是不是不爱你了？什么？！这跟爱情有什么关系——你试试看嘛，对对，我知道你喜欢光明——我也是，不过你试试看——把你家的那些日光灯全部换成可以调光的电灯——看看这种连林二哥都不一定会反对的方法——你先生这种——回家官能骚动症——能不能安静下来。万一不能够，那我们光讲电话就不够啰——好——你付我计程车钱，让我来给你——看看——那当然就像酒吧了嘛——不看你先生——嘘——就是酒吧里那种柔和的光线才不回来的。

好。林二哥最知道我了，那天他还在飞机上向台湾的落日追赶的下午，我鼻子上还在用氧气加上肺里那个痛得人不活的抽血管一吸一吸吸出人并不悲伤的眼泪——我又没有哭是身体自己痛哭的呀的下午，我对必须回答我一遍又一遍——我是谁、我在哪里、我是不是车祸进来的、那你又是谁——的——特别护士小姐——说——我可是发梦话顺口说——今天晚上林云大师要来看我——不是，我不知道他在那里云游不——过——哦——今天晚上他会出现在——这里——我的床边——来握住我的手——不——过——你还是要当心哦——这条血皮带——插在肺里——流到床下血罐子里去再接到墙上机器上的这种救我命的东西——还是要保护妥当——以免跟随大师来的那一——群朋友踢翻了孔明的七星灯——

那天深夜里——穿黑色衣服的林云大师，果然悄悄、悄悄，推开了我病房的门，在荣总——民总医院——

我只张开了一丝眼缝，感觉到——手被一只充满温暖以及巨大爱力的双手包裹，我笑了起来，闭上眼睛——哦——天花板又在地板上倒置了——说——二哥，我们真是心通啊——手足情深。

"林二哥最知道我了，我不做什么风水的。"有人讲给二哥听——不好了，三毛家我去看过了，她坐在——"刀口梁下"写文章，难怪背痛成快要变成十分之一的杏林子了——我叫她快快去买两支箫——把梁给象征性地——撑起来——二哥说对不对？又怕她挂倒了梁反而哗一下塌下来——

一年后二哥——林云二哥笑问着我——我笑说——那种东西何必去具相呢——我对自己说——梁——根本不存在——就不在了嘛——二哥赞叹——对了，你这种人多一点，二哥也可以少累一大半。对了对了——三毛的风水——是抽象实在的出世解——林二哥实在寂寞——虽然跟他的人成千上万——不给他睡觉——

好。

风水这种东西，就是——使你居住的房子里——有你的放心自在坦然。有你的——我想——我要——我爱——我舒服——就是大原则的掌握。

风水是——我的居所，使我没有不安，况且很是尘埃落定之后的——释放。

在这座我的城堡里——心，有个搁成四平八稳的宇宙。我放松吃饭、睡觉、工作、爱——安安静静地沉潜——于是——人生的大福气——就在里面得到了——空间——滋长——养分——完成。

看，这一切，和房子，有着多么密切的关系——

人，生命的最终目的——"跟自己和平，跟他人和平，跟社会和平，跟宇宙星辰日月天律的交融"——原来可以透过我们的椅子、桌子、床、柜子和厨房中的柴米油盐、四壁的灯光、盆景、唱片、衣裳、鞋子加两三条毛巾、抹布、以及刘墉一巨册——画集——蔡志忠的自然箫声——六朝怪谈——皇冠杂志——民生报——讲义杂志——石涛和尚花果集——史记——资治通鉴——爱在瘟疫蔓延时——宋室王朝——毛泽东沁园春——烟雨濛濛——在温暖的土地上——海上花——本草纲目——什么人写给儿子的第多少封信——上海生与死——革命之子——越南沦陷和中美关系——东京梦华录——十二楼——九尾龟——中国的法律与中国的社会——肉蒲团——末代皇帝的后半生加上一支只打出去、并不常接的——电话——交织成——一片——氤梦楼——那假是真来真是假——无为有处有还无——的一片白茫茫大地真干净——简单——又——红尘滚滚。

房子——是我的生命感伤——最后——成为生命意义完成的灵魂工程师——

在这肯定的结论里——我并不是——不是小龙女的古墓，也不再是那梅超风——请参看金庸中那一个个有血有泪，在人性枷锁中不得释放的英雄好汉乱世儿女——他们大半浪迹江湖——居无定所——不然——肯定在那里擦桌子抹灰，渔樵闲话起来，想起那爱恨情仇——哦——一笑——而已。

所以，武侠小说里的人——不许定居太久，不然哪来的戏唱？

房子，是我个人生活中极大的救赎。也是个人生命中不可分割的纪录材料。

其实这个"大家来讲房子"的话题，是我给提出来的。

不——我还没有开始讲——在我所居住过的——形形色色的房子里——发生过什么样可以记录的生活与时代——那留待——以后。

写这篇稿子的现在——我一个人,住在都市窄巷的快——乐——天——堂——里——哦——我在这小楼灯火的——夜晚——安——身——立——命。

我在一幢——自己的房子里。

# 撒哈拉之心

曾经这么想过,如果有一天,有一个女儿,她必要被称为:撒哈拉·阿非利加·葛罗·陈。SAHARA AFRICA QUERO CHEN。

这个名字,将是她的父亲、母亲和北非沙漠永恒的结合与纪念。

沙漠的居民一再地说——那些沉迷安乐生活,美味食物和喜欢跟女人们舒舒服服过日子的人,是不配去沙漠的。

虽然自己是一个女子,却实实在在明白了这句话里的含意。

也许,当年的远赴撒哈拉,最初的动机,是为着它本身的诡秘、荒凉和原始。

这一份强烈的呼唤,在定居下来之后,慢慢化生为刻骨铭心的爱。愿意将它视为自己选择的土地,在那儿生养子女,安居乐业,一直到老死。

每一日的生活和挑战,在那笔墨无以形容的荒原里,烧出了一个全新的灵魂。在生与死的极限里,为自己的存活,找出了真正的意义。

撒哈拉的孤寂，已是另一种层面的崇高。大自然的威力和不可测出的明日，亦是绝对的。

在那一片随时可以丧失生命的险恶环境里，如何用人的勇气和智慧，面对那不能逃避的苦难——而且活得泰然，便是光荣和价值最好的诠释了。

大自然是公平的，在那看似一无所有的荒原、烈日、酷寒、贫苦与焦渴里，它回报给爱它的人，懂它的人——生的欣喜、悲伤、启示、体验和不屈服的韧性与耐力。

撒哈拉沙漠千变万化，它的名字，原意叫做"空"。我说，它是永恒。

沙漠里，最美的，是那永不绝灭的生命。

是一口又一口隐藏的水井，是一代又一代的来和去，是男女的爱恋与生育，是小羊小骆驼的出世，是风暴之后的重建家园。是节日，是狂欢，是年年月月日日没有怨言的操作和理所当然的活下去。

沙漠的至美，更是那一棵棵手臂张向天空的枯树。是一朵在干地上挣扎着开尽生之喜悦的小紫花。是一只孤鸟的哀鸣划破长空。是夕阳西下时，化入一轮红日中那个单骑的人。

也是它九条龙卷风将不出一声的小羊抽上天地玄黄。也是它如梦如魅如妖如真如幻的海市蜃楼。是近六十度的酷热凝固如岩浆。是如零度的寒冷刺骨如刀。

是神，是魔，是天堂，是地狱，是撒哈拉。

是沙堆里挖掘出来的贝壳化石，是刻着原始壁画的洞穴。是再没有江河的断崖深渊。是传说了千年的迷鬼猞猁。是会流动的坟场，是埋下去数十年也不腐坏的尸身。是鬼眼睛和蛊术。是斋月,是膜拜。是地也老、天也荒。

沙漠的极美,是清晨旷野,牧羊女脆亮悠长的叱喝里,被唤出来的朝阳和全新的一天。

沙漠是一个永不褪色的梦,风暴过去的时候,一样万里平沙,碧空如洗。它,仍然叫永恒。

撒哈拉啊!在你的怀抱里,做过没有鲜花的新娘,在你的穹苍下,返璞归真。

你以你的伙伴太阳,用世上一切的悲喜融化了一个妇人,又塑造了另一个灵魂,再刻尽了你的风貌,在一根根骨头里。

你的名字,在我的身上。

看起来,你已经只是地图上的一幅土黄色的页数。看起来,这一切都像一场遗忘。看起来,也不敢再提你。看起来,这不过是风尘里的匆匆。

可是,心里知道,已经中了那一句沙漠的咒语:"只要踏上这片土地的人,必然一再地想回来,别无他法。"

已是撒哈拉永生的居民,是一个大漠的女子。再没有什么能够惧怕了,包括早已在那片土地上教过了千次百次的生与死。

只要活着一天,就必然一次又一次地爱着你——撒哈拉。

没有乡愁,没有离开过你。

如果今生有一个女人,她的丈夫叫她"撒哈拉之心",那么如果他们有一个女儿,那个名字必要被称为:撒哈拉·阿非利加。

(本文据手稿整理而成)

# 旗帜鲜明地活着——读王新莲

那天还在讲电话,电线那边的王新莲已经被我的回忆变成了数年前的形象。虽然她一再地说:"我变了,我变了,完全变了……"

闭上眼睛,又是四个人的影子在眼前浮现。

那时候,我们在台湾中南部旅行,是——"今天不回家"的一种日子。

我们四个:阿潘——越云、齐豫、王新莲——莲莲,加上我。为着一张叫做"回声"的合作唱片,离开了台北市,在中南部许多电台"做功课"。

我喜欢把工作叫做"功课",用字不同,其中童年心理的诗化,仍然有助工作时强大的游戏感觉。

其实,功课百分之九十九都做好了,以那张唱片而言。我们的情绪或多或少不再感染那最初空无一物而又必须实践的压力,都能再笑了。

就是那一天,在一家旅馆里,莲莲突然讲起一部她认为很好而我没有看过的电影。起初,她坐在地上讲、讲、讲,双手已经舞动,后来不自觉地站了起来,在我身旁绕圈子,最后讲到精彩结束时，砰一下倒在床上，两只瘦腿一搁给搁在墙上，整个上半身悬吊在床外，双手一摊，脸上的表情突然放松——停止了。

当时，我不能进入莲莲讲的电影里去，一直张大了眼睛，观察她本人的出神入化。也悄悄地问自己："怎么可能，前半年的日子，我居然被这个儿童给整到失去记忆？"两度冷眼看看莲莲，她还是装死在床上，脸上充满了幸福光辉，微微含笑——是一个如假包换的儿童。

"嗳，我不想读你。"我对自己说。

在房间里梳头，发夹还没有别上，她那间里面传来惨叫——不——要——我伸头去看看，齐豫手里拿着一把毛蓬蓬的大刷子，说道："一点点，一点点嘛！你看，都不红，看不出来哦！"那个抵死反抗的莲莲，脸上肯定没有一丝胭脂影，手里抓了面镜子，另一只手开始急速动作擦脸颊。

我看着这两个快乐儿童，没有什么想加入的冲动，还是不明白她们目前这副样子，怎么可能将我记忆中一百八十个电话号码都给炸光——包括自己家中的。还有地址。

王新莲和齐豫，是我的"制作人"，她们"制"我的歌词。

或说，当这两个妹妹承担下《回声》这张唱片的全部制作时，我以为，在音乐部分她们是在行的，至于文字部分的观念，她们管不到我。

还是没法忘记那歌词部分本身所遭受到的小劫。我看见自己一次一次灯下涂写，第二三四日的整个下午，莲莲和齐豫跟我再度讨论更改。不然全部打回票——很无情的。

我看到自己在九个月后已然趴在地板上，莲莲蹲在我身畔，微笑的，说："那你再想想，好，休息一下再想想，我们不逼你。"

我生平第一次想得想逃到宇宙之外去——她们怎么不逼人？那时已经不能提笔了，都是用讲的。莲莲又再讲："那你要把星星摆在哪里呢？"在她和齐豫问了一百五十次不同的摆法又不满意时，我说："四——面——八——方。"她们一拍手，我知道这一句答得好的一刹那，脑子就炸掉了，住了十七天医院。

也因为那次的共同工作之后，使得莲莲和齐豫突然在南部变成小孩子的情况，令我不想去再读她们。

九个月的时光里，等于差不多一年了。莲莲和齐豫工作起来那份不要命的狠劲，并不能吓倒我，在另一个角度上分析，我也有这种性情。可是小看了她们在文字上的极度敏锐和坚持，是我个人对她们掉了轻心。

她们表面上有一种伪装，使人觉得糊糊涂涂，散散漫漫，其实不是的。她们以歌唱著名也只是一部分事实，正如我的文字一样。其实我们的"余力"还可以活得相当多元化——包括做做家事、旅行、数钱、记住约会的时间、别忘了偶尔变成小孩子……当然，她们不会忘记音乐，正如我难以完全放下这枝笔相同。

在《回声》这张唱片中，莲莲挑去了我的一首歌词《远方》，由她担任配乐。我将那卷音乐带寄到维也纳去，给一位古典音乐的作曲家。回信很快地来了，追问《远方》的编曲者是谁，说她好。

本来为了这件事情想打个电话给莲莲的，后来匆匆离国，就此把自己变成了不再拥有回声的影子了。

再来就是去年了，华灯初上的天母街头，我看着前面一条迷你裙中的瘦腿，感到似曾相识，那人一回头，两个人都叫了起来，哗一下拥抱在一起。看着眼前的莲莲，容光焕发，眼神中有什么东西在闪烁，同样一头短发却甩出了另一种精神。她喊着："我们今晚不睡觉，要去爬山。你去不去？去不去？"我笑看着她，摇摇头，霓虹灯下的莲莲，被我看到一点点不红的胭脂，亮在她的脸颊上。

"这是我的名片。"莲莲递上来名片的一刹间，我"啰！"了一声，双手将它接过来，小心翼翼地把它夹到一本书里去。这时候莲莲和她的朋友们开步走了，一步一回头地向我挥手。

我站在灯火下，含笑挥手、再挥手、又挥手，那首披头士的老歌："我说哈啰——你说再见——"渗合着强烈的摇滚动感心悸，就在莲莲渐行渐远的长脚里纠缠了好几秒钟。

她和齐豫，加上我，曾经是共同谱作心灵旅途的朋友，而今竟也变成了一种比路人略略多了一些的风景，在生命中如此简单地穿过，没有留下太多不自然的情节。我觉得我们三个人，好棒。

我们挥霍过的功课，早已烟消云散，卖了个满堂红彩，好似都已不再是我们的关心。莲莲有了新名片，她当然仍在走下去，也必然在变化下去。

我没有照着她名片上的号码打电话。

前几天吧，我们兜着大圈子打电话，她打到我出版社，出版社立即转告我，我打去 ICRT，滚石唱片公司却回了我电话——莲莲。

很久不讲话了，又在电话里彼此叫闹了一番，莲莲说："我在尼泊尔爬山，看见你在一个小村落里涂的招牌，一时太兴奋了，冲进那家小店去找——你，里面的人说你才回去过——想想看——在尼泊尔咘——看见你的中文——咘——开心死了——"

最后，莲莲说："要出书了，我——写——的。奇不奇怪？"

我一点都不惊奇，想当然也的。

如果只是听她唱歌，想到她居然跨过界来写文章，一般人或许不明白，而我不但明明白白尚且没有一丝意外。

在那"一起做功课"的时光里，早已领教过莲莲对于文字应用的超级敏感和刹那间立即产生的联想，这一方面，仍是她的世界，不过把那长脚轻轻伸了过来。

电话那边又在喊：我变了、变了好多。"我跟你说，我变了、唱片风格也变了，要不要寄给你听？"

第二天下午，一卷录音带悄悄埋伏在我的信箱里。撕开信封一看上面的照片，不觉微微笑了。

说得没错，那站在天母街头的她——又变了。

我忍住那份好奇，迟迟不肯打开玻璃封套，怕那全然不同的音乐和歌词——她自己做的，流畅在我的房子里时，那过去记忆中的莲莲因而从此在我脑中炸掉。

莲莲是一种在"自我的生命展现"里急速变化的人。不可以，也相当难，就在此刻给她写下太多的定义，因为她仍在变化中，而且快速。

我没有向她讨来新书的大样，就如同对待她音乐方面的新作一样，给自己的空间跟目前的她保持着一小段距离，我不去读她。

可以确定的是——王新莲至今还是一片滚动的石头，更像一幅迎风扯起的大旗，她如此旗帜鲜明地活着，旁观者的我们又能读懂她几分呢。

（本文据手稿整理而成）

图书在版编目（CIP）数据

送你一匹马 / 三毛著. -- 海口：南海出版公司，2024.10
 ISBN 978-7-5735-0927-7

Ⅰ. ①送… Ⅱ. ①三… Ⅲ. ①散文集－中国－当代 Ⅳ. ① I267

中国国家版本馆CIP数据核字(2024)第094672号

著作权合同登记号　图字：30-2021-102
本书由皇冠文化集团授权，仅限于中国大陆地区销售，不得售至台、港、澳地区，及东南亚、美、加等任何海外地区。

**送你一匹马**
三毛　著

| 出　　版 | 南海出版公司　(0898)66568511 |
|---|---|
|  | 海口市海秀中路51号星华大厦五楼　邮编 570206 |
| 发　　行 | 新经典发行有限公司 |
|  | 电话(010)68423599　邮箱 editor@readinglife.com |
| 经　　销 | 新华书店 |
| 责任编辑 | 侯明明 |
| 特邀编辑 | 沈　宇 |
| 装帧设计 | 好谢翔 |
| 内文制作 | 张　典 |
| 责任印制 | 史广宜 |
| 印　　刷 | 河北鹏润印刷有限公司 |
| 开　　本 | 880毫米×1168毫米　1/32 |
| 印　　张 | 12.5 |
| 字　　数 | 280千 |
| 版　　次 | 2024年10月第1版 |
| 印　　次 | 2024年10月第1次印刷 |
| 书　　号 | ISBN 978-7-5735-0927-7 |
| 定　　价 | 59.00元 |

版权所有，侵权必究
如有印装质量问题，请发邮件至zhiliang@readinglife.com